새 뿔 돋은 도깨비 이야기

CONTENTS

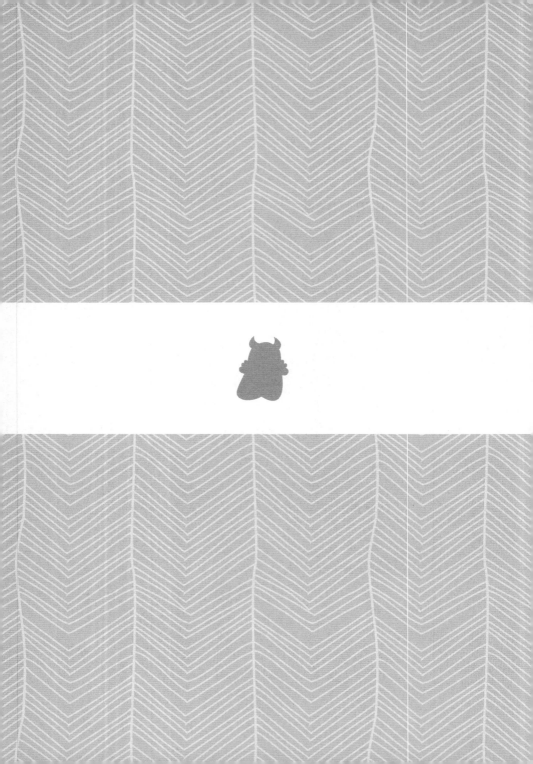

PART 1

떠도는 섬들

1장

뿔 돋은 도깨비의 기원

사람들이 모여 사는 마을에 도깨비들도 함께 살아간다는 사실을 알고 있는 사람은 아마 거의 없을 것이다. 그러니까 이것은 도깨비들끼리만 알고 있는 비밀이었다.

도깨비들은 이 사실을 무척 즐거워했고 사람들 눈에는 보이지 않는 자신들 존재의 이점을 이용해서 가끔은 그다지 해롭지 않은 장난을 치기도 했는데, 예를 들면 열쇠를 감춰 사람들을 당황스럽게 만든다거나 사람들이 한눈 파는 사이에 식탁에서 젓가락 한 짝을 사라지게 만들었다가 한참 두리번거리며 식탁 주변을 헤매던 그 사람이 드디어 자신의 건망증을 탓하며 새로운 한 짝을 갖다 놓는 순간 다시 원래의 한 짝을 슬그머니 갖다 놓는다던가 하는 식의 자질구레한 부류의 장난질이었다. 사람들이 다시 나타난 물건을 보며 '이게 무슨 도깨비장난이래?' 하며 어리둥절해할 때 도깨비들은 터져 나오는 웃음을 참지 못해서 깔깔대는데, 혹시라도 그들의 웃음소리를 듣게 될까 봐 이 장난꾸러기들은 사람들의 코털을 간지럽혀 세차게 재채기를 하게 만들었다. 이럴 때 항상 세 명이 함께 다니는 도깨비들은 서로의 입에서 웃음소리가 새나가는 것을 막아대느라 정신이 없었다.

도깨비들이 장난을 치는 건 사실이지만, 결코 사람들을 해롭게 하는 정도는 아니었다. 도깨비들은 사람을 좋아하기 때문에 이런 식으로라도 자신들의 존재를 인정해 주기를 바랐다. 도깨비들이 하는 말을 알아들을 수 있는 사람은 거의 없지만, 말하는 법을 배우기 이전의 아기는 그들을 알아볼 수 있으며 심지어 같이 놀기도 한다.

도깨비들은 엄마나 아빠가 잠들었을 때 아기에게 즐거운 노래를 불러 주기도 하고 뒤뚱거리는 오리 춤을 추어서 아기를 돌보느라 피곤에 지친 엄마나 아빠의 단잠을 조금 더 지속시켜 주기도 한다. 때로는 무방비 상태에 있는 아기의 몸 위로 천장에 매달려 있던 낡고 무거운 샹들리에가 떨어질 뻔한 적도 있었는데, 그때 그 아기 옆에 있던 도깨비가 얼른 손으로 받쳐 든 덕분에 아기가 위험에서 벗어난 적도 있었다. 아기의 엄마가 와서 아이를 안고 다른 곳으로 옮겨가자마자 도깨비는 손을 떼었고 샹들리에는 바닥으로 와장창 떨어져 산산조각이 났다. 아기 엄마는 새파랗게 질린 얼굴로 부들부들 떨며 그 자리에서 무릎을 꿇고 얼굴을 하늘로 향하고 '하나님, 감사합니다. 천사를 보내 우리 아가를 지켜 주셔서 감사합니다.'라며 기도를 올렸다. 이 모습을 물끄러미 지켜보고 있던 도깨비들은 하늘을 향해 빙그레 웃으며 말했다.

"이제 세 번만 더 채워지면 나도 거룩한 천사가 될 수 있지요? 맞지요?"

세 명의 도깨비가 한마음과 한뜻으로 입을 모아 뭔가를 이야기할 때면 천사장 가브리엘을 만날 수 있었다. 도깨비들이 천사장을 만난다는 것은 큰 영광이었는데, 주로 그들이 사람들을 큰 위험에서 구했다거나 또는 큰 즐거움을 주었을 때 가브리엘은 나타나서 그들의 이 땅에서 남은 사명의 여정이 얼마 남지 않았다며 힘을 돋우어 주곤 하였다. 이 도깨비는 이것으로 사람에게 네 번째 큰 도움을 주었던 것이고, 더불어 옆에 있는 두 도깨비도 함께 거룩한 천사가 되기 위한 여정이 가까워지는 영광을 나눠 갖는 것이다. 도깨비들이 사람들에게 일곱 번 큰 도움을 주게 되면 천사장 가브리엘이 하늘에서 내려와 세 쌍의 날개로 하나씩 감싸고 하늘로 올라가는데 이 날개 안에서 그동안 자신의 해 왔던 모든 일들을 순식간에 볼 수 있다고들 한다. 이렇게 가브리엘과 함께 천상으로 올라간 도깨비는 '거룩한 천사'의 반열에 오르게 되는데, 이것이 모든 도깨비들이 하루속히 이루기를 원하는 꿈이며 사람들 옆에 살아가는 이유이기도 했다. 거룩한 천사가 되기 위한 여정으로 이 땅에서 사람들 곁을 맴돌며 크고 작은 도움을 주면서 살아가는 요정과 같은 존재가 바로 도깨비인 것이다. 사실 도깨비들이 사람들과 함께 살아가게 된 것은 오래 전부터이다. 이들의 기원이 바로 여기에서부터 시작되었다.

　아주 먼 옛날 태양도 달도 골짜기에 걸려 움직이지 못하도록 신께 기도한 용맹한 장수가 있었다. 그는 태양이 머물러 있는 동안 자기 민족의 원수를 갚기 위해서 죽음을 무릅 쓰고 싸웠다. 이 용맹한 장수가 기도한대로 태양이 중천에 머무르는 전무후무한 이변이 일어난 것이다. 신이 직접 나서서 그의 강력한 손으로 이 민족을 위하여 싸우신 것이다.

　하지만 이 위대한 장수도 자기 부족의 생존을 위해 꾀를 낸 한 부족에게 쉽게 속아넘어가고 말았다. 이들은 오랜 여행이었음을 증명하는 듯 곰팡이가 난 떡을 싣고 찾아와 이렇게 말했다.

　"우리는 당신들의 종이니 우리와 평화조약을 맺어주세요. 보세요! 집에서 뜨거운 떡을 담아가지고 왔는데 이제는 말라버리고 곰팡이까지 났습니다. 또 이 포도주가 든 가죽부대도 우리가 신고 있는 옷과 신발처럼 너덜거리지 않습니까?"

　그들의 속임수에 위대한 장수도 그만 분별력을 잃고 말았다. 그는 지도자들과 회의를 한 결과 신께 묻지 않은 채 그들의 양식을 받고 화친 조약을 맺어 그들의 생명을 보존하기로 맹세했다. 그러나 이렇게 조약을 맺은 지 사흘이 지나서야 그들이 몰아내야 할 일곱 족속 중 하나라는 사실을 알게 된 것이다. 그러나 신 앞에 한번 맺은 맹세를 깬다면 그 화가 오히려 자신들에게 떨어질 것이 두려웠기 때문에 이 위대한 장수는 그들이 소원하는 대로 목숨을 살려주었다. 이렇게 꾀를 내어 전멸당할 위기에서 살아난 이들은 이 민족을 위하여 자신들이 요구한대로 나무를 패며 물을 긷는 사람들이 되었다. 그리고 이 일은 오늘까지 계속 되고 있는 것이다.

이후로 많은 시간이 흘러가면서 그들은 더 이상 나무를 패고 물을 긷지 않게 되었다. 왜냐하면 시대가 변했기 때문이다. 이제 그들은 구원받은 사람들의 영혼을 수호하는 요정이 되게 해달라고 신께 간청했다. 그리고 신은 이들의 요청을 허락하며 어떤 모습을 갖기 원하는지 그들에게 물었다. 먼 옛날 자신들의 조상들이 했던 것처럼 그들은 이리저리 모습을 꾸며보았다. 그러던 중에 마침 한 아이가 머리에 나무로 만든 뿔 장식을 가지고 제 친구들과 놀고 있는 것이 눈에 띄었다. 그들은 이 모습이 좋았고 신은 원하는 대로 소원을 들어주었다.

항간에 '도깨비의 속옷이 더럽다'는 노래가 아이들 사이에 불리고 있었지만, 실상 도깨비는 옷을 입지 않는다. 이 노래가 언제부터 불리게 되었는지는 알 수 없지만, 최근 들어 사람 흉내를 내고 싶어 하는 어떤 도깨비가 팬티 하나를 몰래 가져와 입었다가 다시 그 집에 있는 곰 인형에 입혀 놓고 간 적이 있었다. 팬티를 입었을 때 친구 도깨비들은 서로 이 팬티를 입어 보겠다고 밀치고 잡아당기는 바람에 그만 진흙 바닥에 털썩 주저 앉고 말았다. 참고로 이 도깨비의 그룹은 조금

독특한 점이 있었는데, 한 도깨비는 유달리 하품하는 걸 좋아했고 또 한 명은 딸꾹질을 즐겨 했다. 모두 사람 흉내를 내다가 자신들도 모르는 사이에 버릇이 되어버렸는데, 이 도깨비들은 굳이 이 버릇을 고치려고는 하지 않았다.

이 그룹 중 한 도깨비는 유달리 장난기가 많았다. 이마에 돋아난 자그마한 뿔을 문질거리는 것이 그의 버릇이었는데, 아기들이 이가 돋아날 때 잇몸이 가려운 것처럼 이 도깨비도 맨날 뿔 근처가 근질근질하다며 익살을 떨어댔다. 다른 도깨비들은 이들을 보고 하품 도깨비, 딸꾹질 도깨비, 그리고 뿔 돋은 도깨비라고 불렀다. 그런데 이 세 도깨비들 가운데 뿔 돋은 도깨비는 아무 때나 하품을 해대고 딸꾹질을 해대는 두 도깨비와 한 그룹으로 다녀야 하는 것이 그다지 즐겁지는 않았다. 두 도깨비들이 시시껄렁한 노래를 부르며 자기들끼리 즐거워하고 있던 어느 날 뿔 돋은 도깨비는 사람에게 장난을 치고 싶어 뿔이 근질근질하였다.

그 집에는 여덟 살 난 아이가 있었다. 평소 장난이 심해서 늘 엄마에게 꾸중을 듣곤 했는데, 이번 일도 이 아이의 장난이겠거니 생각한 엄마는 뒤뜰에 피어 있던 개나리 가지를 꺾어 와 소년의 종아리를 세차게 내리쳤다. 억울한 소년은 엉엉 울며 자신이 한 짓이 아니라고 했지만, 엄마는 거짓말을 하는 죄목까지 덧붙여 소년의 종아리에 세 대의 시뻘건 줄을 더 남겼고, 진흙 범벅의 팬티를 벗겨서 아이의 손으로 깨끗하게 빨도록 했다. 소년은 너무나 억울했지만, 자신의 진심을 믿어 주지 않는 성난 엄마 때문에 할 수 없이 곰 인형이 입고 있는 더러운 팬티를 벗겨서 깨끗이 빨아내야 했다.

마침 근처에 있던 천사장 가브리엘이 이 소동을 알게 되었고 하품 도깨비와 딸꾹질 도깨비를 포함한 모든 도깨비들을 소집하였다. 도깨비들은 세 명을 기본 단위로 하는 전파 시스템이 있었고, 이 시스템을 통해 모든 도깨비들은 어느 곳에 있든지 단번에 가브리엘이 있는 곳으로 모여들 수 있었다.

그러나 만약 세 도깨비 중 한 명이라도 마음이 모아지지 않거나 악한 요정에게 속아 자신들의 뿔이 뽑혔을 때는 이러한 전파 시스템이 작동되지 않기 때문에 모든 요정과 천사들 중 가장 높은 권위를 갖고 있는 가브리엘의 중재를 받을 수 없게 된다. 가브리엘의 중재가 중요한 이유는 아무리 잘못을 저질렀더라도 자신의 잘못을 인정하고 맑은 물에 몸을 씻는 서약을 하기만 하면 그의 지난 실수와 잘못은 깨끗이 용서받을 수 있기 때문이다.

하지만 도깨비들이 생겨난 이래 이런 일이 거의 일어나지 않았던 것은 악한 요정들은 이미 처음부터 악의 세력에 물들어 그 마음이 쭈글쭈글 메마르고 비틀린 채 늙어버린 반면, 도깨비들은 거의 딴생각을 품지 않았던 덕이다. 그들은 오직 셋이 뭉쳐 일으킬 수 있는 사소한 장난질을 즐거워하며 깔깔대는 존재로, 사람으로 말하자면 서너 살짜리 아이와 같은 마음을 갖고 있었다.

가브리엘은 이 소동을 일으킨 주동자 도깨비를 앞으로 불러 세웠다. 고개를 푹 숙인 뿔 돋은 도깨비를 한 번 그윽이 응시한 후에 가브리엘은 모든 도깨비들을 향해 말했다.

"너희들이 사람들을 해롭게 하려고 장난을 치는 것은 아님은 알고 있다. 하지만 그 장난으로 한 사람이 피해를 보게 된다면 평화의 왕자님을 근심하게 만드는 일일 것이다."

앞으로 불려 나온 도깨비는 할 말이 없다는 듯 자신의 앞이마에 튀어나온 한 개의 뿔을 만지작거렸다. 그것은 다른 도깨비들과 마찬가지로 어금니만큼이나 작은 상앗빛의 딱딱한 뿔이었다. 천사장 가브리엘은 위엄이 있지만 여전히 부드러운 목소리로 이야기를 계속하였다.

"너희들은 그저 장난치기 좋아하는 아이 같은 존재가 아니라 사람들을 도와줄 수 있는 귀중한 사명을 맡고 있다는 것을 명심해야 한다. 혹시라도 너희들의 장난으로 인해서 사람들의 마음속에 있는 검은 씨앗이 싹을 틔우게 된다면, 그래서 진주문으로 통하는 비밀의 통로가 가로막히게 된다면, 그 일만은 평화의 왕자님이 절대로 용서치 않을 것이다. 너희들 모두는 장차 거룩한 천사의 반열에 올라 평화의 왕자님을 보좌할 존재라는 것을 잊지 말아라."

모든 도깨비들의 뿔이 햇빛 아래 하얗게 반짝 빛났다. 그들 모두 자신들이 사명을 가진 존재들임을 다시 한 번 상기하며 자랑스러운 마음을 회복하는 것이다. 사람들에게 일곱 번의 도움을 주면 그들 이마에 삐죽 튀어나와 있는 뿔도 사라지게 되고 그들 몸에도 이 신비롭고 아름다운 존재인 가브리엘 천사장처럼 멋진 세 쌍의 날개가 돋아 날 것이다. 더 이상 자갈길 위에 내리는 빗방울처럼 짧은 두 다리로 뛰어다니는 것이 아니라 화려하고 아름답고 순결하기 그지없는 세 쌍의 날개로 자유롭게 하늘을 날아오를 수 있게 되는 것이다. 잠깐 동안이지만 모든 도깨비들은 그런 자신들의 모습을 그려보며 황홀해하였다. 그때 천사장 가브리엘이 하늘을 가리키며 말했다.

"여기를 보아라!"

모든 도깨비의 두 눈이 가브리엘이 가리키는 곳으로 향했다. 순간 파란 하늘 아래 새하얀 구름이 모여들어 엄마에게 개나리 가지로 회초리를 맞았던 소년의 모습으로 바뀌었다. 소년은 여전히 엉엉 울면서 더러워진 팬티를 거칠게 물에 빨았다. 그리고 여전히 엄마의 눈치를 살피며 어깨를 늘어뜨리고 앞뜰로 나가 빨랫줄에 깨끗해진 팬티를 널고 안으로 들어가는가 싶더니 잠시 후 손에 무엇인가를 들고 나타났다.

"저 아이의 마음을 비추는 옹달샘을 들여다보아라."

천사장 가브리엘이 허공에 동그란 원을 그려내자 거기에 맑은 옹달샘이 생겨났고 그 안에 어린 소년의 마음이 거울처럼 반사되었다. 그 순간 맑았던 옹달샘 위에 검은 씨앗 하나가 떠오르더니 먹물을 푼 것처럼 검게 퍼져 나가기 시작했다. 무슨 일인가 의아해하던 도깨비들이 하늘을 올려다보았을 때 아이의 손에 들려 있던 것이 작은 가위라는 것을 알게 되었다. 아이는 가위를 손에 들고 주변을 몰래 살펴보더니 자신의 손으로 빨아 넣은 속옷에 작은 구멍을 내고는 행여나 누구의 눈에 띌까 두려워 고개를 숙이고 후다닥 달아나버렸다. 눈을 깜빡이지 않던 도깨비들도 하도 순식간에 일어난 일이라 어리둥절하고 있을 때 가브리엘이 말했다.

"저 아이는 이제 자신의 엄마가 자기를 믿어 주지 않는다는 생각을 품게 된 것이다. 한 번 마음의 심연에서 떠오른 검은 씨앗은 사람의 의지로는 절대로 소멸시킬 수 없음을 너희들도 알고 있을 것이다. 사람들 마음속에 불신과 의심이 싹트기 시작하면 불안과 두려움이라는 엉겅퀴와 가시덤불이 뻗어 나가 비밀의 통로를 막아 버린다. 이런 일은 저 악한 무리의 졸개인 사마귀들이나 하는 일이다."

가브리엘이 아래쪽 날개를 펼치자 구름과 옹달샘이 순식간에 사라졌다. 팬티를 잠시 빌려 입었던 뿔 돋은 도깨비는 순간 눈을 깜빡였다. 이것은 다른 도깨비들은 흉내 낼 수 없는 행동이었지만, 부끄러운 생각이 밀려들자 어찌 된 일인지 사람처럼 눈을 깜빡이게 된 것이다. 그와 함께 그의 이마에 돋아 있던 상아색 외뿔이 조금 더 길게 돋아 올라왔다. 옆에 있던 하품 도깨비는 하품을 하고 딸꾹질 도깨비는 딸꾹질을 하였다. 다른 도깨비들은 모두 놀라 '꼬륵' 하며 공중으로 튀어 올랐지만, 그들은 아직 날개가 없기 때문에 곧 다시 땅으로 떨어졌다. 도깨비들은 놀랄 때면 마치 배가 고픈 사람의 배에서 나는 '꼬르륵' 소리를 냈다. 가브리엘은 뿔이 돋아난 그 도깨비를 안쓰러운 듯 바라보며 말을 이었다.

"모든 사람들은 태어나면서부터 검은 씨앗을 품고 있다. 그러니 그
것이 너의 잘못이라고 생각하지는 마라. 다만…"

뿔 돋은 도깨비는 두려운 눈으로 가브리엘을 올려보았다.

"다만 너는 가서 네가 해야 할 일을 해라. 다른 도깨비보다 조금 더
임무를 완수하는 여정이 길어질 수는 있지만, 그렇다고 거룩한 천사가
될 수 없다는 것은 아니니 가서 셋이 뜻을 합쳐 사람들의 마음을 즐겁
게 해 주는 일을 계속해야 한다."

가브리엘은 세 쌍의 날개를 하늘을 향해 펼쳐 들었고, 도깨비들은
모두 자신들의 마을로 흩어져 갔다.

기가 꺾인 세 도깨비들은 평소처럼 콩콩 뛰어 오르지도 않고 터벅
터벅 짧은 다리로 말없이 걸어갔다.

"얘들아, 미안해…"

한동안의 침묵을 깨고 뿔 돋은 도깨비가 말했다.

"크흐어어"

늘어지게 하품을 하고 난 도깨비가 말했다.

"응? 뭐가?"

"딸꾹딸꾹! 미안하다는 게 뭐야?"

두 친구 도깨비의 대답은 뿔 돋은 도깨비의 마음을 한결 가볍게 해
주었다. 세 도깨비 모두 조금 전보다 조금 더 높게 뛰면서 마을로 향하
고 있었다. 세 도깨비는 한껏 목청을 가다듬고 아이 같은 목소리로 다
같이 노래를 부르기 시작했다.

"도깨비 빤쓰는 더러워요!"

"더러워요!"

"더러워요!"

"꺄꺄꺄꺄 끼룩끼룩끼룩"

"거룩한 천사가 되면 이런 노랠 부르진 못할 거야. 그렇지? 그렇지?"

"그럴까? 그럴까?"

"그러엄! 그러엄!"

"꺄꺄꺄꺄 끼룩끼룩끼룩"

이들은 어떻게 보면 대열을 지어 하늘을 날아가는 기러기 같은 소리를 낸다. 언제 천사장 가브리엘에게 따끔한 훈계를 들었는지 다 잊어버린 도깨비들은 더 신이 나서 노래를 불러댔다.

"도깨비 빤쓰는 더러워요. 더러워요!"

그러나 뿔 돋은 도깨비는 문득 두 도깨비의 뿔은 자신의 것보다 훨씬 작다는 것에 눈길이 갔다. 도깨비들은 선행을 할수록 뿔이 작아져서 나중에 거룩한 천사가 될 때는 아예 뿔이 사라지고 날개가 돋아나는 것이다. 뿔 돋은 도깨비는 갑자기 시무룩해졌다. 자신은 다른 도깨비들보다 더 노력하지 않으면 똑같아질 수 없는 것이다. 어느덧 뿔 돋은 도깨비는 두 친구 뒤에 처져 외따로 걷다가 그만 혼자서 마을 뒷산으로 넘어가고 있었다.

2장

외로운 아이

올해 열한 살 난 소울이는 혼자 노는 것을 좋아하는 귀엽게 생긴 남자 아이였다. 흔히들 말하는 '왕따'라든가 '은따'라든가 하는 그런 이유로 혼자 놀게 된 것이 아니라 읍내에서도 꽤 멀리 떨어진 외딴곳에 그의 집이 자리하고 있기 때문이다.

이 집 뒤편으로는 잡목이 우거진 낮은 야산이 있었는데 소울이는 그 숲 안에 자신만의 은신처로 여기는 바위가 있었다. 소울이는 이 바위를 '보물선'이라고 불렀다. 그의 보물선은 바다의 거친 파도나 성난 폭풍에도 끄떡하지 않고 보물이 있는 곳을 향해 잠시도 항해를 멈추지 않았다. 이 보물선에서 선장을 도울 다른 선원들이 필요한 긴급한 순간이면 선장은 자신의 왼쪽 이마를 손가락으로 눌렀다. 삼촌의 말로는 소울이가 막 기어 다니기 시작할 때 침대 모서리에 이마를 찧게 되어 생긴 혹이라고 했다. 소울이는 이 작은 혹을 버튼처럼 누르면서 상상 속의 부하들을 호출하는 것이다.

하지만 소울이는 자신에게 필요한 것이 친구라는 것은 알지 못했다. 마음속 이야기를 모두 털어놓아도 창피하거나 부끄럽지 않고 같이 있으면 즐거운 웃음이 샘솟는 그런 존재 말이다.

소울이가 사는 동네에는 혼자 사시는 할머니와 할아버지가 많았다. 나지막한 담벼락 너머로 간혹 귀가 잘 들리지 않는 옆집 할아버지가 엄청나게 큰 소리로 '여보세요. 누구라고요?' 하며 전화 받는 소리가 들려오긴 했지만, 동네 길에서 이 할아버지의 얼굴을 직접 마주치는 일은 거의 없었다. 삼촌의 말에 의하면 두 해 전 할머니가 먼저 세상을 떠나신 후로는 더욱 집 밖을 나서지 않는다고 했다. 그래서 가끔씩 삼촌이 대문 사이에 끼어 있는 우편물을 걷어가 건네드리는 것이 할아버지의 안부를 살펴보는 유일한 방법이었다. 가는 귀가 드신 거 말고는 할아버지의 건강은 특별히 문제가 될 것이 없어 보였다. 할아버지는 혼자서 밥도 잘 해 드시고 식후에는 늘 밥풀이 남아 있는 밥그릇에 커피를 타 드신다고 했다. 할아버지는 삼촌을 볼 때마다 늘 '영생이 자네 언제 국수 먹게 해 줄 건가?' 하고 엄청 큰 목소리로 물어보신다고 했다. 그때마다 삼촌이,

"저 결혼했잖아요, 아저씨. 그때 할머니랑 같이 오셔서 국수 말고 갈비탕 드셨잖아요. 기억 안 나세요?"

하면 할아버지는 그제야 생각난 듯이

"아! 그래. 신부가 참말로 고왔지!"

하신다는 것이다.

할아버지는 나라에서 주는 혜택으로 보청기를 끼고 계셨지만, 말할 때마다 엄청나게 큰 목소리로 이야기를 하는 바람에 듣는 사람이 깜짝 놀라곤 하였다. 치매기가 있으신 건가 의심스러워서 행동하시는 걸 지켜보면 기억력도 다 좋으시고 자신의 자녀들 휴대폰 번호까지 외우고 계신다는데, 어째서 삼촌만 보면 매번 "영생이 자네, 국수는 언제 먹게 해 줄 건가?"를 묻는다며 허허 싱겁게 웃곤 한다.

이웃집 가는 귀 잡수신 할아버지가 '영생이 자네'라고 부르시는 '삼촌'은 소울이의 작은아버지로, 이름은 한영상이다. 서른 후반으로 키가 크고, 사람 좋아 보이는 눈은 서글서글하게 크지만 두툼한 듯 약간 앞쪽으로 튀어나온 입술은 뭔가 야무지지 못하고 계산 없이 퍼 줄 것 같은 인상을 주었다. 소울에게 작은아버지는 아빠나 다름없는 존재였다. 소울이는 몇 해 전 아빠가 사고로 세상을 떠나면서 삼촌과 둘이 살게 되었는데, 삼촌을 부를 때는 '촌'이라고 불렀다. 소울이가 삼촌을 '촌'이라고 부르면 삼촌은 소울이를 '울'이라고 부르곤 했다.

삼촌은 우체국 직원으로 아침마다 누렇게 색이 바랜 하얀색 자동

차를 타고 출근했는데 소울이도 삼촌과 함께 학교로 등교했다가 끝나면 집까지 걸어서 왔다. 집까지 오는 버스가 있긴 하지만, 너무나 익숙하고 위험할 것도 없는 길이라서 삼촌도 소울이가 걸어서 귀가하는 것에 크게 반대하지는 않고 다만 '될 수 있으면 걷지 말고 꼭 버스를 타라'며 버스 카드를 쥐여 주었다. 소울이는 삼촌이 퇴근하는 시간까지 우체국 근처에서 놀다가 함께 귀가하고 싶었지만, 삼촌은 웬일인지 그것만은 허락해 주지 않았다.

실제로 삼촌은 집에 들어올 때마다 몸에서 술 냄새가 많이 났다. 맘씨 좋은 삼촌은 언제나 화도 내지 않고 허허 웃기만 했지만, 밖에서 술을 마시지 않고 들어오는 날은 거의 없었다. 게다가 집 마당 한쪽에 있는 평평한 돌 조각상에 등을 굽히고 쪼그려 앉아 한숨 같은 담배 연기를 풀풀 내뿜는 것을 볼 때면 소울이는 이유 없이 삼촌이 불쌍해 보였다. 소울이와 함께 살아가기 위해서는 삼촌에게 술과 담배가 필요한 것이 아닐까 하는 생각마저 들어서 소울이는 마음 한구석이 묵직해지는 것이었다. 언젠가 삼촌에게 '왜 술을 마시고 들어오느냐'고 물은 적이 있었다.

"왜, 음주 운전 걸릴까 봐 그러냐? 걱정 마라. 걸릴 만큼은 마시지 않는다."

하며 허허 웃고는 그런 걱정할 만큼 소울이가 다 컸구나 대견해 하면서 소울이의 옆구리를 손가락으로 찔러댔다. 소울이는 간지럼을 많이 탔다. 특히나 옆구리가 취약점이어서 삼촌의 손가락을 떼어내느라 애를 먹었다. 그러면서도 삼촌이 자기 곁에 있어 주어서 다행이라는 생각이 드는 것이다. 새 학년이 시작될 때면 삼촌은 소울이에게 단짝 친구가 생겼느냐고 물어보곤 했다.

아직 친구가 무엇인지 모를 만큼 소울이가 어렸을 때, '촌, 친구가 뭐야?' 하고 물은 적이 있었다. 그러면 삼촌은 '친구란 서로의 속마음을 보여 줘도 부끄럽지 않은 사람이야!'라고 대답했다. 그 말을 듣고 소울이는 그렇다면 자신의 친구가 바로 삼촌이라고 생각했었다. 하지만 부쩍 쓸쓸해 보이는 삼촌의 뒷모습을 볼 때마다 삼촌에게는 소울이가 아닌 다른 친구가 필요한 것 같다는 생각이 들었다.

그날 밤 소울이는 방에 들어가서 조용히 신발 주머니를 열어 보았다. 주머니 안에는 교실에서 신는 하얀 실내화와 함께 하모니카가 들어 있었다. 소울이는 하모니카를 두 손으로 감싸 쥐고 가만히 눈을 감았다. 그때 어디선가 이런 소리가 들렸다.

"얘, 지금 뭐 하는 거지?"

"쉿! 들릴 수도 있잖아!"

소울이는 깜짝 놀라서 주변을 두리번거렸다.

"누구 있어요?"

"딸꼭……."

"……."

한 번의 딸꾹질 소리 이후로 주변은 고요하기만 했다. 소울이는 누군가에게 발각되면 큰일이라도 날 듯이 소중하게 쥐고 있던 하모니카를 이불 아래로 밀어 넣고는 마당으로 난 창문을 열고 소리쳤다.

"촌! 촌! 삼촌!"

"왜 무슨 일 있냐?"

마침 마당 한구석에서 담배를 피워 물며 누군가와 전화 통화를 하고 있던 삼촌이 다급한 소울이의 소리를 듣고 대답했다.

"촌이 뭐라고 했어? 나 지금 뭐 하는 거냐고… 거기서 말했어?"

삼촌은 피워 물었던 담배를 신발로 비벼 끄고 일어섰다.

"너 여태 안 자고 뭐 해? 열한 시가 다 돼 가는데? 불 꺼져 있길래 자는 줄 알았더니?"

삼촌은 소울이로 인해 통화가 중단된 것이 좀 언짢았는지 약간 짜증이 묻어난 목소리로 물었다.

"무, 무슨 소리가 들리는 거 같아서 갑자기…"

소울이는 약간 말을 더듬으며 대답했다.

"미안하다 울아. 통화하면서 내 목소리가 컸나 보다."

"아니 그런 게 아니라 난 무슨 도깨비 같은 게 있는 거 같아서…"

소울이는 진짜로 겁을 먹은 표정으로 말했다. 삼촌은 소울이의 방이 있는 창가로 걸어오며 말했다.

"다 큰 줄 알았더니 뭐 도깨비라고? 허허허허!"

"진짜야 무슨 소리가 났는데… 정말이라니까?"

소울이는 삼촌에게 그렇게 말하면서도 자신이 정말로 잠꼬대를 하고 있는 건 아닌가 의심이 들기 시작했다.

"도깨비라… 도깨비는 마늘을 무서워한다고 했던가? 아니 그건 드라큘라던가? 잘 모르겠다. 혹시 아냐? 마늘이 도깨비 쫓을 때도 효능이 있을지? 왜, 방에 마늘 좀 걸어 줄까?"

삼촌은 본격적으로 놀려댈 생각이었지만, 소울이는 좀 기분이 상했다.

"아냐, 그냥… 아무것도 아냐. 나 잘래!"

"도깨비 무섭다고 자다 오줌 싸지 마라. 삼촌 이불 빨래하기 힘들다. 그니까 기저귀 필요하면 지금 말해라."

빙글거리는 삼촌에게 눈을 한 번 흘겨 주고는 소울이는 창문을 닫았다. 창문 밖으로 삼촌의 그림자가 잠시 머물러 있더니 이내 마당 쪽으로 가 버렸다.

'도대체 무슨 소리였지? 분명히 말소리를 들었는데…?'

소울이는 불을 켜고 방안을 다시 휘이 둘러보았지만 아무도 없는 것이 분명했다.

"불 끄고 빨리 자라. 내일 학교 안 가냐?"

밖에서 들려오는 삼촌의 목소리에 소울이는 다시 형광등을 끄고 이불 위에 앉았다.

'내가 잘못 들은 거야. 도깨비라니 그런 게 있을 리가 없잖아!'

소울이는 결심한 듯 베개를 베고 자리에 누웠다. 그리고 이불 안으로 손을 더듬어 감춰 두었던 하모니카를 꺼내 콩딱콩딱 튀는 심장 위에 올려놓았다. 어둠 속에서 가만히 천장을 응시하던 소울이의 눈은 어느덧 스르르 감기고 마치 하모니카가 들려주는 부드러운 자장가를 듣는 듯이 평안해지더니 쌔근쌔근 깊은 잠 속으로 빠져들었다. 그날 밤 소울이는 행복한 꿈을 꾸었다. 꿈속에서 소울이는 사진 액자 속에 있는 아빠와 엄마와 함께 생일파티를 하고 있었다. 소울이는 엄마와 아빠로부터 하모니카를 선물 받고 좋아하고 있었다. 엄마는 커다란 아이스크림 케이크 위에 촛불을 켰고, 아빠는 소울이가 촛불을 불어 끄자 폭죽을 터뜨렸다. 폭죽은 끝도 없이 신비로운 불꽃을 피워내며 날아올랐다. 그런데 그 불꽃은 하늘을 향해 날아오르는가 싶더니 다시 소울네가 있는 방으로 맹렬하게 떨어져 내렸다. 어느샌가 엄마와 아빠는 온데간데없이 사라지고 소울이 혼자 두려움에 소리를 지르며 불꽃을 피하려고 이리저리 몸을 숨기며 법석을 피우는데, 그 불꽃은 마침내 도깨비가 되어 방 안으로 떨어져 내렸다. 그 도깨비는 이마 위에 돋아난 커다란 두 개의 뿔이 있었고 그 돋아난 뿔을 소울이의 얼굴 앞으로 무섭게 들이밀며 다그쳤다.

"남의 선물을 훔치면 안 되는 거 몰라?"

도깨비는 성난 얼굴로 눈을 네모지게 뜨며 말했다.

"후, 훔친 거 아니에요. 저, 정말이에요!"

"뭐라구? 딸꼭딸꼭딸꼭!"

"근데, 도깨비도 딸꾹질을 하나요?"

파랗게 겁에 질려 온몸을 부들부들 떨면서도 소울이는 딸꾹질하는 도깨비가 신기했다.

"더 이상 안 되겠어. 점점 거짓말만 늘고 있잖아. 이리 내!"

도깨비가 손을 뻗어 하모니카를 빼앗으려고 하자 소울이는 하모니카를 뒤로 감추며 소리쳤다.

"난 훔치지 않았어요. 훔친 거 아니에요!"

그리고 번쩍 눈을 떴다. 이마에는 식은땀이 흐르고 있었다. 어느새 동이 터 오는지 창문에는 희뿌연 빛이 비쳐 들어 방바닥에 떨어져 있던 하모니카를 비추고 있었다. 소울이는 방 안에 아무도 없다는 것을 알면서도 그 누군가를 향해 이렇게 말하지 않을 수 없었다.

"오오오오늘 돌려줄 거예요. 하하하하루만 가지고 놀다가 도도도 돌려주려고 했어요. 진짜예요. 내 말을 믿어 주세요!"

그날 소울이는 하모니카를 원래 있던 자리에 돌려 놓았다. 하모니카의 주인은 같은 반 친구인 보라였는데, 생일 선물로 부모님께 받은 거라며 아이들에게 자랑을 했다. 하지만 아이들은 그런 보라를 부러워하기는커녕 오히려 놀림감을 만들었다. 아이들에게는 그깟 하모니카쯤 뭐 그리 대단할 것도 없었겠지만, 소울이는 그 하모니카를 불어 보고 싶었다. 그래서 보라가 감기에 걸려 결석한 어제 그 하모니카를 하루만 빌려 오려고 했던 것이다. 물론 주인에게 미리 말은 하지 않았지만, 그 물건이 있던 자리 그대로 돌려 놓을 것이었기에 자신이 남의 물건을 훔치는 나쁜 도둑이라는 생각은 들지 않았다.

다만 소울이는 꿈에 나타났던 도깨비의 정체가 궁금할 따름이었다. 세상에 정말 그런 도깨비가 있는 걸까? 소울이는 자신의 상상력이 그런 도깨비를 그려냈다고는 생각되지 않았다. 한 번도 도깨비라는 것을 생각해 본 적이 없었기 때문이다.

'정말 어딘가에 도깨비가 있는 걸까? 어젯밤 들었던 그 소리는 정말 도깨비의 대화가 아니었을까?'

소울이는 도깨비에 대해 생각하면 할수록 간밤에 들었던 그 소리와 꿈에서 나타났던 도깨비의 목소리가 일치한다는 생각이 들었다. 하지만 누구에게도 털어놓을 수 없는 이야기였다. 이야기를 했다가는 아직도 그런 것을 믿는 어린아이로 놀림 받을 수 있기 때문이다. 오늘도 보라는 학교에 오지 못했다.

'많이 아픈가 봐!'

소울이는 보라가 걱정되었다. 그리고 보라의 사물함 속에 하모니카를 갖다 놓았다. 미처 소리를 내 보지는 못했지만, 행복한 사람의 물건을 품고 하룻밤을 자면 행복은 씨앗이 되어 마음의 밭에 떨어진다. 소울이는 더 많은 행복의 씨가 필요했다. 사실 어제는 소울이의 생일이었다. 비록 그 누구도 자신의 생일을 기억해 주는 사람이 없었지만, 소울이는 자신의 생일날 밤에 행복의 씨앗을 하나 더 심는 것으로 즐거워할 수 있었다. 하지만 꿈에 나와서 사람을 놀라게 하던 그 도깨비의 정체는 여전히 풀지 못한 수수께끼로 남아 있었다.

3 장

사마귀의 개입

사마귀는 도깨비란 녀석이 저희들끼리 희희낙락거리며 뭉쳐 다니는 것이 늘 눈꼴사나웠다. 사마귀도 장난치는 걸 좋아하지만, 도깨비들과는 질적으로 달랐다. 이들은 사람들을 증오하고 있었다. 그래서 애인을 만나려고 한껏 차려입고 길을 나서는 사람만 보면 옷자락을 잡아당겨 넘어지게 하거나 이제 막 대작을 완성하고 기뻐하는 화가의 팔꿈치를 툭 쳐서 다 그린 그림을 망쳐버렸다.

사마귀의 장난이 모든 사람에게 다 영향을 미칠 수 있는 것은 아니다. 사마귀들은 도깨비 수호 팀을 갖추고 있는 사람들에게는 그들의 사악한 장난질이 먹히지 않는다는 것을 알고 있었다. 그렇다 하더라도 호시탐탐 기회를 노리는 일만은 게을리하지 않았다. 사마귀에겐 친구라든가 동료라는 개념은 아예 없었다. 같은 사마귀 무리에서도 서로를 향한 경쟁심이 분화구 속의 용암처럼 들끓고 있기 때문이다. 사마귀들은 우정 대신에 협상을 선택하기 때문에 '오는 것이 있어야' 가는 것이 있을까 말까 한 심성을 가진 존재였다. 늘 의심하고 두 개의 이익 사이에서 더 큰 이득을 갈망하는 욕심 탓인지 그들은 두 개의 이마를 갖고 있었다. 얼굴이 하나임은 분명하지만, 이마에서부터 머리가 갈라져서 두 쪽의 머리가 언뜻 보면 두 개의 커다란 혹처럼 보이기도 했다.

도깨비들과는 달리 이들은 잠을 자지 않는다. 그들의 눈은 왼쪽으로 틀어져 있고 입은 오른쪽으로 돌아가 있어 참으로 기괴한 형상이었다. 사마귀는 마귀 대왕의 부하로 마귀 대왕은 이들 위에서 절대적인 권력을 행사했다. 원래 마귀 대왕은 거룩한 천사의 반열에서 스스로 떨어져 나와 최초로 독자적인 악의 세력을 구축한 장본인이었다. 천사들을 감싸고 있던 영광스런 빛에서 떨어져 나왔기 때문에 그의 모습은 말로 표현할 수 없을 만큼 흉물스러웠으나 변장술을 이용하여 가브리엘보다 더 많은 네 쌍의 날개를 달고 세상에 있는 온갖 아름다운 보석으로 몸을 장식하고 다녔다. 하지만 그의 갈라진 두 개의 혀는 어떤 변장술로도 감출 수가 없었다. 신기한 것은 한쪽 혀가 말하면 다른 혀는 가만히 듣고 있기도 하는데 때때로 두 개의 혀가 제각각 폭풍 같은 바람을 일으키며 싸우고 헐뜯어대기도 했다.

떠도는 풍문에 의하면 이 모습에 매료당한 최초의 숭배자가 있었는데, 마귀 대왕은 그에게 자신에게 바칠 희생 제물로 그 숭배자의 첫아들을 요구했다. 마귀 대왕으로부터 영원한 부와 명예를 약속받은 최초의 숭배자는 이미 제정신이 아니었다. 그는 엄마 옆에 쌔근쌔근 잠들어 있는 어린 아들을 몰래 들춰 안고 나와서 마귀 대왕 앞에 불의 희생 제물로 바쳤다.

마귀 대왕은 그 아들의 타고 남은 뼈를 가루로 만들고 여기에다 분노와 남편에 대한 복수심에 취해 검고 탁하게 변해버린 그 어머니의 피를 섞었다. 피로 반죽한 뼛가루로 마귀 대왕이 만들어낸 것이 바로 사마귀라는 존재였다. 최초의 숭배자는 마귀 대왕의 약속대로 세상을 떠들썩하게 할 만큼 한때 큰 부자가 되기도 했지만, 그의 재산과 명예를 노리던 친구의 배신으로 돈은 물론 생명까지 잃게 되었다고 전해진다.

마귀 대왕은 자기 모습을 세상에 드러내놓고 다니는 일은 거의 없었고 자기가 창조한 사마귀들에게 사람들을 이간질하고 돈과 명예를 위해 사랑과 우정을 저버리는 일을 하라는 지상 명령을 내렸다. 사마귀의 목숨은 마귀 대왕에게 달려 있었기 때문에 사람들의 마음속에 검은 씨앗이 싹을 틔우도록 하는 일을 게을리하거나 다른 사마귀들보다 일하는 효율성이 떨어질 때는 가차 없이 바람 속의 먼지로 덧없이 날려버렸다. 사마귀들에게 마귀 대왕은 두려움의 대상이었지만, 이들은 그 두려움 자체를 숭배했다.

그러나 사마귀들이 마귀 대왕에 대해 모르는 큰 비밀이 있었다. 그것은 마귀 대왕은 영원한 존재가 아니라는 것이었다. 마귀 대왕은 평화의 왕자가 거룩한 천사들과 이 땅으로 다시 돌아오게 될 때까지만 타락한 본성대로 살아가도록 허락된 일종의 가석방 상태였다. 이 사실을 비밀에 부친 마귀 대왕은 할 수 있는 대로 많은 사람들의 마음속에 검은 씨앗을 틔워 진주문에 이르는 비밀 통로를 가로막는 길만이 평화의 왕자가 돌아오는 시기를 늦출 방법이라는 생각을 갖고 있었다. 왜냐하면 평화의 왕자는 사람들에게 한없는 인내심을 발휘하고 있기 때문이다. 그는 어리석게도 사람들을 사랑하기 때문에 할 수만 있다면 모든 사람이 진주문을 발견할 수 있도록 지금까지도 참아 주고 있는 것이다.

"인간을 사랑한다는 게 말이 돼? 그들도 나와 다를 것이 없는 존잰데도 말이야."

마귀 대왕의 한쪽 혀가 날름거리며 말했다. 그러자 다른 쪽 혀도 지지 않고 반박했다.

"인간은 우리보다 못한 존재야. 우리보다 나약한 존재라구!"

두 혀가 번갈아 가며 이렇게 말했다.

"그러니까 그의 약점을 이용하는 거야."

"자청해서 약자가 된 왕자라니 정말 바보 같은 짓이었어."

두 혀가 동시에 날름거렸다.

"누군가를 사랑한다는 건 적에게 최대 약점을 노출하는 거야!"

사마귀들도 막연하게나마 마귀 대왕이 자신들에게 다 밝히지 않은 어떤 비밀을 갖고 있다는 생각을 품고는 있었다. 하지만 그 누구도 드러내 놓고 이런 일에 대해서 의논하거나 마음을 꺼내 놓을 수가 없었다. 그랬다가는 당장 누군가가 마귀 대왕에게 가서 없는 사실까지 부풀려서 꼬아바칠 것이 뻔했고 그렇게 되면 서로에게 보복할 기회 한 번 갖지 못하고 바람 속의 한 줌 먼지로 흩어져버릴 것이기 때문이다. 사마귀들은 늘 계산을 하며 행동했기 때문에 자기들끼리는 웬만해선 먼저 말을 거는 일이 거의 없었다. 그래서 그들 사이에 실없는 말로 농담을 건넨다거나 아무 생각 없이 배를 틀어잡고 깔깔 웃어대는 일 같은 것은 상상도 해 볼 수 없었다. 사마귀들도 도깨비처럼 각자의 구역이 있었지만, 자기 구역에만 만족할 수 없어서 항상 떠돌아다녔다. 한 가지 어려운 점은 요즘 인간들 가운데는 이미 진주문을 발견하여 검은 씨앗 자체가 아무런 효력을 발휘할 수 없게 된 부류들이 점차 늘어가고 있다는 것이었다. 그래서 가뜩이나 점점 더 활동 영역이 좁아지고 있는 상황인데, 설상가상으로 마귀 대왕은 그들의 할당량을 더 늘려 놓았기 때문에 서로 다른 사마귀들의 성과를 빼앗을 궁리에 혈안이 되어 있었다.

한편 뿔 돋은 도깨비는 두 친구 도깨비들과 떨어진 채 혼자서 터벅터벅 걸어가고 있는 중이었다. 도깨비들은 원래 눈치가 둔하다. 누군가를 의심하거나 미워하는 감정이 없기 때문에 눈치를 살피고 민감하게 감각을 곤두세우는 일이라곤 없고 그저 천하태평일 때가 많았다. 그런 까닭에 두 도깨비들은 호기심 많은 사슴들과 숨바꼭질을 하면서 저만치 앞서 가 버렸고 뿔 돋은 도깨비가 뒤에 혼자 남은 것도 눈치채지 못했다. 뿔 돋은 도깨비는 오늘따라 기운이 빠졌다. 가던 길을 멈추고 잠을 자기로 마음을 정했다. 도깨비는 거룩한 천사들과는 달리 지상에서 살아갈 때는 낮잠이 필요했다. 하루에 한 번 낮잠을 자지 않으면 도깨비의 놀고 싶어 하는 에너지가 약해진다. 즐거움은 그들의 힘이었다. 천사장 가브리엘에게 책망을 들어 즐거움의 에너지가 고갈되는 것을 느낀 뿔 돋은 도깨비는 굵직한 나뭇가지를 찾아 두리번거렸다. 혹시라도 다른 새의 둥지를 망가뜨리는 일이 생길까 봐 조심히 살피는 것이다.

"난 까마귀가 아니니까. 남의 둥지를 소중히 여겨야 해!"

언젠가 도깨비는 까마귀 한 마리가 다른 새의 둥지를 차지하는 것을 본 적이 있었다. 적당한 나뭇가지를 발견한 도깨비는 그 위에 몸을 눕혔다. 도깨비는 잠을 잘 때도 눈을 감지 않는 탓인지 사람들과는 달리 꿈을 꾸지 않는다. 도깨비가 막 잠이 들었을 때 어디서 나타났는지 사마귀 한 마리가 그의 두 쪽 난 이마를 순진한 도깨비의 얼굴 위로 들이밀었다.

"자느? (자냐?)"

도깨비는 아무런 인기척을 보이지 않고 마치 죽은 듯이 누워 있었다.

"진쯔 자나 보느? (진짜 자나 보네?)"

유독 한 쪽 이마가 혹처럼 불룩 튀어나온 이 사마귀는 주위를 휘둘러보았다.

"혼자 자나 보느? (혼자서 자나 보네?)"

사마귀들은 말끝이 흐리다. 아무리 큰 소리를 뻥뻥 쳐도 그들의 말끝은 언제나 흐지부지하게 들렸다. 이들은 두 혀를 가진 마귀 대왕의 불완전한 창조물임이 틀림없는 것이다.

"별꼴이느. 흐흐흐…!"

사마귀의 입가에 음흉한 미소가 번졌다. 도깨비는 세 명의 무리에서 혼자 떨어져 나오면 그들만의 전파 시스템이 작동되지 않기 때문에 혹시 위험에 빠지는 순간이라도 다른 도깨비들에게 도움을 청할 수 없다. 이 사실을 사마귀들이 모를 리가 없지만, 무리 지어 다니는 것을 좋아하는 도깨비들이 외따로 떨어져 나오는 기회를 포착하기란 사마귀들 사이에 대가 없이 정보를 교환하는 경우의 수만큼이나 희박했다.

"음… 셋이 아니란 말이즈?"

사마귀는 도깨비 이마 위에 돋아 있는 뿔을 나뭇가지로 툭툭 쳐 보았다.

"미련한 도깨비 녀석들. 한 번 잠들면 누가 업어 가도 모른다더니 정말이느!"

크게 눈을 뜨고 있는 도깨비가 혹시나 깨어 있는데 일부러 자신을 속임수에 빠뜨리려고 자는 척을 하고 있는 건 아닐까 의심했던 사마귀는 이제야 안심했다. 이제 다른 사마귀 하나를 불러들여 함께 이 도깨비의 이마에 돋아난 뿔을 빼내기만 하면 되는 것이다. 사실 사마귀 혼자서는 도깨비 하나를 대적할 힘이 부족했다. 더구나 셋이 뭉쳐 다니는 도깨비들은 사마귀에겐 천하무적이나 다름없었는데, 이것은 천사장 가브리엘과 직통하는 전파 시스템이 작동되기 때문이다. 사마귀는 자고 있는 도깨비를 널찍한 토란 잎으로 덮어 아무도 없는 것처럼 위장하고 다른 사마귀를 찾아 나섰다. 얼마 못 가서 이리저리 어슬렁대고 있는 사마귀 한 마리를 만났다. 이 사마귀는 유별나게 두 이마가 푹 꺼진 녀석으로 무리 중에서도 가장 배신 잘하고 교활하기로 명성이 자자했다. 마귀 대왕의 총애를 받고 있는 이 사마귀는 언제나 물불 가리지 않고 할당량을 채우려고 늑대 같은 눈을 희번덕거리며 여기저기 휘젓고 다녔다.

'흥! 만나도 이런 재수 없는 녀석을 만났다느…!'

혹 머리 사마귀는 이렇게 생각하면서도 그 못난 얼굴을 맘껏 비웃어 주고 싶었다.

"이봐! 찌그리! 어딜 그렇게 급하게 가는 길이으?"

찌그리는 기분이 상했다. 흡사 사람들이 발길로 걷어찬 노란 양은 냄비처럼 생긴 머리 모양을 두고 모두들 뒤에서 '찌그리 찌그리' 하며 놀려대는 것을 그도 알고 있었다. 그러나 면상에 대놓고 '찌그리'라고 부르는 이 혹 대가리 녀석이 찌그리는 몹시 괘씸했다. '언젠가는 저 놈

을 내 수하에 두고 내 맘대로 부려먹고 말겠드! 그때까지만 참즈!'

"오랜만이으, 흑대가리! 지금 날 보고 기분 잡쳤다는 표정인드 그렇다면 뭔가 괜찮은 게 있다는 건드?"

"있긴 뭐가 있단 거으? 너무 앞서가지 말지 즘!"

흑머리 사마귀는 찌그리 사마귀의 빠른 눈치에 놀라면서도 겉으로는 놀란 속내를 들키지 않으려고 시치미를 뚝 떼었다.

"이것 봐. 우린 다 마귀 대왕을 위해 충성을 맹세한 사이라그. 이 점을 잊지 므. 우리 사마귀들이 간과하고 있는 게 하나 있는데 말으, 우리도 서로 힘을 합칠 땐 합쳐야 된다는 거으. 그렇게 생각하지 않느? 흑 대가리?"

"뭐? 흑 대가리? 이 찌그러진 양철 깡통 같은 게 어디다 대고 주둥이를 함부로 놀르?"

흑 머리는 기분이 상하자 눈은 눈대로 입은 입대로 딴 방향으로 더 틀어져 버리고 말았다.

"흥! 이 찌그러진 양철 깡통님께서 본부장이 되는 날엔 널 개처럼 부려먹겠드. 각오해르!"

찌그리도 더 참지 못하고 분통을 터뜨렸다.

"난 마귀 대왕님의 부하이즈 네 녀석 밑으로 들어갈 생각은 없으니끄."

"마귀 대왕의 부하믄 내 부하도 되는 거으. 이 흑 대가리야, 내가 마귀 대왕보다 더 높은 자리에 오르는 날엔 넌 절벽감옥 행이드. 지금

편하게 움직일 때 맘껏 즐겨두라그."

찌그리의 발언은 조금 위험한 것이었다. 흑 머리는 방금 한 찌그리의 발언을 모아 두기로 했다. 나중에 요긴하게 써먹을 데가 있을지도 모른다는 생각에서였다. 사실 사마귀들의 귀는 그저 들리는 대로 듣기만 하는 것이 아니라 들은 것을 녹음해 두는 기능이 있었다. 그래서 사람들이 지키지 못할 맹세를 하거나 순간적인 화가 나서 서로에게 저주를 퍼붓고 뒤에서 남을 험담하는 소리를 이들은 꼭 녹음해 두었다가 그들에게 죄책감을 심어 주는 요긴한 도구로 사용하였다.

"쿠쿠하하…"

흑 머리는 언젠가 때가 되면 찌그리의 발언을 마귀 대왕에게 일러바칠 날이 올 것이라고 확신하면서 능글거리는 미소를 지어 보였다. 찌그리는 순간적으로 아차 싶었지만, 이미 늦은 일이었다.

'할 수 없즈. 놈에게 약점을 잡힌 만큼 더 열심히 마귀 대왕님을 위해서 충성을 하는 수밖에. 그리고 빨리 승격해서 저 녀석을 노예로 부려먹고 말 테드!'

이렇게 속으로 결심을 다진 찌그리는 길에 떨어져 있던 돌멩이를 집어 방심하고 있는 흑 머리를 겨냥해 맞혔다.

"아!'

흑 머리가 외마디 비명을 질렀을 때는 이미 찌그리가 자취를 감춘 뒤였다.

'다시 만나면 너는 그날이 불 연못에 빠지는 날이드!'

혹 머리는 바득바득 이를 갈며 차마 말로 표현할 수 없는 욕과 저주를 주문처럼 중얼대며 다시 도깨비가 잠든 곳까지 왔다.

'한심하고 미련하기는 아직까지 잠을 처자다느!'

혹 머리는 한심하다는 표정으로 도깨비 얼굴에서 토란 잎을 걷어냈다. 다행히 아무도 잠든 도깨비를 발견하지는 못한 것 같았다.

'그런데 이 녀석을 어떻게 한다? 이마에서 뿔을 뽑아 버려야 하는데 혼자 힘으로는 감당이 안 될 것이고 그렇다고 도움을 청하자니 저런 교활한 녀석들이 내 공적을 가로챌 게 뻔하그. 흥! 그런 꼴은 볼 수 없지.'

사마귀는 이제 도깨비가 잠에서 깨어나기를 기다리기로 했다. 다른 두 마리의 도깨비들이 녀석을 찾으러 오지 않는다면 자기 계획대로 맞아 들어갈 거로 생각하며 천지 분간 못 하고 잠에 빠져 있는 도깨비의 얼굴을 한심한 듯 바라보았다.

'아이들처럼 단순한 녀석들이니까 내 잔머리가 먹힐 거으!'

혹 머리는 자신감에 차올라 두 혓바닥을 연신 날름거렸다. 그리고 얼마의 시간이 흘렀을까. 잠들었던 도깨비는 감지도 않은 눈을 비비며 잠에서 깨어났다. 도깨비가 자는 동안 그의 눈동자 위에 꿈틀거리는 초록 벌레와 잔솔가지가 떨어져 있었던 것이다. 두 눈동자는 도깨비가 두 살 배기 아기처럼 앙증맞은 손으로 비벼대는 바람에 이 구석 저 구석 또르르 굴러다녔다. 도깨비가 눈 비비기를 멈추자 눈동자는 곧 제자리를 잡았고 시력도 돌아왔다. 그러나 이제 막 되찾은 시력을 통해 도깨비가 처음 보게 된 것은 자신을 내려다보고 있는 흉물스런 사마귀였다.

"오늘은 낮잠이 길었느?"

도깨비가 놀랄까 봐 한쪽 혓바닥을 쓰흡 말아 넣으며 사마귀가 먼저 말을 걸었다.

"응… 그랬나 봐. 그런데 이제 우리하고도 말하기로 한 거야? 너희들?"

도깨비는 의아한 듯 물었다.

"그럴 리그. 사마귀는 절대 도깨비와 말을 섞지 않으."

"그렇구나!"

사마귀의 말에 도깨비는 약간의 방어 태세를 갖췄다. 도깨비가 아이들과 같은 천진함을 갖고 있다고 해서 사마귀들의 악한 꼬임을 분간하지 못할 만큼 어리석다는 뜻은 아니었던 것이다.

"그럼 할 말 없는 사마귀와는 이만 안녕 할게. 혼자 남겨둬 미안하지만 난 내 친구들을 찾아봐야 해."

도깨비는 속으로 자신이 너무 오랜 시간 동안 친구들과 떨어져 있었다는 것에 조금 불안감을 느꼈다. 친구들은 지금쯤 어디선가 낮잠을 자고 있겠지만, 셋이 아닌 둘의 결속력만 갖고는 위험에 빠질 수도 있기 때문이다. 더구나 지금 할 말이 없다면서도 계속해서 말을 걸어 오는 음흉한 사마귀는 어딘가에서 자고 있을 자기 친구들까지 위태롭게 만들 수 있는 존재라는 것을 도깨비는 간파하고 있었다. 도깨비는 서

둘러 걸음을 옮겼다. 그러나 귀찮은 사마귀는 계속해서 도깨비를 따라오며 말했다.

"난 너의 뿔을 뽑아버릴 수도 있었으."

"뭐라구?"

도깨비는 가던 걸음을 멈추고 기막힌 듯 사마귀를 쳐다보았다.

"뭐라구? 내 뿔을 뽑으려 했다는 거야?"

사마귀는 허세를 떨 듯 어깨를 한 번 으쓱하며 말했다.

"그렇다니끄. 난 너처럼 혼자가 아니었으. 우리 떼거리가 자고 있는 너에게 달려들어서 뿔을 뽑으려 했단 말으."

"……"

도깨비는 오싹한 기분이 들었지만 겉으로 표를 내지 않으려고 애를 썼다.

"네 목숨을 구한 건 바로 나란 걸 말하고 있는 거으. 너는 낮잠 자다 날벼락을 맞을 뻔 했다그. 먼지처럼 사라질 뻔했다니끄? 그걸 막아준 게 바로 나으, 나."

그러나 사마귀의 예상과는 달리 도깨비는 덤덤한 반응을 보였다.

"그래 고마워. 하지만 무슨 대가를 바라고 날 도와준 건 아니라고 생각하는데, 그런 거였니?"

사마귀는 능글맞게 웃으며 생각했다.

'과연 소문대로 도깨비 녀석들이 마냥 어리석은 것만은 아니느. 제법 꾀를 내고 있으. 이럴 땐 차라리 속셈을 드러내고 겁을 주는 게 낫

겠으.'

"아니, 난 대가 없이 도움을 주는 그런 타입은 아니라서 말으."

사마귀도 자신의 이익을 위해서는 진실을 말했다.

"내가 한 번 너의 목숨을 살려줬으면 너도 나에게 뭔가 줄 것이 있어야 공정한 거 아니겠으? 으?"

도깨비는 의아한 듯 말을 잇지 못하고 이 사마귀가 무슨 말을 하려고 하는지 지켜보고 있었다. 위협하려는 듯 어깨를 치켜세우던 사마귀는 갑자기 얼굴에 능글맞은 억지 미소를 띠며 한 발짝 더 가깝게 다가와서 비밀 이야기처럼 목소리를 낮추었다.

"하지만 난 아무것도 모르고 낮잠을 자고 있던 너를 정말로 불쌍히 여겼으. 그래서 어떤 불이익을 당할지 뻔히 알면서도 너의 뿔을 구해준 거으. 그 덕에 난 다른 사마귀들한테 나쁜 평판을 얻고 따돌림을 당하고 있다 이 말이으!"

"……"

사마귀는 이쯤 되면 도깨비의 마음을 움직일 수 있을 거로 생각했지만, 도깨비는 여전히 침묵을 지키고 있었다.

"그러니까 내 말은… 난 너를 친구로 생각하고 있다는 거으. 친구는…"

사마귀의 머릿속에서는 순간 무엇이 친구라는 것일지 의문이 들었다. 사마귀로서는 한 번도 생각해 본 적 없는 개념이기 때문에 과연 그럴 법도 했다.

"…그러니까 친구끼리는 서로 도움을 줄 수 있는 관계라는 거으. 그, 그래서 난 너에게 뭔가 도움을 줄 거으. 왜냐면 우리는 친구니끄."

사마귀는 자기가 지금 무슨 말을 지껄여대고 있는지 모르겠다 싶으면서도 입에서 나오는 대로 아무 소리나 내뱉으며 말을 이어갔다.

"너희는 아이처럼 너무 순진해서 일곱 번씩이나 사람들을 도와줄 기회를 마냥 기다리고만 있다는 거으. 그런 점에서 우린 너희와 상부상조할 수 있으. 무슨 말인가 하면 잘 들어브. 듣고 있즈?"

의외로 사마귀는 앞뒤에 맞게 말이 술술 풀려 나간다고 생각했고, 반면 도깨비는 이쯤에서 발길을 돌려 친구들을 찾아 나설까 싶은 생각이 들었다. 이 이마에 혹이 난 사마귀의 중언부언하는 소리를 계속 듣고 있을 마음은 애초에 전혀 없었다. 하지만 마음 한편에서는 사마귀의 말이 전혀 일리가 없는 것은 아니라는 생각이 드는 것도 사실이었다. 왜 도깨비들은 우연한 기회만을 기다리며 수많은 시간을 산짐승들과 숨바꼭질 놀이나 하며 시간을 낭비하고 있는 것일까? 생각해 보니 자신에겐 아직 두 번밖에는 위기에 처한 사람을 도울 기회가 찾아오지 않았던 것이다. 더구나 그것이 '계산'되는 것은 전적으로 천사장 가브리엘의 권한이었기 때문에 도깨비들의 기준으로 선행을 했다 하더라도 가브리엘의 '계산'에 맞지 않을 수도 있는 것이다. 더구나 자신이 저지른 '도깨비 빤스' 장난으로 인해서 지금까지 이뤄 놓은 두 번의 기회가 다 물거품처럼 사라졌을지도 모른다고 생각하니 남은 일곱 번의 기회를 어느 세월에 기다리고만 있을지 아득해졌다.

영악스런 사마귀는 지금 도깨비가 갈등에 빠져 있다는 것을 단박에 알아차릴 수 있었다. 자신의 중언부언 지껄여대는 말 가운데 그 어떤 것이 도깨비의 마음을 자극하고 있다는 것은 분명한 사실이었다. 그것이 무엇이었을지 머리를 굴리던 찰나에 도깨비는 오랜 침묵을 깨고 말문을 열었다.

"친구는 서로 도움을 주는 거라고 했지? 하지만 난 네가 사람들을 해치는 일을 한다는 걸 알고 있어. 그런 일을 하는 너와는 친구는 힘든 거야. 그러니까 우린 서로 도울 일이 없을 거야."

사마귀는 여기서 고삐를 당겨야 한다고 생각했다.

"그래. 네 말대로 우리 사마귀들은 사람들을 곤경에 빠뜨려야 흐. 그것이 우리의 지상 명령이니끄. 그렇다면 우리가 어떤 사람을 위험에 빠뜨릴 때 이 사실을 친구인 내가 너에게 알린다면 넌 어떻게 할 거느? 단지 네가 나를 친구로 여길 수 없다는 이유로 사람이 위험에 처한 걸 뻔히 알면서도 그대로 두고 보고만 있을 거란 말으? 그게 너희 도깨비들의 양심이라는 거느? 그러니까 넌…"

사마귀는 본능적으로 자기 말이 점점 먹혀들고 있다는 것을 직감하며 기회를 놓치고 싶지 않은 조바심에 빠른 속도로 말을 이어 가려는데 맙소사! 저쪽에서 두 마리의 벼룩처럼 통통 튀어 다니는 도깨비들이 보였다. 사마귀는 마음이 급해졌다.

"좋으! 오늘 이야기는 여기까지 하즈. 하지만 너도 마음이 동하는 뭔가가 있다면 내일 이맘때 너희 친구들이 낮잠 자는 동안 거북바위에서 보즈. 오늘 못다 한 이야기는 내일 더 하기로 하즈. 너에게 찾아온 기회를 아무렇게나 날려 보내지 말라그. 친구로서 충고니끄. 모든 건 너의 결정에 달린 거으."

도깨비는 한 귀로 이 말을 흘려들으며 자신을 찾아오는 친구들을 향해 튀어가 버렸다. 사마귀도 두 도깨비들이 자신을 알아보았을까 두려워서 서둘러 자리를 떠났다. 이 혹 머리 사마귀의 속셈은 이런 것이었다. 다른 사마귀들에 비해 자신의 세력이 약하다는 것을 알고 있는 혹 머리는 일단 자기 혼자 힘으로 사람들을 상대하기보다는 힘이 강한 사마귀들의 표적이 된 사람을 다시 공격하는 방법을 취하기로 한 것이다. 먼저 사마귀의 유혹에 빠져든 사람이 있다는 것을 이 낮잠 꾸러기 도깨비에게 알리면 사마귀보다 힘이 강한 도깨비들의 도움으로 그 사람은 일단은 위험에서 벗어나게 될 것이다. 결국 먼저 일을 시작한 사마귀는 도깨비의 등장으로 수고가 물거품이 되어 버리고 도깨비들의 보호 아래 있다는 생각으로 다시는 그 사람을 공격할 생각을 하지 못할 것이다. 그러나 바로 그 순간 방심한 상태에 있는 그 사람을 혹 머리가 다시 공격하겠다는 계획이었다. 이 공격이 성공하기 위해서는 어떤 수를 써서라도 낮잠 도깨비를 무리에서 떼어 놓아야만 한다. 외톨이가 된 도깨비 하나쯤은 충분히 승산이 있을 것이다. 혹 머리는 자신의 이 계획에 마음이 흡족해졌다. 다음 날, 그 낮잠 도깨비가 거북바위로 찾아오기만 한다면 지체 없이 이 계획을 실행할 것이다.

"하지만 오지 않을 수도 있잖으…"

"올 수도 있즈. 입 닥츠!"

"안 올 수도 있는 거라그!"

역시 이마가 두 쪽으로 갈라진 사마귀는 의심에 의심을 더하며 언제나 그렇듯 스스로를 괴롭히고 있었다.

4 장

보물선과 거북바위

    세 명의 완전체가 된 도깨비들은 지난밤 소울이가 꾼 꿈 이야기에 수다가 끊이지 않았다. 도깨비는 사람처럼 꿈을 꾸지 않지만, 만일 어떤 사람이 꿈에서 도깨비를 본다면 그 꿈에 등장한 도깨비는 사람이 꿈을 꾸는 동안 그 사람의 마음 안까지 들어갈 수 있었다. 하지만 최근 들어 그런 일은 거의 일어나지 않았다. 이상하게도 꿈에 귀신을 본다거나 외국 영화의 영향인지 좀비나 흡혈귀, 심지어 우주 괴물이 등장하는 꿈을 꾸는 사람들은 간혹 있어도 도깨비를 등장시키는 일은 거의 없었던 것이다. 그런데 소울이의 꿈에 그 누구도 아닌 딸꾹질 도깨비가 나타난 것이다.

"왜 나지?"

딸꾹질 도깨비가 의아한 듯 두 도깨비에게 물었다.

"방에 있을 때 우리가 옆에서 하는 말을 들은 게 분명해."

하품 도깨비가 하품을 하며 말했다.

"거 봐. 내가 뭐랬어. 간혹 우리 말을 알아듣는 사람들도 있다니까? 아이들 앞에선 특히나 조심하라고 가브리엘 천사장님도 말씀하신 적이 있잖아. 기억 안 나?"

뿔 돋은 도깨비가 정색하자 그래도 여전히 이해가 되지 않는다는 듯 딸꾹질 도깨비가 다시 물었다.

"우리 셋 다 있었는데 왜 하필 나였을까? 딸꼭딸꼭!"

두 도깨비가 동시에 소리를 높였다.

"아직도 모르겠어?"

딸꾹질 도깨비는 그제야 헤시시 웃었다. 소울이의 꿈에 등장한 딸꾹질 도깨비의 모습이 비록 소울이의 두려움 때문에 실제 모습보다 훨씬 무서운 존재로 그려지긴 했지만, 그건 딸꾹질 도깨비가 분명했다. 딸꾹질 도깨비는 약간 투덜대는 말투로 말했다.

"아이들이 우리를 그렇게 무서워하는 줄은 몰랐어. 나를 사마귀 정도로 생각하는 거 같더라구."

"그래도 넌 사람 마음속에 들어가 본 도깨비잖아. 그 기분이 어땠는지 말 좀 해 줘 봐."

두 도깨비가 호기심에 몸이 달아 졸라대자 딸꾹질 도깨비는 소울이의 마음속 여행에 대해 이야기하기 시작했다. 그의 말에 의하면 소울이의 마음 방에는 수많은 장난감으로 가득 차 있다고 했다. 자동차와 배 그리고 온갖 종류의 날아다닐 수 있는 비행 물체였는데, 아이의 상상력으로 만들어낸 장난감들이어서 아주 기발하게 생긴 것이 많다고 했다. 하지만 이상한 점은 그 장난감들이 모두 유리로 만든 진열대 안에 들어 있고, 그 진열대를 열 수 있는 문이 없다는 점이었다. 이 장난감 진열대가 진주문에 이르는 비밀의 통로 앞을 가로막고 서 있다는 점 이외에는 별다른 특이점은 찾을 수 없었다고 했다.

"아이들은 장난감을 좋아하니까 장난감 때문에 비밀의 통로가 막히는 일은 없을 거야. 아직 어린아이니까 나중에 자연스럽게 찾아낼 수 있을 거야!"

"찾아낼 수 있을 거야. 하아암"

하품 도깨비는 약간 졸린 거 같았다.

"나도 사람의 꿈에 나와 보면 좋겠다."

뿔 돋은 도깨비가 말을 마치자마자 하품 도깨비는 기다렸다는 듯이 노래를 불렀다.

"사람 꿈 속에 내가 나왔으면 정말 좋겠네에 정말 좋겠네! 사람 꿈 속에 내가 나왔으면 정말 좋겠네에 정말 좋겠네!"

"사실 다시 한 번 들어갈 수만 있다면 그땐 좀 더 꼼꼼하게 살펴봐야겠어. 장난감 진열대 너머에 뭔가가 있는 거 같았는데 그걸 살필 시간이 없었다구. 너무 순식간에 일어난 일이라서 말야."

"그게 우리 맘대로 되는 일이라면 얼마나 좋을까?"

뿔 돋은 도깨비는 진심으로 소원하는 모습이었다. 실제로 사람의 마음속을 마음대로 들어갔다 나올 수 있는 존재는 평화의 왕자님뿐이었다. 그분은 사람들이 자기 마음의 고통스런 문제를 고쳐 주기를 원하면 언제든 지체 없이 해결해 주시지만, 결코 자신의 의지대로 사람의 마음에 들어가지는 않았다. 이 비밀을 아는 사람은 평화의 왕자님을 사랑하지 않을 수 없게 되지만, 많은 경우 사람들은 머리가 하얗게 세어지고 몸 이곳저곳 많은 문제가 생긴 후에야 그동안 자신이 평생을 걸고 뒤쫓아온 것이 결국 허망한 바람이었다는 것을 깨닫는다. 이 깨달음은 사람들이 마음에 변화를 가져오는데 바로 눈에 보이지 않는 영원성에 대한 갈망이다. 평화의 왕자님은 바로 이런 갈망 속에 계신다.

그는 사람들이 살아오면서 겪은 고통과 좌절, 두려움으로 인해 생겨난 가시덤불과 엉겅퀴가 시들게 해 주신다. 그러면 그동안 막혀 있던 마음속 비밀의 통로가 모습을 드러내는데, 이 통로를 지나 진주문 앞에 이르면 기다리고 있던 천사장 가브리엘을 만나게 된다. 거기서 가브리엘은 슬픔과 고통 대신 영원한 기쁨과 생명을 누리게 하려고 평화의 왕자님이 몸소 치러낸 엄청난 희생에 대한 이야기를 들려준다.

안타깝게도 비밀의 통로를 발견한 모두가 다 진주문 너머로 들어가는 것은 아니었다. 이 가운데서도 가브리엘의 이 이야기를 듣고 허망한 꿈 같은 이야기라며, 자신의 의지가 잠시 나약해졌기 때문에 여기까지 온 것이라고 고집하며 끝까지 믿지 않고 돌아서는 사람들이 있었다. 진주문 입구에서 다시 제 발로 걸어 나가 스스로 비밀의 통로를 막아버리는 사람들이 세상에는 항상 존재해 왔던 것이다. 이런 일이 얼마나 평화의 왕자님을 슬프게 하는지 알고 있는 거룩한 천사들과 도깨비들은 자신에게 주어진 능력을 다해 왕자님이 사랑하는 사람들을 도우려고 오늘도 즐거운 열정으로 자기 자리를 지키고 있는 것이다.

'그게 우리 맘대로 되는 일이라면 얼마나 좋을까?'

뿔 돋은 도깨비는 아직도 소울이의 꿈에 등장했던 딸꾹 도깨비의 일이 머리에 남아 있었다. 소울이의 꿈에 들어갈 수만 있다면 자기 손으로 장난감 진열대를 치워낼 것이다. 그래서 그 아이가 어떠한 불필요한 고통을 겪을 필요도 없이 수월하고 빠르게 진주문까지 이를 수 있도록 도와줄 것이다.

'그러려면 아이 앞에 나타나는 방법밖엔 없어!'

선을 위해서 때론 모험을 해 볼 필요도 있는 것이다. 뿔 돋은 도깨비는 어둠 속에 헤매던 미로에서 빠져나갈 통로를 찾은 듯이 흥분한 목소리로 소리쳤다.

"그래! 바로 그거야!"

옆에 있던 두 도깨비들은 갑작스런 뿔 돋은 도깨비의 목소리에 깜짝 놀라서 되물었다.

"뭐라구? 하암!"

"그거라구? 딸꼭!"

순간 두 도깨비의 존재를 의식한 뿔 돋은 도깨비는 자기가 생각한 것을 그대로 말하려다가 문득 마음을 바꿨다. 사실 사람 앞에 모습을 드러내놓는 것은 천사장 가브리엘이 금지한 사항이었다. 사람들은 눈에 보이는 것에 집착하는 성향이 있기 때문에 드러나게 도움을 주면 오히려 보이지 않는 영원한 가치는 추구하려고 하지 않는다는 것을 알고 계셨다. 그렇다면 그 반대 작용을 효과적으로 이용하는 것이다. 사람들이 눈에 보이는 것에 집착한다는 말은 자기 앞에 나타난 도깨비의 모습을 본다면, 소울이는 분명 깊은 인상을 받을 것이다. 그리고 친구가 될 수만 있다면 그가 자신을 꿈 속에 등장시키는 일은 결코 어려운 일이 아닐 것이다. 이것은 결국 소울이를 위한 일이었다. 소울이가 영원한 가치를 찾는 일을 도와주는 일이기 때문에 결코 해로운 것이 아니었다.

하지만 두 도깨비에게 이 일을 함께 하자고 할 수는 없었다. 자칫하면 가브리엘 천사장님께 발각되어 거룩한 천사가 되는 기회를 아주 잃어버릴 수도 있기 때문이다. 더 심하면 그냥 하늘로 소환되어 거룩한 천사 옆에서 하프를 연주하는 꼬마 천사가 되어야 한다. 하프를 연주하는 것이 싫은 것은 아니지만, 꼬마 천사는 싫었다.

'하늘에서도 꼬마로 살고 싶진 않아. 나도 사람들처럼 자라나고 싶단 말야.'

어린 아기도 귀엽고 앙증스럽기는 하지만, 사람이란 존재가 가장 부러웠을 때는 젊음의 정점에 있는 모습이었다. 몸은 힘이 넘치면서도 부드럽고, 생명력이라는 화필로 그려낸 얼굴에는 아름다운 색감이 넘치며, 가슴은 삶의 희망으로 가득 차 있는 그 모습은 이 세상에 있는 다른 어느 것과도 비교할 수 없는 아름다움이었다. 생명으로 꿈틀거리며 변화무쌍하다는 점에서 보면 거룩한 천사보다 인간이 훨씬 아름답게 느껴졌다. 뿔 돋은 도깨비는 사람들의 그 아름다운 모습이 너무나 빨리 절망과 분노로 메말라버려 얼마 지나지 않아 몸과 마음이 거친 땅처럼 변해 가는 것을 수도 없이 지켜보았다. 겨우 십 년, 이십 년, 아무리 오십 년이 지났다 해도 그 짧은 시간 동안 너무 많이 변해 버린다는 생각이 들었다.

'참 안타까운 일이야! 그래서 사람은 도움이 필요한 존재야.'

뿔 돋은 도깨비는 혼자서 소울이 앞에 나타나기로 마음을 굳히고 두 도깨비들이 낮잠 자는 시간을 기다리기로 했다.

한편 소울이는 오늘도 학교에 출석하지 않은 보라가 걱정되었다. 하모니카는 제자리로 돌려 놓았지만, 오늘도 여전히 보라의 자리는 비어 있다. 선생님은 보라가 너무 심한 감기에 걸려 지금 병원에 입원 중이라고 하셨다.

'감기가 얼마나 심하면 하루도 아닌 며칠씩이나 병원에 있어야만 하는 걸까…'

소울이는 보라와 아주 가까운 친구는 아니었지만, 새 학년이 시작되고 나서 첫 짝꿍으로 나란히 앉게 되었다. 소울이는 핑크빛 나비가 내려앉은 예쁜 머리띠를 하고 있는 보라가 마음에 들었지만, 웬일인지 놀려 주고 싶었다. 하얀 얼굴에 다른 애들보다 조금 더 볼이 통통한 보라를 '호빵 돼지'라고 했던가 아니면 '돼지 호빵'이라 했던가, 아무튼 그렇게 불렀다가 보라가 30센티 긴 자로 소울이의 머리를 내려치는 바람에 그만 뚝 부러져 버렸다. 별명이 싫어서 그랬는지 아니면 부러진 30센티 자가 아까워서 그랬는지 보라는 엄청 큰 소리로 울어 버렸고, 덕분에 소울이는 복도에 나가 손을 들고 벌을 서야 했다.

그 후로 보라는 다시는 소울이하고는 얼굴도 마주치려 하지 않았다. 소울이도 굳이 보라에게 말을 걸려고 하지는 않았지만, 애초에 짓궂게 굴었던 일이 늘 후회스러웠다. 언젠가 보라가 줄넘기를 넘지 못해 애를 먹고 있을 때 뒤에서 남자 아이들이 뒤뚱대는 오리 같다며 놀린 적이 있었다. 그때 소울이는 보라를 위해 뭔가를 해 주고 싶었다. 그래서 자신이 생각하기에도 정말 고릴라 같은 우스꽝스런 표정으로 줄넘기를 뛰었다. 그러자 이 모습을 본 아이들은 '고릴라가 줄넘기를 한다'며 박장대소를 하고 난리가 났었다. 그 덕분에 보라는 자연스럽게 아이들의 놀림감에서 벗어날 수 있었다. 보라도 소울이가 영락없이 고릴라 같은 모습으로 줄넘기 뛰는 것을 보자 손으로 입을 가리고 키득키득 웃고 말았다. 그것으로 소울이는 기뻤다. 더 이상 보라를 창피스럽게 만드는 일이 없었으면 좋겠다고 생각하면서 말이다.

다른 아이들이 피아노를 치고 태권도를 배우러 가야 한다며 서둘러 집으로 돌아갈 때 소울이는 딱히 급한 일이 없는 터라 네 잎 클로버를 찾기도 하고 나뭇잎을 갉아먹는 송충이를 솔가지로 간질이면서 집 뒤편에 있는 야산을 향해 걸어갔다. 그 야산에는 거북이 모양의 넓적한 바위가 있었는데, 소울이는 이것을 보물선이라고 불렀다. 이 바위 주위로 키 큰 소나무가 둘러싸고 있어서 그 위에 가만히 앉아 있으면 마치 아늑한 방 안에 들어와 있는 느낌을 주었다. 소울이는 이 보물선 바위 위에서 선생님이 내주신 숙제도 하고 학교 도서실에서 빌려온 책을 읽기도 했다. 이 바위 위에서 팔베개를 하고 하늘을 올려다보면 키 큰 나무들 사이로 동그랗게 보이는 푸른 하늘은 마치 맑고 시원한 옹달샘처럼 보였다.

"맑고 맑은 옹달샘 누가 와서 먹나요. 맑고 맑은 옹달샘 누가 와서 먹나요. 새벽에 토끼가 눈 비비고 일어나 세수하러 왔다가 물만 먹고 가지요. 물만 먹고 가지요"

소울이는 보물선 위에 누워 하늘을 올려다볼 때면 가끔 이 노래를 불렀다.

"맑고 맑은 옹달샘 내가 와서 먹지요!"

소울이는 혼자서 피식 웃으며 그렇게 거북바위 위에, 아니 자기만의 '보물선' 위에서 눈꺼풀이 무거워 감길 때까지 한참을 누워 있었다.

5 장

예기치 못한 만남

아마도 잠이 들었던 것 같았다. 후두둑 떨어지는 빗방울 소리에 소울이는 가늘게 눈을 떴다. 눈앞에 흐릿하게 어떤 얼굴이 보였다. 소울이는 깜짝 놀라며 바위에서 몸을 일으키며 말했다.

"너 누구야?"

"…나?"

도깨비는 아이의 눈에 이제 자신이 보인다는 것은 의심할 여지가 없는 일이라고 생각했다. 비가 떨어지기 시작하는 숲 속 바위 위에서 태연하게 잠을 자고 있는 소울이를 위해 도깨비는 커다란 토란 잎을 우산 삼아 비를 가려 주고 있었던 것이다. 도깨비는 토란 잎을 손에 들고 잠든 소울이의 얼굴을 물끄러미 지켜보면서 이 아이 앞에 모습을 드러낼까 말까 망설였다. 하지만 '아냐. 이 아이를 위한 거잖아!'라고 마음을 굳힌 순간 비구름에 가려진 해가 나무숲 그늘 아래 자신의 흐릿한 그림자를 그려내고 있는 것을 보았다. 이 그림자를 보고 있으면서도 '내가 정말 사람의 눈에 내가 보일까?' 하는 의구심이 들었던 것이다.

"…나? 난 도깨비라고 해"

"뭐? …도깨비? 꼬맹이가 아니구?"

소울이의 눈이 믿을 수 없다는 듯 동그랗게 떠지는 것을 보자 도깨비는 자신이 소울이보다 더 꼬마처럼 보일 수도 있다는 것을 깨닫게 되었다. 그리고 또한 자신이 얼마나 사람과의 대화에 서툰 존재인지도 알게 되었다. 다짜고짜 사람 앞에 나타나서는 이렇다 할 아무런 설명도 없이 도깨비라고 말한 자신이 한심하게 느껴졌다.

"너 꿈에서 도깨비 본 적 있지?"

"그, 그걸 어떻게 알았어?"

소울이는 눈이 휘둥그레지며 물었다.

도깨비는 아차 싶었다. 자신을 처음 보는 아이에게 그것도 그 아이가 꾼 꿈에서 이미 만난 적 있다며 아는 척을 한다면 세상 그 누가 이런 말을 하고 있는 자를 믿을 만하다고 생각할 수 있을 것인가? 그런데 아이의 반응은 예상 밖이었다. 아이는 정말 반가운 기색을 하며 소리쳤다.

"난 알고 있었어. 도깨비가 날 만나러 올 걸 알고 있었다구. 정말 삼촌이 여기 있었어야 하는데! 근데 꿈에서보단 많이 작은걸? 별로 무섭게 생기지도 않았구!"

도깨비는 소울이의 반가워하는 기색에 도리어 당황스러웠지만, 사람들이 공포스럽게 생각하는 귀신 정도로 여기지 않는 것에 마음이 놓였다. 하지만 이내 자신의 생김새를 보고 만만하게 여기는 태도가 썩 유쾌한 것만은 아니라고 느꼈다. 한편으로 복어처럼 몸에 바람을 불어넣어 겁을 줘 볼까 생각하다가 스스로 깜짝 놀랐다.

'도대체 어디서 이런 생각이 나온 걸까?'

결코 도깨비답지 않은 생각이었기 때문이다.

"맞아. 난 몸은 작지만 너를 도와줄 수 있어. 네가 정말 원하지만 네 힘으로는 하기 힘들 때, 그런 일을 도와줄 수 있다구, 난!"

이제야 도깨비다운 말을 하고 있다고 생각했다.

"그럼 보라도 도와줄 수 있어?"

"…보라를?"

'흥! 아이들은 무섭게 생기지 않으면 도통 말을 높이질 않는구나!'

사춘기 소녀들처럼 새침해진 도깨비가 물었다.

"감기가 심하대. 지금 병원에 있는데 학교를 못 나오고 있거든. 그니까 감기가 낫도록 도와주면 좋겠는데, 할 수 있겠어?"

도깨비는 소울이의 눈에 담긴 진심 어린 마음을 엿볼 수 있었다.

"그럼 보라한테 먼저 가보 자. 가서 보고 어떻게 도울 수 있는지 알아볼게!"

"그치만 보라는 나를 싫어해. 나랑 얘기도 안 하는걸?"

"으음… 우리가 사람을 지켜본 바에 따르면, 이건 뭐 도깨비들의 전문 분야가 아니긴 하지만 말야. 원래 여자는 처음엔 남자랑 사이가 다 안 좋아. 그렇다고 해서 싫어하는 건 아니던데?"

소울이는 무슨 말인지 이해하지 못한 표정으로 도깨비의 얼굴을 빤히 들여다보았다. 도깨비는 이마에 돋은 뿔을 긁적거리며 말했다. 도깨비가 사람의 행동을 이해할 수 없을 때 자기도 모르게 나오는 버릇이었다.

"좀 더 시간이 지나면 남자와 여자는 손도 붙잡고 다니고, 처음엔 서로 주먹질도 하던 손인데 말야. 그러다가 엄마가 집에 일찍 들어오라고 해도 엄마 말씀보다는 남자 말을 더 듣던데?"

"우린 아직 그런 사이는 아닌 걸…"

소울이의 진지한 말투에 도깨비는 속으로 웃음이 터져 나왔다. 자못 어른 흉내가 배어 있는 말투였지만, 여전히 아이다운 순진한 모습이 사랑스러웠던 것이다.

"그럼 두 사람 사이부터 좋아지는 게 먼저겠네. 우선 보라가 왜 너랑 말을 안 하게 됐는지 처음부터 말해 줄 수 있겠니?"

"왜 그랬는지 나도 모르겠어. 처음 짝꿍이 되던 날 보자마자 못된 말로 놀려댔거든."

소울이는 도깨비에게 그동안 보라와 있었던 일들은 모두 이야기하기 시작했다. 도깨비는 진지하게 소울이가 하는 말을 집중해서 들어주었다. 둘은 토란 잎 우산을 받쳐 들고 보물선 위에 걸터앉아 끝없이 이야기를 주고받았다. 어느새 가늘어진 빗줄기도 말끔히 멎고 숲 머리 위의 하늘은 더 파랗게 높아져 있었다.

이 둘의 정다운 모습을 붉게 핏발 선 눈으로 쨰려보는 이가 있었다. 그것은 다름 아닌 사마귀였다. 사마귀는 도깨비를 만나 자신이 제안한 내용에 대한 좀 더 확실한 답변을 듣기 위해 이 거북바위로 나왔다. 그런데 이 길로 나오던 도중에 우연히 왕재수 사마귀와 부딪혔는데 녀석의 지긋지긋한 자랑질에 걸려들고 말았다. 내용인즉슨, 어떤 남자아이가 편의점에 있는 초콜릿 한 개를 훔쳐 밖으로 나오다가 벨이 울리자 때마침 안으로 들어오던 다른 남자아이의 주머니에 훔친 물건을 넣었다는 것이다. 결국 아무 잘못도 없고 그저 운이 나쁜 아이가 대신 경찰에 붙잡혀 가게 되었는데, 그 무고한 아이의 호주머니를 크게 벌려 준 것이 다름아닌 바로 왕재수 사마귀였다는 것이다.

그의 말에 의하면 자라나는 아이들에게 가장 효과적으로 검은 씨앗을 틔우는 방법 중 하나는 바로 자신이 재수가 없다거나 운이 없는 존재라는 생각을 품게 하는 것이라고 했다. 한편 말이 되는 이야기라고 생각하면서도 끝나지 않는 자랑질을 듣는 것에 혹 머리는 지겨워졌다. 결국 혹 머리는 왕재수의 자랑질을 들어주느라 시간을 허비해야 했고, 자신이 정해 놓은 시간보다 좀 늦게 이 근처로 오게 되었던 것이다. 처음 두 사람의 모습을 본 사마귀는 돌멩이로 둘의 머리를 명중시켜 머리통을 터뜨려버릴까 하는 심술궂은 생각도 들었지만, 간간이 들려오는 이야기를 듣다 보니 제 손을 더럽히지 않고도 이 둘을 진흙탕 속에 처넣어버릴 수 있겠다 싶은 생각이 떠올랐다.

"그래. 몰래몰래 따라다니면서 두 녀석들이 하는 짓을 지켜보즈. 그러다 보면 둘 사이를 갈라놓을 기회가 생길 거으. 기다리면 언제든 때는 오는 법이니끄…"

사마귀는 지금 벌어지는 상황이야 어떻든 일단은 도깨비가 자신의 제안을 받아들이려고 거북바위로 나왔다는 것에 만족하기로 했다.

"왕재수 녀석! 기다려르. 난 그따위 시시껄렁한 공적 따윈 바라지 않는드. 난 원대한 목표가 있다그. 애초에 글러 먹은 녀석들 사고 치는 거야 시간 문제즈. 딱히 우리가 아니라도 때가 차면 잘못된 길로 삐뚤어져 가니끄. 그런 건 마귀 대왕 관심사가 아니란 말으. 중요한 건 도깨비와 사람을 함께 잡는 거야! 굴비를 엮듯 엮어버리는 거야! 줄줄이 사탕처럼 말이즈!"

말끝을 흐리는 사마귀의 중얼대는 소리를 누군가 듣는다면 아마도 정신줄을 놓은 사람이라고 생각할지도 모르겠다.

"이놈의 세상을 얼른 떠나든가 해야즈. 굴비를 엮는 건 뭐고 줄줄이 사탕이 다 뭐냔 말으. 이게 사마귀 입에서 나올 소리냐 지금?"

사마귀는 반드시 마귀 대왕 앞에 공적을 인정받아서 지금까지 자신을 별 볼 일 없는 사마귀라고 업신여기는 다른 모든 녀석들 위에서 대장 노릇을 하겠다고 결심하며 그의 쪽 난 두 이마를 힘차게 씰룩거렸다.

다시는 놀림받거나 업신여김을 당하지 않겠다고 결심한 것은 혹 머리 혼자만이 아니었다. 보라 역시 뚱뚱하다며 친구들에게 놀림 받는 것이 세상에서 제일 싫었다. 급식 시간에 단짝인 다희와 거의 똑같은 양의 밥을 받아 와도 몇몇 짓궂은 남자아이들은 '봐라. 돼지니까 많이 먹는다'며 놀려댔다. 엄마의 말로는 보통 아이들보다 작게 태어나서 한동안 인큐베이터 안에 있어야 했다고 한다. 심지어 엄마는 그런 보라를 '엄지 공주'라고 불렀고, 외할머니는 '그렇게 작던 우리 강아지가 무럭무럭 잘 커 주는 게 대견하다'며 볼 때마다 기특해하셨다. 보라는 잘 먹고 그리고 잘 뛰어놀았다. 그것만으로도 엄마와 아빠를 포함한 모든 사람들의 사랑을 받는 데 충분한 자격 조건이 된다는 것을 자신도 알고 있었던 것이다.

엄마와 함께 가끔 외할머니댁에 놀러 가면 할머니는 엄마가 안 보는 데서 구부정한 허리를 내밀며 보라에게 업히라고 하셨다. 할머니는 엄마가 보라를 업고 있는 모습을 보면 '허리 아픈데 어서 내려놓으라'며 잔소리를 늘어놓을 게 뻔하기 때문에 엄마가 안 보는 데서 업어 주려고 하셨다. 사실 보라도 할머니의 구부정한 등에 업히는 것이 마냥 즐거운 것은 아니었지만, 한편으로 자신을 업어 주고 싶어 하는 할머니의 마음도 이해할 수 있을 것 같았다. 자기의 얼굴을 보기만 해도 흐뭇해서 어쩔 줄 몰라 하며 '이렇게 큰 것이 기적이구나' 새삼 놀라워하실 때마다 보라의 가슴은 뿌듯함이 차올라서 자신이 모두에게 얼마나 중요한 사람인지를 생각해 보곤 했다.

하지만 보라에게 남자 동생이 생긴 이후 모든 상황은 달라졌다. 엄마와 아빠, 그리고 외할머니까지도 모든 관심이 '맘맘마 어바바' 말도 제대로 못 하는 아기 동생에게 몰려서 보라는 동생의 기저귀 심부름도 해야 하고 밤마다 배고프다고 울어대는 동생 때문에 단잠을 깨곤 하였다. 보라도 앙증맞고 통통한 동생이 귀엽고 신기했지만, 갑자기 모두에게 사랑받던 공주에서 동생을 시중드는 하녀로 전락한 것 같아 슬퍼졌다. 외할머니도 더 이상 보라를 업어 주려고 하지 않았고 엄마가 말려도 기어코 냄새나는 동생의 똥 기저귀를 갈며 '고놈 참 고놈 참' 하시며 빙글빙글 웃으셨다. 보라는 동생의 우유병을 가져다가 쪽쪽 빨아대기도 하고 갑자기 아이스크림을 사 달라고 떼를 쓰기도 했다. 전에는 그런 생각이 없었는데도 외할머니를 보면 업어 달라고 응석을 부려서 엄마한테 철이 없다며 혼나기도 하였다.

보라의 이웃집에 '치매기가 있는' 할머니 한 분이 계셨다. '치매기'가 무엇인지 잘은 모르겠지만, 보라가 보기에도 할머니는 정신이 온전해 보이지는 않았다. 그 할머니는 거의 집 밖으로 나오지 않았는데, 혼자 두면 길을 잃고 헤맨다고 해서 그 집 식구들이 절대로 할머니 혼자 길을 나서게 하는 법이 없다고 들었다. 하지만 어느 날 아침 보라는 그 할머니가 대문 앞에 쪼그리고 앉아 계신 것을 발견하였다. 할머니는 문득 보라가 눈앞에 서 있는 모습을 보자마자 벌떡 몸을 일으키더니 '아이고 울 애기가 살아 돌아왔구나, 살아 돌아왔구나!' 하시면서 와락 보라를 끌어안으셨다. 보라는 당황스러워서 몸을 뒤로 빼려 했지만, 할머니는 의외로 힘이 세셨다. 그리고 다짜고짜 입고 있던 치마를 벗 더니 보라를 등에 업고 그 벗은 치마로 포대기를 둘렀다. 할머니의 등 은 외할머니나 엄마의 등과는 다른 낯선 냄새가 났지만, 이 할머니 말 고는 다른 누구도 이제는 자신을 업어 줄 사람이 영원히 없을 거라는 생각이 들었다. 그렇게 잠시 동안 보라는 그 치매기 있는 할머니의 '살 아 돌아온 울 애기' 역할을 하고 있었는데 갑자기 누군가의 손이 야멸 차게 보라의 등으로 날아들며 소리쳤다.

"가뜩이나 무거운 애가? 아무리 철딱서니가 없대도 나 원 참. 다 큰 게 동생 우유병을 빨질 않나. 이제는 하다 하다 별짓을 다 해? 어서 내려오지 않고 뭐해!"

화가 난 얼굴의 엄마였다. 뻘쭘한 보라는 할머니의 치마 포대기를 제 손으로 풀고 스르르 그 등에서 떨어져 내렸다. 심지어 그 치매기 할머니조차도 등에서 내려온 보라를 보고 '야가 뉘집 애여?'라며 고개 를 갸우뚱거리고 낯설어하셨다. 그 날 이후로 보라는 더 이상 자신이 태어나 준 것만으로도 기특하고 대견한 엄지 공주가 아니라 '가뜩이나 무거운 애'가 되었다는 것을 깨닫게 되었다.

보라는 병원 화장실 거울에 비친 자신의 모습을 바라보았다. 웬일인지 언제나 빵빵하던 두 볼이 홀쭉해져 있었다. 같은 반 다희처럼 자신도 하얗고 갸름한 얼굴이었으면 좋겠다고 생각할 때도 있었지만, 막상 거울에 비친 자신의 모습을 보니 통통하던 이전 모습이 더 나아 보이는 것 같았다. 엄마의 말대로 '심한 감기'를 앓은 후 보라는 몰라보게 체중이 줄고 얼굴빛은 창백해지고 어지러워서 혼자 오래 서 있을 수 없었다. 보라가 엄마의 부축을 받으며 다시 병실로 돌아왔을 때 이마 위에 반창고를 크게 붙이고 머리를 길게 늘어뜨린 각진 얼굴의 간호사 언니가 뜻밖에도 소울이와 함께 기다리고 있었다.

"…안녕! 나, 한소울. 있잖아. 마, 많이 아프다며?"

보라는 이런 예기치 않은 방문에 눈이 휘둥그레져서 그저 소울이를 바라보고만 있었다. 보다 못한 보라의 엄마가 병실 구석에 붙여 놓았던 보조 의자를 끌어와 거기에 소울이를 앉히며 말했다.

"보라야! 친구가 찾아왔는데 인사도 안 하고 뭐 하니?"

"어… 안녕 소울아! 보러 와 줘서 고마워."

처음에 소울이는 보라가 자신을 보면 화를 낼지도 모른다고 생각했는데 의외로 친절하게 맞아 주어서 기뻤다. 하지만 한편으로는 보라가 너무 힘이 없고 소울이만 보면 찬바람이 쌩쌩 불던 평소와 달라서 전보다 더 어색해졌다. 그때 이마에 반창고를 붙이고 있는 간호사가 앞으로 나서며 말했다.

"지금 담당 의사 선생님이 어머니와 면담을 청하셔서 지금 저랑 같이 좀 가 주셔야겠는데요.”

“네에? 아까 30분 전에 오셨는데…”

보라의 엄마는 떨리는 목소리로 더 이상 말을 잇지 못하고 두려움에 가득 찬 눈으로 간호사의 얼굴만 바라보았다. 엄마의 반응에 간호사는 당황한 것 같았다.

“아… 뭐 별 일은 아니고요. 그게 저… 의, 의사 선생님이 뭐 좋은 말씀을 해 주실 게 있다고 해서… 일단 저랑 같이 가 보시면 알게 되겠죠 뭐.”

“좋은… 말씀요? 도대체 무슨 말인지…”

“엄마! 간호사 언니 말대로 일단 가 보면 알겠죠. 다녀오세요. 나 혼자 있을 수 있어요.”

약하고 부드러운 보라의 말소리에 소울이는 어디서 솟아나는지 모를 당당한 말투로 용기 있게 덧붙였다.

“제가 여기서 보라를 지키고 있을게요. 걱정 말고 다녀오세요!”

보라의 엄마는 그런 소울이를 보고 기특하다는 듯이 입가에 미소를 지어 보이며 말했다.

“그래 알았다. 소울이라고 그랬지? 우리 보라 좀 지켜보고 있어. 금방 다녀올게.”

“네, 걱정 마세요.”

마치 지구를 공격하려는 악한 외계인에 맞서는 의로운 지구 용사처럼 소울이는 씩씩했다. 보라의 엄마는 다시 한 번 입가에 미소를 지어 보이고는 간호사의 뒤를 따라 병실 밖으로 나갔다. 병실에 보라와 둘만 남게 되자 소울이는 왠지 다시 어색해져서 무슨 말을 해야 할지 전혀 생각이 나지 않았다.

'내가 왜 여기에 왔지? 무슨 말을 하려고 왔지?'

이런 생각을 하며 아무것도 나오지 않는 깜깜한 텔레비전만 바라보고 있을 때 보라가 먼저 말을 꺼냈다.

"난 네가 올 거라는 거 알고 있었어. 오늘 아침에 꿈을 꿨거든."

"뭐? 꿈에서 나를 봤어?"

소울이는 갑작스런 보라의 말에 놀라며 되물었다.

"응. 오늘 아침에 잠깐 꿈을 꿨는데 거기서 너였던 거 같아. 구름 있는 데까지 닿는 커다란 줄넘기였는데 예전에 너처럼 말이야. 고릴라처럼. 너도 웃기는지 막 깔깔대고 웃으면서 줄넘기를 하는데 그만 그 줄이 무지개에 걸려버린 거야. 그래서 내가 그 무지개를 타고 건너가서 줄을 풀어 주려는데 거기서 그만 잠이 깨버렸어. 너무 아쉬웠어. 무지 신기하고 신나는 꿈이었거든. 꿈을 꾼다는 건 참 신기하지 않니?"

"맞아. 나도 요전에 도깨비 꿈을 꾸었는데 실제로 내 앞에 나타났거든."

"……"

보라는 잠시 말이 없었다. 아마도 소울이의 말이 믿기지 않는 탓인 것 같았다. 소울이 역시 당황하며 보라가 알아들을 수 있을 만한 말을 생각해 보려고 머리를 굴리려는데, 그때 이상한 일이 일어났다. 갑자기 소울이의 심장이 심하게 쿵쾅거리며 뛰는 것이었다. 그것은 마치 누군가가 문을 두드리는 노크와도 같았다. 그리고 순간 소울이는 태어나서 처음으로 심장이라는 것이 자신의 몸 안에 있으며 그것도 왼쪽 가슴께에 자리 잡고 있다는 것을 의식하게 되었다.

심장은 여전히 쿵쿵쿵쿵 쿵쿵쿵쿵 마음을 두드리면서 가슴 전체가 따뜻해지는 것을 느꼈다. 그것은 따뜻함 그 이상의 열기였다. 그렇다고 한낮의 태양처럼 뜨거운 것은 아니었고, 추운 날 뜨거운 물을 호호 불며 마실 때 가슴에 퍼지던 온기와 비슷한 것이었다. 그러나 뭐라고 해야 할지 정확한 표현은 떠오르지 않았다. 그리고 그 순간 왠지 보라의 마음을 이해할 수 있을 것 같다는 생각이 들었다. 이것은 말도 안 되는 이야기였지만, 소울이는 보라가 자신이 도깨비를 보았다는 말을 전혀 의심하지 않을 거라는 확신이 들었다.

잠시 후 보라의 엄마는 다시 병실로 돌아오셨다. 그러나 이번에는 이마에 반창고를 붙인 간호사는 같이 오지 않았다. 보라의 엄마는 자신이 '도깨비에 홀린 것 같았다'고 말했다. 간호사를 따라서 담당 의사 선생님이 계신다는 사무실까지 따라가는 동안 병원 한 모퉁이를 돌자마자 그 간호사의 모습이 온데간데없이 사라져 버렸다는 것이다. 다시 돌아오겠지 싶어서 한참을 기다리다가 그래도 나타나지 않자 엄마는 안내 데스크에 가서 이러저러한 간호사의 인상착의를 이야기했다. 그런데 직원은 그런 간호사는 이 병원에 없는 것 같다면서 가끔 병간호에 지친 가족들은 헛것을 보고 헛것을 듣는 현상도 생길 수 있다며 집에 가서 잠시라도 휴식을 취해 보라고 권유했다는 것이다. 보라의 엄마는 여전히 어리둥절해하며 두 아이에게 너희들도 그 간호사를 똑똑히 보지 않았느냐며 거듭거듭 확인했다. 소울이와 보라는 자신들도 그 간호사를 본 것이 분명하니 엄마가 헛것을 본 것이 전혀 아니라는 말로 여러 번 안심시켜 드리고 서로 얼굴을 마주 보며 빙그레 웃었다.

두 아이들은 알고 있었다. 엄마는 자신들처럼 도깨비의 존재를 단번에 받아들일 수 없을 거라는 것을. 왜냐하면 세상을 살면서 삶에 지치고 피곤한 사람들은 눈에 보이는 것만으로도 이미 마음의 자리가 꽉 차 있기 때문이다.

6장

어긋난 기대

소울이는 삼촌의 차가 집 앞에서 멈추는 소리를 들었지만, 여느 때처럼 방문을 열고 나가 보지 않았다. 오늘만큼은 어둠 속에 가만히 누워서 오늘 하루 있었던 일을 차분히 생각해 보고 싶었던 것이다. 현관문을 열고 들어온 삼촌은 이미 불 꺼진 소울이의 방문을 반쯤 열고 아주 작은 소리로 불렀다.

"울이야! 자냐?"

"응. 이제 잠들려구. 오늘 많이 늦었네?"

삼촌은 잠시 머뭇거렸다.

"…미안하다. 근데 밥은 먹었어?"

"꽃지 할머니 댁에서 먹었어. 나물밥에 된장국이랑. 촌은 먹었어?"

"미안하다 울이야. …자라, 어서"

삼촌은 뭔가 묵직한 것을 소울이의 방 안으로 쓰윽 밀어 넣으며 문을 닫았다. 소울이는 그것이 무엇인지 불을 켜지 않아도 알 것 같았다. 삼촌은 소울이의 생일을 깜빡 잊고 있었던 것이다. 그리고 때늦은 생일 선물을 건네는 것이 너무나 미안했을 것이다.

소울이가 처음 삼촌과 살기 시작했을 때는 작은엄마도 함께했었다. 아담한 키에 얼굴이 동그랗고 눈도 동그랗던 작은엄마는 삼촌처럼 좋은 사람이었다. 엄마 아빠를 모두 잃고 혼자가 되어 버린 소울이의 작은 어깨를 안아 주었고, '넌 절대 혼자가 아니야. 그러니까 너무 슬퍼하고 쓸쓸해하지 마라'고 다독이면서 따뜻하게 위로해 주었다. 언젠가 그런 작은엄마의 품 안에서 소울이는 갑자기 눈물을 터뜨린 적도 있었다.

그러나 그런 고운 심성의 작은엄마가 왜 갑자기 삼촌을 떠나버렸는지 소울이는 지금도 이해할 수 없었지만, 그 이유를 삼촌에게 물어본 적은 단 한 번도 없었다. 작은엄마가 집을 떠나버린 후 삼촌은 벽에 걸려 있던 결혼 사진 액자를 어디론가 치워 버렸고, 늘 어딘가 멍한 표정으로 마당 한 구석에서 담배를 피웠다. 술을 마시고 들어오는 날이 점점 늘었고 그러다 보니 소울이 혼자 밥을 먹는 날이 대다수였다. 냉장고 안에는 작은엄마가 만들었던 오래된 멸치 볶음 말고는 반찬이라고 할 만한 것이 없었다.

그러던 어느 늦은 저녁에 소울이가 혼자 라면을 끓여 먹고 있는 것을 본 삼촌이 그 길로 옆집 꽃지 할머니 댁에 다녀온 후로 소울이는 언제나 꽃지 할머니 댁에서 저녁을 먹게 되었다. 꽃지 할머니는 소울이에게 밥을 차려 주실 때마다 '조미료로 맛 내는 요즘 음식보단 투박한 음식이 맛은 없어도 건강식이니까' 하는 말씀을 잊지 않으셨다. 그리고 언젠가는 '이웃지간에 숟가락만 하나 더 놓으면 그만인데 한사코 밥값을 내려놓고 가니 도대체 끼니마다 무슨 산해진미를 차려내야 하나 그 것도 서터레스(스트레스)…'라고도 하셨다. 삼촌은 꽃지 할머니에게 매달 꽤 많은 돈을 소울이의 밥값으로 드렸던 것이다.

소울이는 꽃지 할머니의 음식 솜씨가 좋다고 생각하지만, 그래도 가끔씩 삼촌이 끓여 주는 퉁퉁 불은 라면이 더 맛있게 느껴졌다. 삼촌은 요리에는 젬병이라서 소울이도 할 줄 아는 그 쉬운 달걀 프라이도 어떤 때는 가장 자리가 너무 타거나 어떤 때는 노른자가 줄줄 새어 나올 정도로 설익히곤 했다. 삼촌은 집에 늦게 들어올 때도 그리고 싱겁거나 짠 요리를 해줄 때도 소울이에게 늘 미안해했다.

소울이는 삼촌이 밀어 넣고 간 생일 선물의 포장을 풀었다. 전에 삼촌과 그리고 작은엄마와 함께 보러 갔던 영화에 나왔던 바로 그 변신 로봇이었다. 소울이는 장난감 로봇을 장난감 진열대 위에 올려놓았다. 이 장난감 진열대는 아빠가 직접 손으로 만들어 준 것으로 어릴 때부터 갖고 있던 자동차나 로봇들이 빼곡히 진열되어 있었다. 소울이는 다른 장난감들을 구석으로 밀어 가운데 자리를 만들고 새 장난감을 세워 놓았다. 삼촌은 소울이가 중학생이 되어도 장난감을 선물할지도 모른다.

'이제 더 큰 진열대가 필요하겠다'

물끄러미 장난감을 보고 있던 소울이는 불을 끄고 자리에 누웠다. 감은 두 눈에 눈물이 흘러내렸지만, 소울이는 주먹으로 눈물을 닦아 냈다.

"보라는 수술 때문에 머리카락을 다 잘라버려야 한다잖아. 남자처럼 보이는 건 싫다면서 나중엔 울었잖아. 모든 사람은 다 슬픔을 참고 사는 거야."

소울이는 불끈 쥔 주먹으로 눈 속을 후벼 파듯이 눈물을 닦다가 갑자기 뭔가 생각이 난 듯 배를 움켜쥐고 웃기 시작했다.

"아! 배 아파. 그게 뭐야. 그렇게 못난 여자 사람은 처음이었어. 흐흐흐하하하!"

소울이는 낮에 병원에서 있었던 일이 불현듯 떠올랐던 것이다. 특히나 이마에 돋은 뿔을 가리려고 큰 반창고를 붙이고 간호사로 변신했던 도깨비의 모습이 떠올라서 터져 나오는 웃음을 참을 수가 없었다. 생각하면 할수록 참으로 기묘하게 못난 모습이었다. 마치 서너 살 된 장난꾸러기 남자아이가 여자 분장을 한 것 같이 그렇게도 어색할 수가 없었다.

"그 긴 머리가 더 웃겼지 뭐야. 하하하하하!"

소울이는 뿔 돋은 도깨비 생각에 웃음을 참을 수가 없었다. 그렇게 혼자서 배꼽을 움켜쥐고 깔깔 웃던 소울이가 언제 잠들었는지는 도깨비도 모를 것이다. 쌔근쌔근 고른 숨소리만이 고요한 방 안을 채울 때 한 목소리가 들려왔다.

"더 많이 웃게 해 줄게. 더 많이. 잘 자, 소울아. 내 꿈꾸고!"

어느 새 모습을 드러낸 뿔 돋은 도깨비는 잠든 소울이의 얼굴을 바라보고 있었다. 그리고 기다란 두 손가락으로 소울이의 밝은 미소를 자신의 입가에도 걸어 보는 것이다.

그 시각 하늘 관제탑에서는 자꾸만 이상 신호음이 울리기 시작했다. 이곳은 마치 공항의 관제탑과 비슷한 역할을 하는 곳으로, 세 명의 도깨비들이 만들어내는 일종의 텔레파시 같은 전파를 한 곳에서 수신한다. 이 일을 맡고 있는 한 도깨비가 가브리엘 천사장에게 이 사실을 보고했을 때, 그는 이미 이 일에 대해서 알고 있었다. 가브리엘은 다시 한 번 도깨비들을 소집할 계획이었지만, 중간층 하늘에서 작은 전투가 벌어지는 바람에 그 일정은 미루기로 했다. 대신에 문제의 신호음을 발생시키고 있는 세 명의 도깨비들에게 전파를 보내기로 했다.

가브리엘의 개인적인 메시지는 전파를 타고 그룹으로 연결되어 있는 세 도깨비에게 동시에 전달된다. 그러나 세 도깨비가 함께 이 메시지를 받지 않을 경우에는 전파가 약해지기 때문에 가브리엘은 되도록 세 도깨비가 동시에 낮잠을 즐기는 시간을 선택하기 위해 기다려야 했다. 뿔 돋은 도깨비가 소울이라는 아이 앞에 모습을 드러내기로 결심하면서부터 사실상 세 도깨비에게 동시에 가동되는 전파의 힘은 약해진 것이나 다름없었다. 가브리엘에게 있어 한 가지 염려가 되는 것은 도깨비가 사람과 어울리다 보면 도깨비의 낮잠 시간을 까먹게 된다는 것이다. 그러면 도깨비는 가브리엘이 보내는 전체 메시지를 수신할 기회를 갖지 못하고 점차 무리에서 이탈하게 된다. 이러한 염려 때문에 가브리엘은 뿔 돋은 도깨비가 처음 소울이와 동행하기 시작했을 때 이 일을 제지하려고 했지만, 어쩐 일인지 이 뿔 돋은 도깨비에겐 가브리엘의 메시지가 수신되지 않았다. 이것은 그에게 사람처럼 자유 의지가 가동되고 있다는 뜻이었으므로 결국 가브리엘은 뿔 돋은 도깨비가 속한 그룹에 제대로 된 메시지를 전달할 수 없었다. 두 도깨비들은 거의 비슷한 시간에 낮잠을 잤지만, 소울이 곁에 붙어 다니는 뿔 돋은 도깨비는 요즘 들어 점점 낮잠의 필요성조차도 느끼지 못하고 있었다.

가브리엘은 조금 더 사건을 지켜보기로 했다. 만약 어떤 불의한 일이 생기게 된다면 그때는 평화의 왕자님께 이 사건을 보고하고 뿔 돋은 도깨비를 천상의 세계로 소환할 생각이었다. 대신에 뿔 돋은 도깨비를 잃은 두 도깨비에게는 새로운 도깨비를 붙여 주기로 하였다. 만약 그렇지 않고 계속해서 천상에서 보내는 전체 메시지를 수신하지 못하면 자칫 이 두 도깨비들이 사마귀 무리에게 공격 당할 위험에 빠질수도 있기 때문이다. 이렇게 해서 두 도깨비들은 새로운 동료를 얻게 되었고, 뿔 돋은 도깨비는 결국 무리에서 떨어져 나오게 된 것이다.

가브리엘은 혼자 떨어져 나오기로 결심을 한 이 도깨비가 염려가 되었다. 도깨비는 사람을 돕는 일 이외에는 다른 힘을 발휘할 수 없다. 아이나 다름없는 이 도깨비를 다시 만날 방법은 그를 강제로 천상으로 소환해야 하는 것이다. 하지만 그러려면 도깨비의 신분에 맞지 않게 뭔가 불법적인 일을 저질렀을 경우에 한했다. 또 한 가지 가브리엘이 도깨비를 직접 만날 수 있는 통로가 있었는데, 그것은 사람의 꿈을 통하는 길이었다. 만약 어떤 사람이 도깨비의 꿈을 꾸게 되면 그 사람의 꿈을 통해 도깨비는 가브리엘을 만날 수 있는 것이다. 그러나 꿈은 사람의 의지대로 꾸어지는 것이 아니다. 아무리 도깨비가 원한다고 해도 사람의 마음과 생각이 반영되는 꿈을 조종할 수는 없기 때문이다.

"언젠가는 깨달을 때가 있겠지. 이 지상에서 자신들이 해야 하는 임무가 무엇이었는지 언젠가는 깨닫는 날이 올 거야!"

가브리엘은 평화의 왕자님이 계신 무지갯빛 광채에 둘러싸인 궁전을 바라보며 혼잣말을 하였다.

한편 혹 머리 사마귀는 이들의 보물 창고와도 같은 분실물 센터로 들어가고 있었다. 이 분실물 센터라는 곳은 말 그대로 사람들이 분실한 물건을 보관하는 장소인데, 단순히 물건뿐만이 아니라 사람들이 의도적으로 잊어버리고자 한 아름다운 기억들도 일단 사마귀의 수중에 들어가면 자물쇠가 달린 납골 상자 같은 사물함 안에 처박혀 버리는 것이다. 한때는 사람들에게 소중했던 기억이나 감정과 물건도 일단 이

새 뿔 돋은 도깨비 이야기

곳에 넘겨지게 되면 언제 다시 원래 주인에게 되돌려질지는 미지수였다. 그것은 오직 그 사람이 비밀의 통로를 발견할 때만 가능한 일이었기 때문에 일단 이들의 수중에 들어온 사람들의 분실물은 그것을 훔쳐낸 사마귀의 훈장이나 다름없는 것이었다.

혹 머리 사마귀의 최근의 성과라고 한다면 그것은 한 아이가 엄마에 대한 사랑을 복수심으로 맞바꾸게 한 일이었다. 혹 머리 사마귀는 주변 사람들을 부추겨 그 아이가 입양되었다는 사실을 알게 하였다. 그리고 그 아이를 지금껏 키워 준 엄마에게 겉과 속이 다른 두 마음을 가지고 대하도록 하였다.

사건의 발단은 별다른 것이 아니었다. 사실상 이 일의 성과를 얻게 된 데는 멍청하기 짝이 없는 도깨비들의 도움이 컸다는 것을 인정하지 않을 수 없었다. 이 남자아이는 자신이 주워 온 아이일지도 모른다는 생각을 하면서도 엄마가 자신을 낳지 않았다는 사실은 꿈에도 상상해 보지 않았다. 그러나 마음에 의심을 품은 이들이 얼마나 사마귀들의 좋은 사냥감이 되는지 사람들은 짐작도 못할 것이다. 사마귀는 이 아이가 어떤 말썽을 부려 왔는지 친구에게 하소연하는 엄마의 통화 내용을 이 아이가 들을 수 있도록 장난을 쳤다. 아이는 이 전화 내용을 듣고서 자신이 엄마의 친아들이 아니라는 사실을 알게 되었다. 태어나면서부터 버려졌고 해외 입양의 전 단계에서 위탁모였던 엄마가 잠시 맡아 키우던 중 입양을 한 양부모가 사고를 당하게 되었던 것이다.

당시 위탁모였던 엄마는 아무것도 모르는 이 아이가 너무나 불쌍했고 또 몇 개월 키우면서 정이 들었던 것이다. 그래서 자신이 이 아이를 입양하겠다고 나섰는데, 당시는 유복했던 가정 형편이 남편의 사업 실패로 부도를 맞게 되었다. 빚 독촉을 피해 시골로 숨어 들어온 두 부부에게 아이는 점점 어깨를 짓누르는 무거운 짐이 되어 있었다.

엄마는 가정 형편이 어렵게 되었다고 해서 이 아이를 미워하게 된 것은 아니었다. 다만 너무나 장난이 심하고 아이가 무슨 말을 해도 잘 귀담아듣지 않는다는 것이 점점 실망스러웠던 것은 사실이다. 그러던 어느 날 어느 철없는 도깨비의 장난으로 방금 빨래한 팬티를 더럽혀 빨랫줄에 걸어놓았을 때 공교롭게도 엄마는 자신의 소재를 파악한 빚쟁이들에게 심한 빚 독촉을 당하고 있었다. 마음이 불안해진 엄마는 이 아이의 잘못이 아님에도 엄청나게 화를 내며 아이를 꾸짖고 매질을 했다. 아이는 당장 다시 깨끗하게 빨아 널라는 엄마의 명령에 다시 팬티를 빨았다.

하지만 이미 아이의 마음에는 엄마가 자신의 친엄마가 아니라는 또 하나의 확실한 증거를 얻게 된 셈이었다. 아이는 엄마가 안 보는 틈을 타서 팬티에 가위질을 하고 하얗게 빨아 널은 속옷을 다시 더럽혀 놓았다. 마음의 문을 닫아버린 아이의 귀에 사마귀는 끊임없이 그녀는 친엄마가 아니기 때문에 절대로 사랑해 준 적도 없고 앞으로도 사랑해 줄 이유도 없다는 것을 되뇌고 있었다. 이날 사마귀는 이 아이의 마음 속 깊은 곳을 떠돌던 검은 씨앗이 미움과 원망이라는 양분을 만나 싹을 틔우도록 부채질을 하였고, 결국 아이는 분실물 센터에 그의 맑고 순수한 동심을 내주고 말았다. 아이의 순수한 영혼인 동심은 부모나 형제 자매, 그리고 자신을 아껴 주는 사람들로부터 아무런 거부감 없이 마음껏 사랑 받을 수 있게 해 준다. 그리고 이런 사랑을 받고 자라야만 다른 사람을 사랑할 수 있는 성숙한 어른으로 자라게 된다.

동심을 빼앗긴 사람은 몸은 어른으로 자랄 수 있지만, 그 마음에는 잃어버린 동심의 자리에 욕심을 채워 놓기 마련이다. 이런 사람은 다른 사람을 사랑하는 대신 질투에 불타고 믿어주 고 베푸는 대신에 의심하고 빼앗으며 이해하고 용서하는 대신에 늘 사소한 일로도 원망과 원한을 품고 결국 복수심을 키워내는 사람으로 자라는 것이다. 이것은 마귀 대왕이 사마귀들을 통해 일궈낼 수 있는 최대의 공적으로 평가하는 업무였다. 이것은 인간을 사랑하는 평화의 왕자를 괴롭히는 가장 큰 무기가 되기 때문이다.

평화의 왕자는 이렇게 동심을 잃어버린 사람들을 되찾기 위해 마지막 날을 늦추고 있는 것이다. 그날에는 평화의 왕자가 거룩한 천사들과 함께 이 땅으로 돌아와서 마귀 대왕과 그 모든 불법적인 악행을 저지르는 모든 자들을 심판하게 될 것이다. 마귀 대왕과 그 졸개인 사마귀들은 이 날이 오는 것을 늦추기 위해 앞으로도 모든 악행을 감행할 것이다. 마귀 대왕의 관점에서 평화의 왕자는 무모하기 짝이 없었다. 그가 마지막 날을 늦추고 있는 이유는 그가 사랑하는 사람들이 마귀의 무리와 함께 같은 심판을 받지 않도록 시간을 버는 것이었기 때문이다.

"멍청한 도깨비 덕에 괜찮은 게 하나 얻어 걸렸느!"

분실물 센터 안에 있는 사물함에 아이의 흙 묻은 팬티를 구겨 넣으며 사마귀는 신이 나서 중얼거리는 것이었다.

소울이는 어제 병원에서 만나 약속한 대로 보라에게 학교 사물함에 방치되어 있던 하모니카를 가져다 주기로 했다. 보라의 사물함을 열고 안에 있던 하모니카를 막 꺼내 드는데 마침 이것을 보고 있던 다희가 소울이의 손에서 하모니카를 낚아채며 소리쳤다.

"이거 채연이 건데?"

"뭐라구? 이건 보라 거야. 보라 하모니카라구!"

소울이는 갑작스런 다희의 등장에 깜짝 놀라며 저도 모르게 소리쳤다.

"근데 보라 거라면서 니가 왜 보라 하모니카를 훔치는 건데?"

이번에는 약간 쇳소리를 내며 유민이가 끼어들고 나섰다.

"이거 채연이 거라니까? 채연이가 하모니카 샀다고 나하고 보라에게 보여 준 그 날 잃어버렸다고 했단 말야. 채연이는 나하고 보라 말고는 이거 보여 준 사람 없댔어."

이번에는 좀 더 앙칼진 목소리의 다희가 유민이의 어깨를 밀치고 나서면서 말했다. 소울이는 이 상황이 너무나 당황스러웠다. 당연히 보라의 생일 선물인 줄로만 알았던 하모니카였다. 보라는 평소엔 수줍음이 많았지만, 그날만큼은 엄마가 생일 선물로 사 준 하모니카라며 아주 큰 소리로 자랑을 했었다.

'그럴 리가… 뭔가 잘못 안 걸 거야. 보라는 엄마도 아빠도 동생도 다 있는데 뭐가 부족해서… 아이들이 뭔가 잘못 안 거야!'

소울이는 보라가 다른 사람의 물건을 가지고 자신의 것이라고 자랑했을 리가 없다고 확신했다. 그래서 보라의 명예를 지켜 주기 위해 선포하듯 말했다.

"이건 보라가 받은 생일 선물이야. 너희들이 뭔가 잘못 안 거야. 병원에 있는 보라에게 난 이 선물을 갖다주기로 약속했다구. 이건 보라한테 아주 소중한 거야."

"그렇게 소중한 선물이라면서 왜 사물함에 막 버려뒀을까?"

유민이의 반박에 소울이는 순간 말문이 막혔지만, 보라의 명예를 지켜 줘야 한다는 생각 때문인지 자신도 모르게 당찬 대답을 찾아냈다.

"그럼 채연이는 왜 자기 물건을 잃어버리고도 여태까지 보라에게 한마디도 물어보지 않았던 거냐? 그건 말이 되는 소리냐?"

"……"

기세가 등등하던 다희와 유민이가 동시에 아무런 대꾸도 하지 못하자 소울이는 더욱 자신감을 얻게 되었다. 소울이는 보란 듯이 하모니카를 쳐들며 말했다.

"이건 보라 거야. 보라는 자기 물건을 챙겨다 달라고 나한테 부탁한 거뿐이야. 너희들 이제 알았으면 더 이상 남의 일에 상관 마!"

소울이는 전에 없이 아이들 앞에서 당당해지는 자기 자신에 대해서 속으로 묘한 즐거움을 느끼면서 보라의 하모니카를 가방 안에 넣었다. 그리고 자신들을 둘러싸고 있던 아이들 사이를 뚫고 교실문을 나서는 데 복도에 채연이가 서 있었다. 소울이는 순간 뜨끔한 느낌이 들었지만, 그냥 모른 척 지나쳤다. 바로 그때 채연이와 다희의 목소리가 소울이의 뒤통수에 날아와 박혔다.

"그냥 내버려 둬. 갖고 싶으면 가지라고 해. 어차피 난 하모니카 따윈 관심 없어. 새 폰이면 또 모를까. 저딴 거 그냥 가지라고 해."

"그래도 채연아! 저건 네 물건이잖아!"

"당연하지. 처음 사자마자 떨어뜨려서 잘 보면 콕 찍힌 데가 있거든. 확인해 보면 알 거야."

특히나 마지막에 채연이가 한 말이 마음에 걸렸다.

'정말일까? 이게 보라 물건이 아니라는 게?'

당장 채연이의 말대로 하모니카를 꺼내서 확인해 보면 되는 일이었다. 하지만 가방을 들쳐 메고 운동장을 가로질러 나오는 소울이의 발걸음은 쉽사리 멈춰지지 않았다. 왜 그런지 확인해 보기가 두려워졌다.

'일단 거기서 꺼내 보자!'

소울이는 주변에 다른 사람이 없는 보물선에 가서 하모니카를 확인해 보기로 결심하며 발걸음을 재촉했다. 그러나 막상 바위가 나타나자 소울이는 가방을 팽개치고 두 팔을 베고 누워 버렸다. 소울이는 뿔 돋은 도깨비가 나타나 주기를 기대하고 있었다. 소울이가 '친구'라고 부르기로 한 뿔 돋은 도깨비가 자기 대신에 하모니카를 확인해 주었으면 싶은 생각이 들었던 것이다. 하지만 지금 친구는 보라 옆을 지키고 있다는 것을 잘 알고 있었다. 지금 누구보다도 도움이 필요한 사람은 보라이기 때문에 도깨비 친구는 특별히 소울이의 부탁을 받고 보라와 함께 지금 병원에 있는 것이다. 그런 사실을 알고 있으면서도 소울이는 도깨비가 옆에 있었으면 하는 마음이 간절했다. 보라에게 하모니카를 갖다 주려고 한껏 마음이 부풀어 있던 소울에게는 오늘 학교에서 일어난 모든 일들이 그저 어리둥절하기만 했다.

사실 이 사건에는 사마귀가 개입되어 있었다. 모든 분쟁과 다툼이 있는 곳에는 그 갈등의 원인이 사소한 것이든 크든 간에, 언제나 사마귀들이 불신의 냄새를 맡고 모여들었다. 사람들 사이의 갈등과 다툼은 사마귀들을 꾀어 들게 하는 더없이 좋은 향기이다. 좀 전에 교실에서 아이들과 말다툼을 할 때도 가뜩이나 요즘 들어 소울이에게 촉각을 세우고 있던 혹 머리 사마귀는 단박에 낌새를 알아채고 그곳으로 달려갔고, 다른 반 친구인 채연이를 교실 앞 복도로 유인한 것도 혹 머리 사마귀의 은밀한 물밑 작업이었다.

혹 머리 사마귀는 기회를 놓치지 않고 학교에서부터 소울이에게 따라붙었다. 그리고 소울이가 거북바위에 누워 생각에 잠겨 있는 동안 조금 떨어져서 이 모습을 지켜보고 있었다. 하지만 소울이가 하모니카는 확인하지 않고 그저 하염없이 하늘만 보고 있자 울화통이 치밀었다. 사마귀는 보통 사람들 앞에 있는 모습 그대로를 드러내는 경우가 없다. 왜냐하면 사람들이 보기에도 그들의 모습은 너무나 흉측하기 때문이다. 그리고 그들 스스로도 이 사실을 잘 알고 있는 터라 변장을 하는 경우를 제외하고는 웬만하면 드러내놓고 자기 존재를 나타내지는 않는다. 그리고 변장할 필요가 있을 경우에는 중앙 본부에 변장 사항을 요청해야만 한다. 그러면 본부에서는 사마귀가 요청한 그림대로 그들의 혹 같은 이마를 통해 이미지를 보내 주고 이 이미지를 수신해서 자신이 요청한 그림대로 변장이 가능하다.

하지만 해가 떠 있는 낮에는 아무리 이 이미지를 수신하더라도 변장할 수가 없다. 이것은 마치 바깥에서 들어오는 모든 빛을 차단해야만 스크린에 나타나는 영상을 볼 수 있는 영화관처럼 어두컴컴해지는 저녁 무렵이 되어서야 수신된 이미지가 선명해지는 것이다. 이 변장된 모습은 자정을 지나 새벽까지 지속되고 아침 해가 떠오르는 시각이 되면 온데간데 없이 사라져버린다.

혹 머리 사마귀는 마음 같아서는 지금 당장 소울이 앞에 변장을 하고 나타나서 하모니카를 확인해 보라고 부추기고 싶었지만, 밝은 대낮에 변장할 수는 없었기 때문에 우선 중앙 본부에 자신이 원하는 변장의 이미지를 요청하기로 했다. 혹 머리 사마귀는 돌멩이를 찾아내서 땅바닥에 네모를 그리고는 입을 쭉 내밀고 그 네모난 땅에 마른 바람을 불어넣기 시작했다. 순식간에 촉촉한 땅은 마치 사막처럼 메말라

버렸다. 사마귀가 불어내는 마른 바람에 폭신한 양탄자 같은 이끼도 말라버려 바람에 날아가고 이끼 속에 굼슬굼슬 살아가던 작은 벌레들도, 열심히 먹을 것을 찾아 다니던 개미들도 모두 순식간에 말라 죽고 말았다. 모든 것들이 바짝바짝 말라서 가루로 부서지고 네모난 마른 땅은 물기라고는 찾아볼 수 없는 작은 사막으로 변했다. 혹 머리 사마귀는 그 안에다 뾰족한 끝으로 사람의 모습을 그려 넣었다. 이 그림 위에 하루의 첫 어둠이 떨어져 내리면 자신이 변장하려는 사람의 이미지가 사마귀의 몸을 덧입고 땅에서 일어설 것이다.

'해가 지기를 기다리는 수밖에…'

혹 머리 사마귀는 소올이가 바위에서 몸을 일으켜 가방을 짊어지고 숲을 나가자 자신도 어디론가로 사라져버렸다. 소올이는 무언가 큰 결심을 한 듯 입을 꾹 다물고 병원을 향해 걸음을 재촉하기 시작했다.

7장

부르지 못한 노래

보라는 소울이가 가져온 하모니카를 말없이 내려다보고만 있었다. 한쪽 귀퉁이가 약간 찌그러져 있는 하모니카를 한 손에 쥐고 보라는 그렇게 한동안 말이 없었다. 내일 받을 수술을 위해 남자아이처럼 박박 머리를 밀어버린 보라가 소울이에겐 너무나 낯설어서 심지어 섬뜩해 보이기까지 했다. 더구나 보라가 한쪽이 찌그러진 하모니카를 손에 들고 아무런 말이 없자 소울이는 솔직히 그 자리를 어서 벗어나고 싶은 생각밖에 들지 않았다. 무거운 침묵을 깨기 위해서는 용기가 필요했다.

"이만 가 볼게. 의사 선생님도 너를 피곤하게 하면 안 된다고 하셨거든.”

예전 모습을 찾아볼 수 없을 만큼 야윈 보라는 그제야 하모니카에서 시선을 떼어내고 소울이를 올려다보았다.

“그래, 잘 가. 그런데 한 가지 부탁이 있어!”

“…부탁? 그게 뭔데?”

소울이는 알 수 없는 불안감을 느끼며 다시 물었다.

“이 하모니카 네가 맡아 줄래? 나 수술하고 퇴원하면 그때 돌려받을게. 그때까지만 네가 맡아 주겠니?”

순간 소울이는 자신도 주체할 수 없는 어떤 울컥하는 감정이 가슴으로부터 올라왔다.

“그거 말고 채연이한테 돌려줄 생각은 없는 거야?”

“…채연이? 그게 무슨 말이야? 왜 내 하모니카를 채연이한테 돌려줘야 해?”

보라는 여태껏 듣지 못한 힘이 실린 말투로 대꾸했다. 너무나 당당한 보라의 태도에 소울이는 당황스러웠다. 하지만 보라를 진정한 친구로 생각한다면 무언가 솔직하게 마음을 털어놓는 것이 바른 일이라는 판단이 들었다. 삼촌이 입버릇처럼 ‘진정한 친구란 서로의 속마음을 보여 주는 것이다’라고 했던 말이 어느새 소울이의 머리에도 새겨져 있었는지도 모른다.

“보라야, 난 네 친구야. 그리고 진정한 친구라면 서로 솔직하게 마음을 털어놓는 거라고 우리 삼촌이 늘 말했어. 너는 나를 진정한 친구라고 생각하지 않는 거니?"

　무슨 말인지 알아들을 수 없다는 듯 눈을 동그랗게 뜨고 자신의 얼굴을 바라보고 있는 보라에게 소울이는 할 수 없이 학교에서 일어난 일을 전부 다 이야기할 수밖에 없었다.

　"채연이는 하모니카를 바닥에 떨어뜨려서 한쪽 귀퉁이가 찌그러져 있다고 했어. 봐! 이 하모니카도 떨어뜨린 자국이 있잖아!"

　"한소울! 이건 내 거야. 여기 뒤에 보면 내 이름이 새겨져 있어. 봐! 여길 보라구!"

　보라는 답답하다는 듯 하모니카 한쪽에 날카로운 샤프 끝으로 새겨 놓은 듯한 '진보라'라는 글씨 자국을 보여 주었다. 하지만 소울이는 채연이의 하모니카를 가져온 후에 보라가 자신의 이름을 새겨 넣었다는 생각을 떨쳐낼 수가 없었다. 소울이는 더 이상 보라와 이야기를 나누고 싶지 않았지만, 이대로 돌아서 나온다면 다시는 보라의 얼굴을 보지 못할 것만 같았다. 자신이 진정한 보라의 친구라면 마지막 가슴속에 있는 말까지 털어놓아야만 옳다는 생각이 들어 소울이는 자기가 그 하모니카를 하룻밤 빌려 갔던 일을 이야기했다.

　"하지만… 그건 어디까지나 빌려 간 거야. 난 다음 날 제자리에 도로 가져다 놓았어."

　"뭐라구? 도둑은 너야. 내가 아니라 훔친 건 너라구! 난 너를 좋은 친구라고 생각해서 내 하모니카를 너한테 맡기고 또 만약에… 만약에 내가…"

보라는 있는 힘을 다해 소리를 치느라 온몸이 부들부들 떨리고 핏기없는 얼굴이 더욱 하얗게 질려 가고 있었다. 소울이 역시 자신을 도둑이라고 몰아세우는 보라가 한없이 미워져서 한 마디 쏘아붙이고 뒤돌아섰다.

"넌 더 이상 내 친구가 될 수 없어. 난 가겠어!"

문밖에서 이들의 대화를 듣고 있던 뿔 돋은 도깨비는 난데없는 두 사람의 말다툼에 어리둥절했다. 그래서 앞만 보고 씩씩거리며 걸어가는 소울이에게 말을 걸어보려 했지만, 소울이는 단 한마디도 하지 않고 제 갈 길만 걸어갔다. 도깨비는 그동안 보라 옆에서 병원에서 일어나는 모든 상황을 지켜보고 있었다. 도깨비는 의사 선생님들이 보라의 상태에 대해 이야기 나누는 것을 엿들었다. 도깨비가 들은 이야기를 정리하자면, 보라는 이 병원에서는 도저히 수술을 할 수 없는 위험한 상태라는 것이었다. 그래서 서울에 있는 큰 병원으로 옮겨 가 수술을 받기로 날짜를 잡았다는 것이다. 거기다 이렇게 큰 수술을 받기 위해서는 머리카락을 잘라야 한다는 사실을 알게 된 도깨비는 보라가 너무 큰 충격을 받지 않도록 다정한 말로 위로해 주었다. 하지만 보라는 절망적이었다.

"난 오래 살지는 못할 거예요."

"그런 말을 하면 안 돼요. 사람에게는 자기가 믿는 대로, 그리고 그 믿은 것을 말하는 대로 살아갈 수 있는 아주 특별한 능력이 있어요."

도깨비는 어린 소녀의 입에서 탄식처럼 새어 나온 절망적인 말에 가슴이 아팠다.

"정말로… 사람에게 그런 능력이 있어요? 나한테도 그런 게 있어요?"

보라의 엄마가 간이침대에서 곤한 잠이 들어있을 때도 도깨비는 보라와 함께 밤을 새워 주며 용기를 북돋워 주었다. 덕분에 한결 표정이 밝아진 보라는 이 재미있게 생긴 간호사 언니에게 누구에게도 해 본 적 없는 자신의 미래의 꿈을 털어놓았다. 보라는 언젠가 텔레비전에서 기타를 치고 하모니카를 불며 자유롭게 거리에서 노래하는 한 여자를 본 후 자신도 그러한 가수가 되고 싶다는 꿈을 품게 되었다고 했다. 언젠가 엄마에게 자신이 가수가 되고 싶다는 말을 꺼냈다가 '너는 엄마도 아빠도 음치라서 노래 잘할 확률은 거의 없을 텐데…' 하는 염려를 들은 이후로는 두 번 다시 다른 사람들 앞에서 자신의 꿈 이야기는 꺼낸 적이 없었다고 했다.

"그래도 엄마가 하모니카를 사 주신 걸 보면 마음으로는 널 응원하고 계신 걸 거야!"

도깨비가 이렇게 위로했을 때도 보라는 왜 그런지 아무 말이 없었다. 도깨비는 보라의 몸 상태가 결코 희망적인 상황이 아니라는 것을 알고 있었기 때문에 하루라도 빨리 비밀의 문을 찾도록 도와주고 싶었다. 그러나 도깨비를 통해 비밀의 문과 평화의 왕자님이 언급되는 것은 금지된 일이었다. 왜냐하면 도깨비나 천사 같은 존재가 나타나 이런 비밀에 대해 사람들에게 말하기 시작하면 사람들은 자신들이 왜 이런 비밀의 문을 통과해야 하는가에 대해 생각하기보다는 지나친 신비감과 초능력 같은 데만 관심이 둘 것을 잘 알고 때문이다.

도깨비는 소울이가 자신의 꿈을 꾸기를 기다리고 있는 중이었다. 소울이가 도깨비의 꿈을 꾸고 비밀의 통로를 발견할 수 있다면 소울이를 통해 보라를 도와줄 수 있을 것이다. 비밀의 통로를 발견한 사람은 다른 사람을 도와줄 수 있는 능력이 생기기 때문이다. 하지만 도깨비는 애초에 세웠던 그의 계획을 생각할수록 마음이 초조해졌다. 소울이가 보라와 말다툼을 하고 서로 마음을 닫아버릴 것이라고는 예상조차 못 했던 일이다.

"네가 먼저 화를 풀어야 해. 보라는 아프다구."

도깨비가 소울이에게 말했다.

"알아! 알지만 나보고 뭐라 한 줄이나 알아? 내가 도둑이래. 자기가 훔쳐 놓구 나보구 도둑이라잖아!"

여전히 씩씩거리며 소울이가 대답했다.

"네가 도둑이 아닌 것처럼 보라도 도둑이 아니야!"

도깨비는 한숨을 내쉬며 말했다. 계획대로 모든 일이 순조롭게 풀려가지 않는다는 생각에 마음이 무거워진 것이다.

"아픈 친구한테 나도 그런 말 하고 싶진 않았어. 다만 나를 진정한 친구로 생각해 주고 솔직해 주길 바랐을 뿐이야!"

"진정한 친구는 서로를 이해해 주는 거야."

"미안해. 오늘은 날 따라오지 말아 줘!"

겨울 새벽에 내리는 비처럼 소울이는 차갑게 쏘아붙였다.

집으로 돌아온 소울이는 모처럼 일찍 들어온 삼촌과 함께 저녁을 먹고 있었다. 삼촌은 평소보다 말수가 적어진 소울이의 얼굴을 물끄러미 바라보다 눈길이 마주치자 멋쩍은 미소를 지으며 말했다.

"차라리 꽃지 할머니네서 먹으라 할 걸 그랬나? 삼촌 김치찌개는 맛없냐? 너 좋아하는 햄도 넣었는데. 여기다 라면도 좀 넣어 볼까?"

"......"

소울이는 무슨 하고 싶은 말이 있는 모양인지 잠시 삼촌의 얼굴을 바라보다가 다시 고개를 푹 숙이고 묵묵히 밥을 먹었다. 마치 하고 싶은 말이 나오는 것을 밥으로 꾹 막으려는 것 같았다.

"뭐냐 너. 할 말 있으면 해라. 뭐 좋아하는 여자 친구라도 생긴 거냐? 응? 그런 거냐?"

삼촌은 손가락으로 소울이의 겨드랑이를 간질이며 무슨 이야기라도 들어 보려고 애를 썼지만, 소울이는 그런 삼촌의 손을 단호하게 막으며 물었다.

"작은엄마는 왜 삼촌을 떠난 거야?"

"......"

너무나 갑작스런 질문에 삼촌은 아무런 답변을 하지 못하고 있었다.

"미안해, 삼촌. 다시는 이런 거 묻지 않을게."

"그래. 그런 건 네가 신경 쓸 필요 없는 어른들 일이야. 밥맛 없으면 그만 먹어도 좋아. 괜한 데다 투정부리지 마. 사내자식이."

이후 두 사람은 말 한마디 오가지 않는 너무나 조용한 저녁 식사를 마쳤다. 삼촌은 설거지를 한 이후에 마당으로 나가 담배를 피웠다. 소울이는 삼촌에게 너무나 미안한 생각이 들었다. 삼촌도 하고 싶지 않은 이야기가 있다는 것을 알면서도 왜 그런지 오늘 소울이는 삼촌이 마음에 담아 두고 있는 말을 자신에게 해 주기를 바랐다. 버릇없게 군 일이 마음에 걸려 사과하려고 나서는데, 삼촌은 때마침 걸려 오는 전화를 받더니 그대로 차를 타고 어디론가 나가 버렸다. 소울이는 할 수 없이 삼촌이 걸터앉아 담배를 피우던 돌 조각상 위에 대신 앉아서 별 조차 보이지 않는 흐린 밤하늘을 멍하니 바라보고 있었다. 그때였다. 갑자기 검은 실루엣의 누군가가 소울이의 옆으로 다가왔다.

"놀라지 마. 너에게 줄 게 있어서 왔으니까."

어둠 속에서 난데없이 나타난 검은 실루엣의 주인공은 뜻밖에도 사진 속의 아빠였다. 언젠가 소울이는 삼촌의 앨범에서 이십 대 시절의 아빠의 사진을 본 적이 있었다. 군복을 입고 얼굴에 검은 칠을 한 아빠는 장난기 가득한 표정으로 동료들과 함께 어깨동무를 하고 카메라를 향해 환하게 웃고 있었다. 소울이는 이 사진이 좋았다. 이 사진을 볼 때마다 아빠의 환한 얼굴을 따라 소울이의 입가에도 밝은 미소가 퍼지곤 하는 것이다. 소울이는 삼촌에게 엄마와 아빠를 그리워하는 모습을 들키고 싶지 않았기 때문에 방에 사진을 걸어 두지 않았지만, 그래도 아빠가 그리울 때는 몰래 앨범을 펼쳐 보았다. 그런데 도대체 어떻게 이 사진 속의 아빠가 자기 앞에 나타난 것인지 두 눈을 믿을 수 없는 일이 벌어지고 있는 것이다.

"아빠?"

"그래. 난 너의 아버지야. 그러니까 겁먹을 필요 없어."

"아버지…?"

소울이는 '아빠'가 아닌 '아버지'라는 말이 무척이나 낯설게 들렸지만, 한편으로는 마냥 어린아이가 아닌 뭔가 크게 성장한 듯한 느낌이 들어서 뿌듯한 마음이 들기도 했다.

"아버지! 보고 싶었어요."

소울이의 눈에는 어느새 그렁그렁 눈물이 차올랐다. 하지만 어둠 속을 울리는 아버지의 목소리는 단호했다.

"세상은 고통으로 가득 차 있는 곳이야. 그렇게 나약해서는 안 돼. 알겠니?"

아버지의 말에 소울이는 정신이 번쩍 드는 것 같았다.

'아버지는 내가 강해지기를 원하신다. 나약한 내 모습은 원치 않으신다. 난 아버지가 원하는 모습이 되고 말 거야.'

소울이는 마음속으로 깊이깊이 다짐했다.

"넌 이제 스스로 정직해져야 한다. 나는 네가 오늘 무슨 일을 했는지 알고 있어. 아버지는 아들이 하는 모든 일을 다 알고 있는 거란다."

"무, 무슨 말이에요, 아버지?"

소울이는 좀처럼 아버지가 무슨 말을 하는지 이해할 수 없었다.

"보라의 하모니카를 떨어뜨린 건 바로 너야. 그걸 알고도 모른다고 하지 마라. 네가 숲에서 잠들었을 때 바위 아래로 가방을 던져 놓았을 때 그 안에 있던 하모니카가 바위 끝에 부딪히면서 찌그러진 거야. 난 너의 아버지다. 아버지 앞에서는 정직해야 하는 거란다."

"……"

"자! 확인해 봐. 이건 분명히 네가 떨어뜨린 하모니카야."

소울이는 아버지의 손에 들린 하모니카를 휘둥그레진 눈으로 바라보았다.

"그럼 이게 보라의 하모니카가 맞다는 건가요? 분명 채연이의 하모니카라고 믿고 있었는데?"

"난 너의 아버지다. 자식이 잘못된 길로 가는 것은 볼 수 없기 때문에 오늘 이렇게 네 앞에 나타난 거다."

그때 골목길로 삼촌의 자동차가 들어오는 불빛이 비쳤다. 그러자 아버지는 서둘러 손에 들고 있던 하모니카를 소울이의 손에 넘겨주면서 말했다.

"네 손으로 이 하모니카를 보라에게 돌려주어야 한다. 그리고 꼭 미안하다는 말을 해야만 한다. 나는 정직하고 바른 아들을 원한다. 미안하다는 말을 전하기 전에는 더 이상 나를 만날 수가 없다."

소울이는 가슴이 철렁 내려앉는 것을 느끼며 되물었다.

"더 이상 만날 수가 없다구요?"

"네 스스로 생각하기에 진실로 정직하고 완전하다고 생각될 때, 그때 난 네 앞에 나타날 수 있다. 알겠지? 내가 원하는 아들이 어떤 사람이 되어야 하는지?"

또다시 소울이의 눈에는 눈물이 그렁그렁 맺히고 목소리가 가늘게 떨려 왔다.

"네 아버지. 잘 알겠어요. 항상 바르고 정직하게 살게요. 그럼 아버지를 항상 볼 수 있는 거죠?"

아버지는 자신의 말을 잘 알아듣고 있다는 생각에 기분이 좋은 듯 가슴을 앞으로 내밀며 말했다.

"그럼 물론이지."

그때 삼촌의 목소리가 들렸다.

"어두운 데서 혼자 뭐하고 섰냐? 별구경 하려구?"

"바, 바람 좀 쐬려구!"

"뭐? 바람? 하하하하! 우리 소울이 어른이 다 됐구나. 바람 쐬고 싶은 밤이 있다니. 하하하하!"

뭐가 그리 재밌는지 좀 전 식사 때의 어색함은 밖에 나가 모두 털어버리고 들어온 듯 삼촌은 허공에 대고 웃어댔다. 호탕하게 웃어대는 삼촌의 호흡에서 술 냄새가 풍겨왔다. 소울이는 아버지가 그야말로 눈 깜짝 할 사이에 어디론가 가 버렸다는 것이 신기하면서도 마음에는 슬픔으로 가득 찼다. 아버지가 이미 곁에 있지 않다는 것을 알면서도 소울이는 어두운 마당 주위를 아쉬움으로 휘 둘러본 뒤 방으로 돌아와 자리에 누웠다. 보라의 하모니카를 손에 쥔 소울이는 이날 밤 좀처럼 잠이 오지 않았다.

'도대체 어떻게 된 걸까? 바위 아래로 가방을 던져놓을 때 그때 그렇게 된 거였구나! 그런데 왜 채연이는 자기 하모니카라고 했던 걸까? 그 아이가 거짓말을 한 건가?'

너무나 많은 의문들이 머릿속을 맴돌아서 밤이 깊어갈수록 눈은 더 말똥말똥해지는 것이었다.

'아… 밤이 길구나!'

소울이는 이불 속에서 몸을 뒤척이며 이렇게 긴긴밤과 씨름을 하고 있는 것이다.

간밤에 사마귀가 아버지의 이미지를 전송받은 후 변장하고 소울이 앞에 나타난 일을 도깨비가 알아낼 길은 없었다. 다만 도깨비는 소울이가 보라와 화해하기를 바라는 마음에서 채연이의 집을 샅샅이 살펴보았다. 그리고 창고 안에 버려져 있던 한쪽 귀퉁이가 찌그러져 있는 하모니카를 발견하게 되었다. 도깨비는 마음으로 환호성을 지르며 이 하모니카를 각도기와 줄자 같은 것들을 담아 두는 채연이의 서랍 안에 넣어놓았다. 학교를 가기 위해 준비물을 챙기던 채연이는 서랍을 열어보고 깜짝 놀랐다. 수없이 열고 닫던 서랍이었지만, 전에는 한 번도 눈에 뜨인 적 없던 하모니카였던 것이다. 그것은 귀퉁이가 찌그러져 있는 자신의 하모니카였다. 채연이는 자신이 보라를 도둑으로 내몰았다는 사실 때문에 마음이 무거웠지만, 그렇다고 소울이에게 먼저 가서 자신이 오해했다고 말하는 것이 내키지가 않았다.

도깨비는 채연이가 양심의 가책을 느끼면서도 어떤 결정을 내려야 할지 몰라 하는 모습을 보고 도움을 주기로 했다. 책 읽는 것을 좋아하는 채연이가 학교 도서실에 가서 책을 고르려고 할 때 도깨비는 채연이의 발밑으로 '레 미제라블'을 떨어뜨렸다. 난데없이 자신의 발밑으로 떨어진 책을 주워 제자리에 꽂아 놓으려다 문득 채연이는 누군가가 자신의 양심을 두드리고 있다는 생각이 들었다.

'하필 레 미제라블이라니. 우연의 일치라 해도 이건 너무 이상하잖아?'

채연이는 이 책을 두 번도 넘게 읽었기 때문에 내용을 훤히 알고 있었다. 하지만 선뜻 책을 도로 꽂아 놓을 수가 없어서 되는 대로 책장을 펼쳐 보았다. 거기에는 주인공 장발장이 신부님의 은그릇을 훔쳐 달아나다가 경찰에 붙잡혀 돌아왔을 때의 장면이 그려지고 있었다. 신부님은 가장 귀한 손님을 대접하듯 은그릇에 음식을 담아 19년 동안 감옥에서 형을 살고 나온 장발장을 대접했다. 그러나 장발장은 신부님이 베푼 음식을 먹고도 대접받은 은그릇을 훔쳐가 달아났던 것이다. 그런 장발장을 향해 신부님은 '은 촛대는 왜 두고 갔느냐'며 예수 그리스도의 이름으로 자비를 베푸는 것이다.

채연이는 우연하게 펼쳐진 이 책장을 덮으며 마음의 결심을 굳혔다. 이 책을 두 번이나 읽었지만, 단 한 번도 이렇게 내용이 가슴으로 와닿은 적은 없었다. 실제로 자신의 물건을 훔쳐 간 도둑을 다시 감옥으로 보내고 자신의 물건을 되찾을 기회가 있는데도 오히려 귀한 은 촛대까지 내주는 신부님의 너그러움에 감동을 받은 것이다.

'심지어 보라는 내 물건을 훔쳐간 것도 아닌데 내가 많은 아이들 앞에서 누명을 씌운 거나 다름없잖아!'

채연이는 신발 주머니에 던져두었던 하모니카를 꺼내 들고 도서실을 나섰다. 이 모습을 지켜보는 도깨비는 신이 났다.

'내가 옳은 일을 하게 도와준 거야!'

도깨비는 덩실덩실 춤이라도 추고 싶었다.

'소울이가 이 사실을 알면 기뻐할 거야. 이렇게 되면 보라하고도 오해가 풀리겠지.'

그룹으로 무리 지어 다니다 혼자 지내면서부터 한편으로 허전함을 느꼈던 도깨비는 처음으로 자신의 독립에 대해서 만족감을 느꼈다.

'거룩한 천사가 되는 날도 멀지 않았어! 그리운 나의 도깨비 친구들아, 천상에서 만나자! 내가 먼저 가서 기다리고 있을게. 우아한 날갯짓으로 너희들을 반겨 줄게!'

이때까지만 해도 도깨비는 자신에게 어떤 일이 닥칠지 전혀 예상하지 못하고 있었다. 채연이는 소울이를 찾아가서 자신의 서랍 속에서 발견한 하모니카를 보여 주었다. 채연이는 소울이에게도 진심으로 사과하면서 보라를 만나서 용서를 빌고 싶은데 함께 가 줄 수 없는지 정중히 부탁했다. 소울이는 너무나 명백하게 나타난 또 다른 하모니카

를 눈으로 확인하고 나니 수술을 앞둔 보라에게 자신이 입에 담지 못
할 말을 했다는 생각에 괴로웠다. 하지만 더 이상 보라를 피할 수만은
없었다. 선뜻 용기가 나지는 않았지만, 학교를 마친 소울이는 채연이와
함께 보라가 있는 병원으로 향했다. 하지만 끝내 보라를 만날 수는 없
었다. 보라는 이미 서울에 있는 큰 병원으로 옮겨 갔고 보라가 있던 병
실은 다른 사람이 누워 있었다.

　채연이는 몹시 아쉬워하면서 보라의 명예를 지켜 주기 위해서 다른
아이들 앞에서도 보라가 자신의 하모니카를 훔친 것이 아니라는 사실
을 밝히겠다며 소울이를 향해 맹세했다. 분명 채연이는 자신이 말한
대로 행동할 것이다. 채연이는 보라의 명예를 다시 세워 줄 것이다. 하
지만 정작 소울이는 어떻게 해야 할지 알 수가 없었다. 괴로운 마음에
친구 도깨비를 만나 마음을 털어놓고 조언을 구하려고 했지만, 채연이
의 하모니카를 찾아낸 것이 바로 친구 도깨비였다는 사실을 알게 되었
다. 차라리 도깨비가 채연이의 하모니카를 찾아내지 않았더라면… 소
울이는 마음속 깊이 그런 생각이 들었다. 그랬더라면 영영 만나지 못
할지도 모르는 보라에게 평생 빚진 마음을 품고 살지 않아도 되었을
것이다. 하지만 다음 순간 소울이는 자신이 그렇게 생각하고 있는 것
에 스스로 놀랐다.
　'아버지는 나에게 실망하셨을 거야. 난 아버지가 원하는 아들이 될
수 없을지도 몰라…'

소울이는 보라가 원망스러웠다. 보라에게 미안한 마음만큼 원망스러움도 커졌다. 도깨비는 소울이의 얼굴 표정이 어둡게 변해 있는 것을 보고 보라를 걱정하고 있다고 착각했다.

"소울아! 보라는 수술이 잘 될 수도 있어. 진심을 다해서 보라가 낫기를 소망하면…"

하지만 대답하는 소울이의 음성은 너무나 낯설었다. 이제 막 변성기에 들어선 소년처럼 낮은 음조가 불안하게 갈라지는 소리로 말했다.

"다시는 내 앞에 나타나지 마!"

"소울아…?"

"난 혼자 있고 싶어."

"난 널 도우려고 한 거야. 우린… 친구잖아?!"

"너를 보면 보라 생각이 날 거야. 다시 내 앞에 나타나지 말아 줘. 부탁할게!"

소울이의 마지막 말에 도깨비는 안개처럼 몸을 감춰야만 했다. 사람이 원하지 않으면 도깨비는 모습을 나타낼 수 없다. 소울이는 도깨비가 안개처럼 사라져버린 빈 땅을 파내기 시작했다. 그리고 다시 자기 손으로 돌아온 보라의 하모니카를 땅에 묻고 흙으로 꼭꼭 다졌다. 제대로 연주 한 번 되어 보지도 못한 하모니카는 그렇게 땅속에 묻혀버렸다. 소울이는 손에 묻은 흙을 탈탈 털어내고 빠른 걸음으로 숲을 벗어나고 있었다.

먼발치에서 소울이를 지켜보는 도깨비는 알고 있었다. 이제 아이는 더 이상 이 숲을 찾아오지 않을 것임을. 소울이가 떠난 보물선 위에 도깨비는 홀로 앉아 있었다. 마치 거대한 바다 위에 떠 있는 작은 섬에 난파된 사람처럼 도깨비는 그렇게 한동안 앉아 있었다. 이 보물선은 소울이의 상상의 바다 밑바닥으로 깊고 깊게 가라앉아 버릴 것이다. 사람들은 다 그렇게 어른이 되어 간다. 도깨비는 마음이 아팠다.

PART 2

폭풍의 계절

1장

보랏빛 마음 색

지상과 천상의 중간 지점에 있는 간이역에는 지상을 내려다보기 위한 '전망대'가 있었고 그 건물 아래층에는 도깨비의 활동 상태가 스크린에 나타나는 '도깨비 영상 자료실'이 있었다. 이 영상 자료실의 출입을 담당하고 있는 것은 '눈동자 도깨비'인데 다른 도깨비들에 비해서 유별나게 눈동자가 컸기 때문에 붙여진 이름이었다. 사실 이곳 스크린에 나타나는 영상이라는 건 아주 단순했다. 도깨비들은 아이처럼 단순하기 때문에 특별히 마음이 큰 변화를 겪는 일은 흔치 않았다. 다만 자신들이 마음을 쏟고 애정을 기울인 어떤 사람이 무슨 이유인지 도깨비의 도움을 거부한다거나 비밀의 통로를 발견하고도 들어가려 하지 않을 때를 제외하고는 도깨비들은 크게 낙담하거나 슬퍼하는 일이 없기 때문이다. 가브리엘 천사장이 어떤 도깨비를 거룩한 천사로 승격할 때는 거룩한 천사들로 구성된 위원단이 그의 영상 자료를 신청한다. 하지만 이럴 때를 제외하고는 별다른 일이 많지 않기 때문에 눈동자 도깨비가 하는 일이란 정해진 시간에 자료실에 들어가고 나오는 일이 전부였다.

그런데 요즘 들어 눈동자 도깨비의 눈길을 끄는 한 도깨비가 있었다. 사실 이 도깨비의 마음이 급격히 변화를 겪는 영상이 스크린에 비치자 한동안 흥미롭게 이것을 지켜보던 눈동자 도깨비는 이 사실을 즉시 가브리엘 천사장에게 보고한 적이 있었다. 그런데 가브리엘 천사장은 이미 알고 있는 사실이라는 듯 좀 더 지켜보자는 말만 전해왔던 것이다. 그러나 눈동자 도깨비는 이 독특한 마음의 변화를 겪고 있는 도깨비의 영상에서 관심을 거두어버릴 수가 없었다. 왜냐하면 다른 도깨비들에게서는 나타난 적 없는 색깔의 감정을 보이고 있는 것이다. 이 스크린에 주로 나타나는 색깔은 하늘색이나 초록색 또는 금방 지상으로 내려간 도깨비들이 보여주는 하얀색이 대부분이었다. 때로 도깨비들이 낙담할 때 어두운 빛을 띠기도 하지만 이런 종류의 색깔은 그리 오래 가지 않았다. 낙천적인 도깨비들은 또 다른 희망을 찾아 금세 밝은 마음을 회복하기 때문이다. 그런데 지상의 임무를 수행하고 있는 도깨비들 가운데 거의 1년 넘게 보라색으로 스크린을 채우고 있는 한 도깨비가 있는 것이다.

'뭐지? 이 색깔은? 도대체 어떤 마음 상태라는 걸까?'

눈동자 도깨비는 너무 궁금해서 누구라도 붙들고 물어보고 싶었지만, 그 답을 알 만한 도깨비가 있을지도 의문이었다.

'어째서 이 도깨비의 마음은 보라색으로 물들어 있는 것일까?'

눈동자 도깨비는 영상 자료실을 나설 때마다 알 수 없는 마음 현상을 겪고 있는 이 도깨비에 대한 궁금함이 커져 갔다.

'한번 만나 보면 좋겠다. 어쩌면 내가 그의 친구가 될 수 있을지도 몰라.'

눈동자 도깨비는 뭐라 말로 설명할 수는 없지만 이 독특한 마음을 가진 '보랏빛 도깨비'에게 자꾸만 마음이 끌렸다. 그러나 혼자만의 결정으로 자신의 자리를 벗어날 수는 없다. 그래서 눈동자 도깨비는 가브리엘 천사장이 거룩한 천사단과 함께 영상 자료를 요청하러 오기만을 하염없이 기다리고 있었다. 그리고 마침 지상의 임무를 맡고 있던 몇몇 도깨비들의 승격 심사가 곧 이루어진다는 소식이 들려왔고, 그들의 영상 자료를 받으러 온 천사 한 명의 도움을 받아 가브리엘을 직접 만나 볼 기회를 갖게 되었다.

눈동자 도깨비는 가브리엘 천사장과 단독 면담을 하는 것이 이번이 처음이었기 때문에 기대가 무척 컸다. 하지만 지상에 있는 어느 도깨비에 대한 막연한 호기심으로 이렇게 면담 자리를 요청했다는 것은 실상은 자신의 임무에서 벗어난 범위라는 생각이 들어 긴장이 되었다.

그러나 역시 천사장의 지위는 아무에게나 맡겨진 것은 아니라는 생각이 들 만큼 가브리엘은 부드러우면서도 감히 범접할 수 없는 밝은 힘을 갖고 있었다. 가브리엘이 눈동자 도깨비를 통해 보랏빛 마음 색을 띠고 있는 어느 도깨비에 관한 이야기를 전해 듣는 동안 지상에 있는 이 보랏빛 마음 색의 도깨비는 1년 넘게 느껴 보지 못했던 천상의 전파를 처음으로 자신의 이마에 돋은 뿔에서 느끼게 되었다. 이 전파가 이토록 반가울 줄은 자신도 미처 생각하지 못했다. 도깨비는 옛 시절이 너무나 그리운 나머지 그저 하늘만 올려보고 있었다. 이 도깨비가 바로 뿔 돋은 도깨비였던 것이다.

뿔 돋은 도깨비는 1년이 넘는 시간 동안 다른 도깨비들과 그룹을 이루지 못한 채 홀로 지내고 있는 중이었다. 그는 뭣보다 외로웠고 그리고 후회스러웠다. 다른 도깨비들보다 앞서서 사람들을 돕고 지상의 임무를 잘 수행해야겠다는 꿈이 컸던 까닭에 오히려 자신은 다른 도깨비들이 거룩한 천사로 승격하는 동안 아무런 일도 하지 못하고 떠돌아다녀야만 했던 것이다. 더구나 요즘 들어 부쩍 자신의 주변을 맴도는 사마귀 떼들의 유혹을 견뎌내지 못할지도 모른다는 생각이 들어 점점 두려움이 커졌다.

사마귀들은 혼자 있는 이 도깨비를 한동안 의심스러운 눈초리로 주시하다가 한두 놈씩 과감하게 도깨비 옆으로 다가와서 몇 마디씩 툭툭 던지고 지나갔다. 그러던 것이 요즘 들어서는 대놓고 얼굴을 들이밀면서 자기들의 무리로 들어오면 엄청난 보상이 있을 거라는 말도 안 되는 소리를 지껄이고 있었다. 도깨비는 사마귀들의 이런 수법이 정말 말도 안 되는 어리석은 소리라 여겨 듣는 시늉도 하지 않았지만, 반복적으로 나타나서 원래부터 도깨비와 사마귀는 가까운 친구 사이였다는 둥, 함께 힘을 모아 사람들을 돕자는 둥의 거짓말을 늘어놓는 통에 그만 머리가 아파지기 시작했다. 그중 머리에 혹이 난 사마귀가 한 말은 다른 녀석들의 말과 달리 쉽사리 머릿속에서 떨쳐낼 수가 없었다. 녀석은 혼자 떨어져 있는 이 외로운 도깨비에게 다가와 이제 얼마 후면 하늘 문이 닫힌다며 말 그대로 청천벽력 같은 소리를 했다. 처음 이 말을 들었을 때 도깨비는 기도 차지 않았다.

"말도 안 돼. 그런 중요한 일을 너희가 알고 있다고? 그 시기를 알 사람은 오직 평화의 왕자님 뿐이라구!"

사마귀는 이 말에 입가에 간사스런 미소를 지으며 말했다.

"얼마 전에 중간계에서 큰 전쟁이 있었던 사실을 넌 모르즈?"

"…?!"

"전파도 수신받지 못하는 외톨이가 이런 중차대한 소식에 대해 알리가 없겠즈. 너의 그 어리석은 도깨비 친구 녀석들이나 고상한 척하는 가브리엘 천사장도 너에게 이런 사실을 알려주지 않은 거겠즈."

도깨비는 사마귀가 간계를 쓰고 있다는 생각이 들었지만, 도저히 물어보지 않을 수가 없었다.

"중간 지대에서… 전쟁이 일어났다구?"

중간계는 사마귀들이 쓰는 말이다. 도깨비들은 이곳을 중간 지대라고 부르는데 지상과 천상의 중간쯤에 있는 하늘 경계선이다. 사실상 이 중간지대는 평화의 왕자님이 이 땅으로 내려와 마귀들을 제압한 그날의 역사적 사건 이후로는 엄격하게 도깨비와 천사들이 차지한 하늘에 위치한 땅이었다.

이곳에는 사람들이 사마귀에게 빼앗긴 동심을 보관하는 분실물 센터 중앙 본부가 있다. 지상에는 또한 지소마다 분실물 센터 지점들이 있다. 이 지점에서 반납되지 않은 동심은 마귀 대왕 아래 13명의 사마귀 본부장들에 의해 이곳 중앙 본부로 운송된다. 그리고 이 건물 아래 지하층에는 사마귀들이 큰 잘못을 저질렀을 때 사용되는 무시무시한 절벽 감옥이 있었다. 무슨 이유인지 평화의 왕자님은 땅이 훤히 내려다보이는 절벽 감옥을 폐쇄하지 않고 그대로 놓아두셨다. 이 절벽 감옥의 맞은편으로 전망대가 자리 잡고 있다. 실제로 이 중간 지대에 있는 사마귀들은 모두 감옥에 갇혀 있는 녀석들이다. 가끔씩 열셋의 사마귀 본부장들이 영구 분실 처리를 위해 동심을 가지고 오는 일은 있지만, 그것도 전망대를 넘어올 수는 없었다. 그렇기 때문에 이들이 탈옥을 감행하지 않는 한 도깨비의 영역 안으로 들어온다는 것은 상상할 수도 없는 일이었다.

"거 봐, 넌 아무것도 모르고 있잖으. 아주 큰 전쟁이 있었즈. 절벽 감옥에 갇혀 있던 사마귀들이 탈출을 시도한 거으. 물론 우리의 마귀 대왕님도 공식적으로는 자신이 지시한 일이 아니라고 입장을 표명했즈. 어쨌든 몇몇 탈출한 사마귀들은 지금 중간계에 있는 너희 도깨비들이 모르는 어떤 곳에 숨어있는 거으. 너희 중간계 시스템을 파괴시킬 절호의 기회를 찾기 위해 시간을 벌고 있다고 해야 할끄?"

사마귀의 말은 도깨비에게 너무나 충격적이었다. 이 말을 그대로 믿어도 되는 걸까 싶으면서도 중간 지대가 사마귀의 공격을 받게 되었다는 사실에 그저 입이 다물어지지 않았다. 그러나 중간 지대는 엄연히 도깨비들의 영토였다. 사마귀들이 아무리 마귀 대왕의 힘을 빌린다고 해도 자신들의 영토가 아닌 곳에서 힘을 발휘할 수는 없는 것이다.

"그래 맞으. 그 땅은 너네 것이즈."

사마귀는 마치 도깨비의 머릿속을 훤히 들여다보고 있는 듯 다시 한 번 소름 끼치는 미소를 지어 보인 뒤 계속 말을 이어갔다.

"그렇지만 일단 탈옥만 할 수 있다면 너희의 전파 송신소로 잠입해 지상으로 보내지는 전파를 혼선시키는 것쯤은 식은 죽 먹기 아니겠으?"

전파 송신소는 전망대보다 더 높은 곳에 위치하고 있어서 오직 가브리엘 천사장만 출입이 허용되는 비밀스런 곳으로, 현실적으로 사마귀들이 이곳에 침입할 가능성은 거의 없었다. 하지만 뿔 돋은 도깨비 곁에는 당연한 사실을 상기시켜 줄 친구가 아무도 없었기 때문에 더욱 두려움이 커진 것이다. 사마귀는 마치 이런 도깨비의 심리를 꿰뚫고 있는 듯 거침없이 말을 이어갔다.

"실제로 탈주범은 전파 송신소로 침투했고 그 덕분에 너희 도깨비

무리들은 낮잠을 자는 내내 탈주범 사마귀의 욕지거리를 들어야 했즈! 깜짝 놀란 도깨비들이 당장 가브리엘에게 이 사실을 알려버리는 바람에 이 덜떨어진 탈주범 녀석은 다시 잡혀 유황 냄새가 올라오는 제일 아래층에 있는 감옥에 갇혀 버렸지만, 너희들로서는 황당한 거즈. 언제 이런 일이 다시 일어날지 또 모른다고 지레 겁을 먹었던 거으. 그래서 곧 하늘 문을 닫기로 결정한 거으. 다른 도깨비들이야 매일 전파 수신을 받으니까 소식을 접할 수 있지만, 넌 다르잖으? 직접 가브리엘이 널 찾아오지 않는 이상 네가 무슨 수로 하늘 문이 닫히는 시기를 알겠으? 하늘 문이 닫히면 천상으로 불려가지 못한 도깨비들이 어떻게 되는지는 자알 알고 있겠즈? 우리들의 맛난 밥이 되는 거즈!"

사마귀는 뱀처럼 갈라진 두 혀를 날름거리며 입맛을 다셔 보였다. 그리고 아무런 말이 없이 얼이 빠져 있는 이 순진한 도깨비를 보고 마지막 한 마디를 덧붙였다.

"그러니까 넌 버림받은 거으. 하지만 우린 네가 원한다면 친구 자격으로 널 받아들일 마음이 있으. 그렇다더라도 하늘 문이 닫히기 전에 빨리 결정해야 할 거으. 네가 여전히 사람들을 돕는 그 도깨비짓을 그만두지 않는다면 넌 얼마 뒤엔 우리 밥이 되고 말거니끄. 어때? 지금 당장 나랑 함께 가지 않을르?"

"난 너희와 달라! 태생적으로 난 절대로 사마귀가 될 수 없어!"
도깨비는 두려웠기 때문에 절규하듯 부르짖었다.

"흥분하지 말고 잘 생각흐. 생각할 시간 충분한 건 알으. 하지만 그 시간만큼 충분한 인내심이 우리에겐 없다는 것도 미리 말해 둬야겠 즈?"

도깨비는 자신의 마음이 마구마구 흔들리고 있다는 사실만으로도 부끄러움을 느꼈다. 이렇게 자신의 존재에 대해 확신이 없는 도깨비는 세상 천지에 또 없을 것이다.

"이봐. 다음에 또 보게 될 거으. 그때까지 잘 생각해 보라그."

사마귀는 바람처럼 사라져 버렸다.

'하늘 문이 닫힌다구? 그게 정말일까? 아직도 너무나 많은 사람들 이 비밀의 통로가 있다는 것조차 깨닫지 못하고 있는 이때에 정말로 평화의 왕자님은 그 탈주범 사건 하나 때문에 하늘 문을 닫기로 결정 하셨다는 거야? 그럼 나는… 그리고 소울이처럼 불쌍한 수많은 사람 들은 어떻게 되는 걸까?'

도깨비는 상상만으로 너무나 두려워졌다. 간사하기 짝이 없는 사마 귀의 말을 있는 그대로 믿는다는 것이 얼마나 어리석은지 알고는 있지 만, 흔들리는 마음만은 여전히 갈피를 잡지 못하고 있었다.

'어떻게든 가브리엘 천사장님을 만나야 해, 어떻게든.'

그때 머릿속에 떠오르는 사람은 오직 소울이뿐이었다. 하모니카 사 건 이후로 단 한 번도 모습을 나타낸 적이 없었다. 소울이가 자신을 원하지 않았기 때문이다. 하지만 소울이를 위해서도 그리고 자신을 위해서도 하늘 문이 닫힌다는 이 사실만은 꼭 알려야 한다는 생각이 들었다. 이렇게 도깨비의 신분으로 노골적으로 사람에게 접근한다는 것이 하늘의 뜻과는 맞지 않는다는 건 알고 있지만, 지금은 그런 원칙을 고수하고 있을 때가 아니었다. 어떻게든 소울이를 만나서 이 모든 사실을 다 설명하고 그의 꿈으로 들어가 가브리엘을 만날 수 있는 비밀의 통로에 함께 들어가는 것, 그 길만이 자신과 소울이를 구하는 길인 것이다. 도깨비는 더 이상 막연히 앉아 기다릴 수는 없다고 마음을 굳혔다.

2 장

소울의 변성기

    도깨비는 소울이가 혼자가 되기를 기다려야 했다. 어느덧 중학생이 된 소울이는 다른 아이들과 똑같이 학교가 끝나면 친구들과 어울려 시간 가는 줄 몰랐다. 친구들이 피시방에 가면 함께 피시방에 가서 게임을 즐겼고, 그 남은 시간은 스마트폰과 함께했다. 중학생이 된 기념으로 삼촌이 선물로 사 준 스마트폰은 이제 소울이에게 둘도 없는 친구였다.

    삼촌이 스마트폰을 사 주던 날, 가게에서 일하는 여자는 삼촌과 친한 사이인 것 같았다. 삼촌과 소울이가 가게에 들어서자 무척 친한 척을 하면서 새 폰을 장만한 기념으로 함께 사진을 찍자는 것이었다. 소울이는 얼떨결에 삼촌과 그 여자 사이에 끼여 원치 않는 사진을 찍게 되었다. 어찌 되었든 그런 사진 따위는 중요하지 않았다. 이제 소울이에게 스마트 폰이 생긴 것이다. 소울이는 손에서 폰을 놓지 않았다. 재미있는 기삿거리나 동영상을 찾아보거나 게임을 하고 친구들끼리 별로 중요하지도 않은 말들을 주고받느라 늘 손가락이 분주했다.

친구들과는 의미 없는 말을 할수록 인기가 높아지기 때문에 소울이 역시 예전처럼 보물선 바위 위에 누워 이런저런 상상을 하며 혼자 놀던 습관은 버려둔 지 오래되었다. 더구나 보라와의 하모니카 사건 이후로 소울이는 그 바위가 있는 숲으로는 절대로 발길을 옮기고 싶지 않았다. 어찌 보면 이렇게 지내는 것이 소울이에게는 마음 편한 일이라는 생각이 드는 것도 사실이었다. 왜냐하면 자신의 눈으로 도깨비를 보고 그 이상한 생물체와 대화를 나누고 지냈던 그 모든 일들이 이제 와서 생각해 보면 한갓 꿈처럼 전혀 현실감이 느껴지지 않았기 때문이다. 소울이는 스스로도 '그건 내 상상 속의 세계에 살고 있던 외계 생물체였던 거야'라고 생각하기에 이르렀다. 만약 주위 친구들에게 자신이 도깨비와 대화를 나누며 친구처럼 지냈다는 말을 한다면 다시 예전처럼 왕따를 당할 것이 분명하기 때문이다. 소울이는 이제 자신의 마음을 드러내는 진심 어린 말은 하지 않겠다고 결심했다. 또다시 친구들 사이에서 괴롭힘을 당하거나 따돌림을 당하고 살 수는 없었다.

언젠가 삼촌에게 이러한 자신의 심경을 털어놓은 적이 있었다. 삼촌은 다니던 우체국을 그만두고 모아둔 돈을 다 털어 고등학교 동창이라는 어떤 남자와 동업으로 시내에 스마트폰 가게를 차렸던 시기라서 그랬는지 아주 비장한 얼굴로 이렇게 조언해 주었다.

"남자는 살아남아야만 하는 거야. 적자생존! 그때그때 환경에 따라서 맞춰 가며 살아남아야만 진짜 남잔 거야! 알겠냐? 살아남지 못하면…"

마치 전장 속에서 부상당한 장군처럼 말투까지 달라진 삼촌은 왜 그런지 다음 말은 더 이상 잊지 못하고 '적자생존'이라는 단어만을 소울이의 머릿속에 분명히 새겨 주었다. 처음 이 말을 들었을 때는 단순히 삼촌이 많은 경쟁자들 사이에서 버티기 힘들어 그런 말을 했겠거니 생각했지만, 아무튼 그날 이후로 소울이는 '적자생존'이라는 이 단어가 머릿속을 떠나지 않았다.

'적자생존'

소울이는 친구들에게 바보 취급을 당하거나 학교가 끝나도 누구 하나 자신과 어울려 놀려고 하지 않을 때마다 이 단어를 떠올렸다. 지금처럼 학교생활에 적응하기까지는 어려움이 많았던 것이다. 소울이가 친구들 사이에서 비교적 '정상인'의 무리에 들게 된 데는 '타조 알'의 역할이 컸다. 타조 알은 남도의 땅끝마을에서도 배를 타고 한참을 들어가야 한다는 어느 섬에서 전학을 왔다. 이 친구의 이름은 원래 '광빈'인데 타조 알이라는 별명을 갖게 된 것은 보통 아이들이 달걀만 하다면 이 친구는 마치 타조 알처럼 덩치도 키도 모두 다 크기 때문이었다. 게다가 타조 알이 비록 크기는 크더라도 알 하나가 단일 세포로 이뤄졌다는 점에서도 광빈이와 닮아 있었다. 광빈이는 단세포 생물처럼 단순했기 때문이다. 배가 고프면 먹고 배가 부르면 잤다. 수업 시간에 자다가 선생님께 혼난 적이 한두 번이 아니었지만, 광빈이는 몰려오는 졸음을 참을 수가 없는지 책상을 꼭 끌어안고 잠들었다가 책상과 함께 바닥으로 쓰러진 일도 있었다. 어떨 때 보면 꼭 혼수상태에 빠진 것처럼 누가 건드려도 꼼짝도 하지 않았다. 당연히 광빈이는 친구들 사이에서 놀림의 대상이 될 수밖에 없었다. 비록 지금은 친구들 사이에서 바보 취급을 당하는 처지가 되었을지라도 광빈이가 전학 온 첫날 그의 인상은 모든 친구들을 압도할 만큼 대단했다. 그도 그럴 것이 선생님만큼 커다란 키에 떡 벌어진 어깨 하며 부리부리하게 큰 눈이 한 번 잘못 마주치면 당장이라도 턱 밑에 주먹을 날릴 것 같은 험상궂은 모습으로 비쳤던 것이다. 그러나 광빈이가 자기 소개를 하기 위해 첫마디를 꺼내자마자 교실 안은 술렁거렸다.

"친구들아! 만나서 반갑다. 내 이름은 광빈이야. 방광빈. 전에 살던 데서는 애들이 방구삥 이라고 불렀어. 방구뽕 말고 방구삥!"

아이들은 더 이상 참지 못하고 다 같이 폭소를 터뜨렸다. 그러자 광빈이는 저도 뭐가 그리 우스운지 배를 움켜잡고 껄껄대고 따라 웃는데 그 모습이 순진하다 못해 바보스럽기 짝이 없었다. 첫 날은 광빈이의 덩치가 하도 크다 보니 섣불리 아무도 말을 걸지 못했지만, 가방 가득 챙겨온 사탕이나 초콜릿 같은 군것질을 쉼 없이 오물거리고 수업 시간에는 꾸벅꾸벅 졸기 바쁜 이 덜 떨어진 타조 알이 친구들 사이의 공식적인 놀림감이 되는 것은 시간문제였다. 소울이는 이 광빈이라는 친구 덕분에 '도깨비의 절친'이라는 놀림에서 벗어나게 된 것을 진심으로 다행이라고 생각하고 있었다.

소울이는 이제 누구와도 맘을 터놓지 않는다. 한때 그래도 꽤 친하게 지냈던 한 친구가 귀신을 본 적이 있다고 말을 하는 바람에 자신도 도깨비와의 일을 털어놓았던 것인데 어느샌가 다른 아이들 사이에서 소울이는 '도깨비의 절친'이 되어 있었다. 그때부터 소울이는 괴상한 아이 취급을 받기 시작했다. 남자아이들은 특히나 중학생 정도가 되면 빨리 어른이 되고 싶어 한다. 그래서 순진한 마음에서 생겨난 믿음과 관련된 일들은 철저히 배척하려고 한다. 사실은 모두가 도깨비를 만나고 싶어 한다. 소년들은 내심 눈에 보이지 않는 도깨비를 직접 만나고 이야기를 나눴다는 말에 솔깃했으면서도 겉으로는 소울이를 바보 취급해 버림으로써 어른인 척하려고 했다. 사람들은 어느 때에 이르면 자신들이 동심으로 창조해 놓은 멋진 상상의 세계를 서둘러 부수려고 한다. 이 시기가 바로 사춘기이다. 사마귀들이 사람들의 마음에서 동심을 앗아가서 분실물 센터의 보관함에 처박아 버리는 일이 가장 많이 일어나는 시기이기도 하다. 당연히 도깨비들에게 이 시기는 위기 상황이다. 왜냐하면 동심은 믿음의 세계로 들어서기 위해 꼭 필요한 마음의 요소이기 때문이다. 동심을 표현하는 가장 가까운 말을 찾는다면 그것은 '부드러운 마음'이라고 할 수 있다. 아무리 나이가 많은 어른이라도 믿음의 세계에 들어가는 사람들이라면 누구나 이 동심을 되찾곤 했다. 그러나 되찾기 위해서는 많은 세월이 낭비되어 흘러가 버린다. 그래서 사람들이 사악한 사마귀들에게 속아 동심을 맞바꾸는 일이 없도록 돕는 것이 도깨비들의 급선무였다.

아무튼 소울이는 이 일을 계기로 다시는 누구에게도 속에 있는 말을 해서는 안 된다고 다짐했다. 그리고 소울 자신도 도깨비와의 일 같은 것은 꿈속에서나 일어난 일인 것처럼 이제는 아득하게만 느껴졌기 때문에 광빈이의 등장으로 인해서 '도깨비의 절친'이라는 불명예스러운 별명이 점점 묻혀 가는 것에 얼마나 기뻤는지 모른다. 솔직히 광빈이는 소울이에게 누군가를 떠올리게 만들었다. 정확히 기억에 남아 있지는 않지만, 광빈이의 약간 우스꽝스런 모습을 볼 때마다 소울이는 친근감을 느꼈다. 다른 친구들을 의식하지 않았다면 먼저 그에게 다가가서 말을 걸고 싶었을 것이다.

'안 돼. 그러면 또다시 아이들은 나를 놀리기 시작할 거야. 그냥 모른 척하자.'

소울이는 오늘도 친구들이 광빈이를 빙 둘러싸고 깔깔거리며 웃음거리를 만들고 있는 현장을 그냥 모른 척하고 지나쳐 가려고 하였다. 그때였다.

"한소울!"

'어?'

소울이는 누군가 자신의 이름을 부르는 것에 깜짝 놀라서 주위를 두리번거렸다. 하지만 광빈이를 둘러싸고 있는 아이들 무리 외에는 주변에는 다른 사람은 보이지 않았다. 소울이는 광빈이가 아이들에게 떠밀려 운동장 바닥으로 넘어지는 모습을 보았지만, 그대로 발길을 돌려 골목을 빠져나오려고 했다. 그런데 또다시 소리가 들려왔다.

"그렇다고 너무 부끄럽게 생각하진 마!"

이번의 목소리는 더욱 크고 뚜렷하게 들렸다. 소울이는 또다시 주변을 두리번거리다 바닥에 쓰러진 채 아이들에게 발길질을 당하고 있는 광빈이와 눈이 마주쳤다. 광빈이는 그렇게 맞고 있는데도 여전히 입가에 바보스런 미소를 짓고 있었다.

"이 바보 녀석은 아픈 걸 못 느끼나 봐!"

아이들은 박장대소를 하였다.

"원래 바보들은 덩치만 크지 힘이 없어."

"원래 바보는 머리가 나쁘고 힘만 센 거 아냐?"

"야, 한소울! 뭐하고 섰냐? 너도 이리 와서 이 바보 표정 좀 봐 봐."

아이들 중 한 명이 어정쩡하게 서 있던 소울이를 발견하고는 소울이의 손을 잡아끌며 광빈이 앞에 세웠다.

"한 번 발로 차 봐. 제일 아픈 데 골라서. 그래도 웃는지 보게 말야."

남자아이들은 참으로 잔인한 동물이라는 생각이 들었다. 소울이는 순순히 팔을 잡혀 광빈이 앞에 우뚝 서게 되었지만, 광빈이를 때리고 싶은 생각은 전혀 들지 않았다.

"피 날 거 같은데 오늘은 그만하자. 내가 보기엔 아파서 찡그리는 거 같은데…"

소울이는 자신 없는 목소리로 말했다. 그리고 그렇게 나약하게 굴어야만 하는 자기 자신이 너무나 싫었다.

"어쭈! 도깨비랑 절친 먹은 사이라 우리 말은 말 같지 않냐?"

"아하하하하 하하하하하하"

아이들은 합창이라도 부르듯 목소리를 합하여 웃어댔다. 그러더니 더욱 험악한 표정을 지어 보이며 소울이를 향해 모여들었다.

"왜, 왜들 이래?"

소울이는 겁이 났다. 광빈이를 돕다가는 매번 하교하는 골목 어딘가에서 놀림을 받거나 이런 못된 아이들에게 둘러싸여 아무런 저항도 못 하고 돈을 뜯기거나 매를 맞을 수도 있었다. 그때였다. 빨간 불빛을 번쩍거리며 경찰차 한 대가 골목 안으로 들어오는 것이었다. 이 모습을 본 아이들은 걸음아 날 살려라 있는 힘을 다해 냅다 도망을 쳤다. 위협하던 아이들이 모두 달아나버린 그 골목 안에는 여전히 바닥에 내동댕이쳐 있는 광빈이와 어쩔 줄을 몰라 땅에 다리가 붙어버린 소울이뿐이었다. 이상한 것은 불빛을 번쩍거리며 골목 안으로 달려들었던 경찰차가 그대로 맥없이 후진하여 참으로 싱겁게 골목을 빠져나갔다는 것이다. 소울이는 이게 무슨 영문인지 알 수가 없었다. 하지만 이 이상한 경찰관 덕분에 위험한 순간을 모면할 수 있었다는 것만큼은 분명한 사실이었다. 소울이는 쓰러져 있는 광빈이의 손을 잡고 일어서는 것을 도와주었다. 광빈이는 땅에 쓸린 살갗이 아팠는지 가뜩이나 큰 눈을 더욱 희번덕거리며 조심스럽게 바지와 팔꿈치에 묻은 흙을 털어냈다. 물끄러미 이 모습을 지켜보던 소울이는 순간 공연히 광빈이의 일에 나서게 된 것이 후회스러웠다. 오늘이야 어찌어찌 위험한 상황은 벗어났다 하더라도 내일 당장 학교에 가는 순간 예전과 같은 악몽이 되살아날 것은 불을 보듯 뻔한 일이기 때문이다.

"후우우…"

소울이는 자신도 모르게 가슴 깊은 곳에서부터 한숨이 새어 나왔다. 그 순간 광빈이의 큰 눈동자와 눈이 마주쳤다. 자신의 약한 마음이 한숨과 함께 새어 나와 들켜버리기라도 한 것처럼 소울이는 무척 부끄러워졌다. 그래서 변성기가 지나지 않아 여전히 갈라지는 쇳소리를 낮게 깔며 퉁명하게 쏘아붙였다.

"약하게 보이지 말란 말야! 그러다간 평생 넌 저 애들 밥이 되고 말 거야!"

말없이 소울이를 내려다보는 광빈이의 눈에 왜 그런지 눈물이 맺히는 것을 본 소울이는 더 이상 참을 수가 없어서 뒤돌아서 골목을 빠져나왔다. 달려나가는 소울이의 뒤에 대고 광빈이가 큰 목소리로 소리를 쳤다.

"아무 걱정 하지 마. 내가 널 지켜줄게! 이 말은 정말이야!"

"……"

소울이는 아무런 대꾸를 할 수가 없었다. 너무나 어처구니가 없었기 때문이다.

"그리고 넌 좋은 아이야! 난 처음부터 알고 있었어!"

소울이는 자신이 속도를 내어 달리면 달릴수록 '좋은 아이'에서 멀어져 가고 있다는 생각이 들었지만, 그의 발은 더 빨리 달리고 달렸다. 광빈이가 진짜 자신의 모습을 알게 된다면 절대로 '좋은 아이'라는 말 같지도 않은 말은 할 수가 없을 것이다.

'난 좋은 아이가 아니야! 난 못되고 약해 빠졌어!'

소울이는 흘러내리는 눈물이 미운 듯 우악스럽게 눈물을 찍어내며 숨이 턱까지 차오를 때까지 달렸다. 그러다 다리에 힘이 풀려 어느 순간 터덜터덜 집을 향해 걸어가면서 생각에 잠겼다. 솔직히 소울이는 좀 전에 자신이 들었던 것이 정말 사람의 목소리였을까 의아스럽게 여기고 있었다. 그것은 어쩌면 자신을 향한 어떤 사람의 단호한 목소리였다. 하지만 달리 생각해 보면 자신의 목소리 같기도 했다. 말하자면 양심의 소리였는지도 모른다. 억울하게 괴롭힘을 당하는 광빈이를 그저 모른 척하고 지나쳐 버리는 자기 자신을 향해 참다못한 그의 양심이 목소리를 얻어 소리를 냈는지도 모른다.

'그렇다면 누구의 목소리를 빌려 소리를 낸 것일까? 혹시… 도깨비?'

여기까지 생각이 미치자 소울이는 더 이상 생각하고 싶지 않았다.

'도깨비 따윈 없어. 그건 내 상상력이 만들어낸 거야. 내 마음대로

만들어냈으니까 내 마음대로 사라져 버리게 할 수도 있었던 거야!'

"그래 도깨비 따윈 처음부터 없었어!"

소울이는 자신도 모르게 마지막 말을 입 밖으로 내뱉고 말았다. 그런데 또다시 그 소리가 들려왔다.

"너 자신을 속이지 마! 그건 부끄러운 일이잖아!"

소울이는 소스라치게 놀라서 그만 주저앉고 말았다. 이것은 분명 소울이 자신의 목소리는 아니었다. 누군가가 숨어서 자기를 지켜보고 있다는 생각이 들었다. 그리고 그렇게 몰래 지켜보다가 자기를 향해 아픈 말로 쏘아붙이는 것만 같았다.

"누, 누… 누구세요?"

소울이는 주저앉은 그대로 주변을 두리번거리며 소리의 정체를 찾아보려 했지만, 헛수고였다. 역시나 아무도 보이지 않았다. 다리가 심하게 후들거려서 도저히 일어설 수가 없었지만, 지나가는 사람의 눈에 띨까 두려워 손에 땅을 짚고 간신히 허리를 일으켜 세웠다. 그러나 다시 다리에 힘이 빠져서 그대로 툭 땅바닥에 주저앉고 말았다. 그리고 그대로 아무런 기억이 없었다.

소울이가 눈을 떴을 땐 걱정스런 표정의 삼촌의 얼굴이 보였다.

"이제 정신이 드냐?"

"여기가… 어디야?"

"어디긴. 집이지. 네 방이잖아. 아직도 어지러우면 병원에 가 보자."

"아냐! 나 이제 괜찮아."

소울이는 병원에 가는 것이 싫었다. 그래서 덮고 있는 이불을 걷어 내고 자리에서 일어나 앉았다.

"이제 주사 맞는 거 무서워할 나이도 아닌데 왜 그렇게 병원이라면 질색이냐, 넌."

"그러게 말이에요. 아까 대문 앞에 쓰러져있을 때 내가 병원으로 데려가자 그랬더니 갑자기 눈을 번쩍 뜨고는 괜찮다고. 어머, 난 정말 깜짝 놀랐어요."

삼촌의 동창생이자 동업자는 알고 보니 그 여자였다. 삼촌은 소울이에게 고등학교 동창이라고 했기 때문에 당연히 남자겠구나 했는데 언젠가 삼촌의 핸드폰 가게에서 억지로 기념사진을 찍게 했던 바로 그 여자였던 것이다. 미경이라는 이름의 이 동업자는 소울이가 쓰러져 있는 동안 시내에 나가 죽을 사 가지고 온 모양이었다. 삼촌은 이 여자의 손에서 죽이 든 봉투를 받아 들고 소울이 앞에 죽 그릇과 숟가락을 펼쳐 놓으며 말했다.

"먹고 기운 차려라. 그래야 내일 학교 가지."

"안 먹으면 병원 가서 아야아야 주사 놓을 거다?"

삼촌의 여자 동업자는 뭐가 그렇게 우스운지 까르르 웃어댔다. 삼촌도 그 여자의 웃음을 따라 함께 미소 짓고 있었다.

"쳇! 뭐가 재밌다는 거야?"

소울이는 속으로는 그렇게 생각하면서 입으로는 다른 말을 하고 있었다.

"알겠어요. 잠깐 화장실 다녀와서 먹을게요. 나 정말 괜찮아요. 그러니까 두 분은…"

순간이지만 삼촌과 소울이 사이에 어색한 침묵이 맴돌았다. 삼촌이 자기가 아닌 다른 사람에게 속해 있다는 느낌이 든 건 처음이었다. 삼촌은 얼른 소울이의 말을 자르고 여자 동업자의 어깨를 가볍게 툭툭 치며 말했다.

"이 친구 차가 고장 나서 집에 데려다줘야 하거든. 괜찮다니까 얼른 다녀올게. 가자!"

그렇게 미경이라는 여자는 삼촌과 함께 가 버리고 소울이는 덩그러니 방 안에 혼자 남아 물끄러미 죽 그릇을 바라보고 있었다. 어서 죽을 먹고 기운 차려 학교 가야지 하던 삼촌의 말이 생각났다.

'학교를 가야 한다…'

소울이는 갈색 봉투 안에 죽 그릇과 숟가락을 몰아넣은 후 방문을 나섰다. 그리고 부엌 뒤켠에 있는 쓰레기통에 봉투째 던져 넣으며 생각했다.

'죽이라니. 먹은 게 체한 것도 아닌데 그냥 날 위하는 척 흉내만 내고 있는 거야.'

소울이는 이런 생각을 하고 있는 자기 스스로에게 흠칫 놀랐다. 자신에게 있어 삼촌은 생명의 은인이라고 해도 지나친 말이 아니었다. 엄마도 아빠도 없는 자신을 그저 조카라는 이유 하나만으로 떠맡았고 아마도 그런 이유로 작은엄마도 삼촌을 떠나가버렸는지도 모른다. 그런 데다가 이젠 여자 친구를 만나는 것까지 눈치를 살피고 있는 삼촌에게 자신이 그저 짐만 되고 있는 건 아닌지 항상 미안한데, 그런데 언제 이런 돼먹지 못한 마음이 스멀스멀 생겨난 것일까?

"이런 걸 두고 배은망덕이라고 하는 거야! 넌 그래선 안 돼!"

또다시 이런 목소리가 들려왔다. 여전히 눈에 보이지 않는 누군가의 목소리를 듣는다는 게 소름 끼치면서도 자신은 이런 말을 들어 마땅하다는 생각에 그저 고개를 푹 숙였다. 그러면서 앞으로는 '촌'이라고 부르지 못할 것 같다는 생각이 들었다. 왜 그런지 전보다 거리감이 느껴지면서 아이 같은 말투인 '촌'은 생각만 해도 몸이 오글거리는 것 같았다. 더구나 방금 전 품었던 못된 마음을 반성하는 뜻에서라도 최대한 예의를 갖춰 '작은아버지'라고 불러야겠다고 소울이는 굳게 결심했다.

'그래. 더 이상 난 어린애가 아니야. 적자생존. 환경에 맞춰 살아가야만 살아남을 수 있는 거야!'

오늘따라 축 처진 소울이의 어깨를 내리비치는 가로등 불빛이 쓸쓸해 보였다. 이 불빛이 땅 위에 어두운 그림자를 드리워서 마치 무거운 짐을 짊어진 듯 힘겹게 걸어가고 있는 소울이의 발끝에 바싹 붙어 따라가고 있었다.

3 장

도깨비의 절친

아침에 눈을 떴을 때 소울이는 삼촌이 집에 돌아오지 않았다는 것을 알았다. 그리고 소울이의 휴대폰에 '급한 일이 생겨 가게로 바로 출근한다. 아침 잘 챙겨 먹고 저녁에 보자'라는 문자 메시지가 온 것을 확인했다. 오늘 학교에 가고 싶지 않아서 어젯밤 저녁도 굶고 제발 큰 병이라도 나기를 그렇게 기도했건만, 배가 고프다는 것 말고 열은커녕 재채기 한 번 나지 않고 멀쩡했다. '학교를 가야 하나?' 고민이 되었지만, 어차피 오늘 가지 않더라도 언젠가는 가야 할 학교였다.

'한 번 놀림 당해 주지 뭐. 그리고 다시는 광빈이 쪽은 쳐다도 보지 않을 거야!'

달걀 프라이 몇 개로는 배가 차지 않아 냉장고에 있던 우유 팩을 꺼내 입에 들이붓던 소울이는 이 우유가 상했다는 것을 알게 되었다. 덕분에 먹었던 달걀 프라이까지 화장실에 가서 그대로 토해냈다. 가뜩이나 없는 기운인데 상한 우유가 계속 입에 남아 있는 것 같아서 소울이는 불쾌한 기분에 잔뜩 인상을 찌푸린 채 학교에 갔다. 아이들은 이런 소울이의 인상을 가지고 또 시비를 걸기 시작했다.

"속이 좋지 않아서 그래."

소울이는 기가 눌린 채 그렇게 대꾸했지만, 아이들은 물러서지 않았다. 수업이 끝나고 집으로 돌아가는 시간이 되자 아니나다를까 어제 광빈이를 괴롭혔던 아이들은 소울이를 빙 둘러싸고 히죽거리기 시작했다. 그중 한 아이가 소울이의 어깨를 툭 치며 시비를 걸었다.

"야, 인상 좀 펴라. 어제 경찰 부른 게 너냐? 너였어?"

"우리가 무슨 죄를 지었다고 경찰을 부르고 난리냐? 왜, 우리 다 잡아가라 그러지 그랬냐? 어?"

그중 덩치가 제일 큰 아이가 소울이의 가슴팍을 퍽 밀치는 바람에 뒷걸음질로 바닥에 넘어지려는 순간 길쭉한 팔이 소울의 등을 감싸 안고 버텨 주었다. 모두들 이 긴 팔의 주인공을 의아하게 쳐다본 것은 그것이 광빈이였기 때문이다.

"너희들! 이제 그만해. 그만큼 했으면 할 만큼 한 거야."

평소 바보처럼 실실거리던 광빈이는 어디론가 사라지고 어른처럼 정색한 낯선 사람의 등장에 거기 있던 아이들은 한동안 아무 말도 하지 못했다. 그러나 그래 봤자 광빈이는 광빈이다. 소울이는 광빈이와 등을 지고 있는 상황이었기 때문에 광빈이의 얼굴을 보지 못했지만, 뭔가 그의 목소리가 다른 날과 다르다는 것은 느낄 수 있었다.

'그러나 이래 봤자 광빈이는 광빈이다!'

소울이 또한 다른 아이들처럼 이런 생각을 하고 있을 때 그제야 제정신을 차린 아이들은 한순간 뭔가에 홀린 듯한 기분을 털어내고 '니 까짓 게 뭐냐'는 듯 주먹을 들이밀고 광빈이 앞으로 성큼성큼 다가서고 있었다. 소울이는 이제 우리 둘 다 죽었구나 싶은 생각에 땅바닥으로 시선을 떨구는데, 그때 소울의 눈에 슬금슬금 뒷걸음질을 치는 아이들의 발이 보였다.

"다, 다… 다음번에는 봐 주지 않을 거야… 오, 오늘 우, 운 트인 줄 알라구…"

마지막으로 제일 덩치 큰 아이까지 우물거리듯 이 마지막을 내뱉고 빠른 뒷걸음질로 도망가 버렸을 때 소울이는 의아하지 않을 수 없었다. 도대체 무슨 일이 벌어졌는지 궁금해진 소울이가 뒤를 돌아 광빈이를 올려다보았을 때 소울이는 깜짝 놀랐다. 아니 그것은 놀랐다는 표현 이상의 그 무엇이었다. 광빈이의 눈이 빛을 쏘아내고 있었다. 영화에서 나오는 레이저 빔 같은 빛이 밖을 향해 쏘아지는 그런 것이 아니라 마치 맑은 호수 위에 반사된 햇빛처럼 또는 밤하늘에 빛나는 무수한 별들의 끝없는 반짝임처럼 보는 사람으로 하여금 한없이 그 눈빛에 끌려들게 하는 그런 빛이었다. 광빈이의 눈동자는 더없이 아름다워서 두려운 마음까지 생겼다. 아이들이 광빈이의 눈빛을 보고 슬금슬금 도망을 쳐버린 것은 어쩌면 너무나 당연한 반응이었는지 모른다. 광빈이의 손이 소울이를 부축하고 있지 않았다면 소울이 역시 아이들처럼 뒷걸음질로 도망가고 싶었다. 광빈이는 아이들이 달아나는 먼발치까지 바라보고 있다가 더 이상 모습이 보이지 않게 되자 소울이를 내려다보며 말했다.

"어제 일은 정말 고마웠어."

어제 일이 고맙다니 그건 또 무슨 소리란 말인가. 소울이는 어이가 없었다. 정작 이 위태로운 목숨을 지켜준 것은 광빈이 자신이라는 것을 까맣게 잊은 듯이 광빈이는 두려울 정도로 아름다운 눈빛으로 소울이에게 말을 걸었다.

"모, 목소리가 들렸기 때문이야."

소울이는 아차 싶었다. 왜 이런 말을 했을까?

"응, 그랬구나. 하지만 날 도운 건 목소리 때문이 아니라 네가 좋은 아이라서 그런 거야."

소울이는 광빈이가 지금 무슨 말을 하고 있는 건지 그 뜻을 이해할 수 없었다. 그러나 한 가지 '목소리'에 대해서 적어도 광빈이는 뭔가 알고 있는 것이 분명했다.

"너도… 들려? 목소리가?"

소울이는 조심스럽게 물었다. 광빈이는 대답 대신 소울이의 손목을 잡아끌며 이렇게 말했다.

"배고프지 않냐? 나랑 같이 가서 맛있는 거 먹자. 우리 집엔 맛있는 게 아주 많아. 너 뭘 제일 좋아해? 난 뭐, 단 게 좋지만. 초콜릿도 좋고 사탕도 좋은데 이런 것 말고도… "

먹는 이야기를 시작하자 신기하게도 광빈이는 평소의 얼굴로 돌아왔다. 조금은 얼이 빠지고 바보 같은 표정이랄까? 하지만 좀 전의 그 신비로운 눈빛만은 영원히 잊히지 않을 것 같았다. 광빈이에게는 분명 뭔가 다른 것이 있다. 세상에는 사람의 기준만 가지고는 이해할 수 없는 무언가. 그러면서 소울이는 도깨비의 존재를 생각하지 않을 수 없었다. 처음부터 없던 기억으로 치고 지워내려고 노력했지만, 노력한다고 해서 있던 사실을 없는 것으로 만들 수는 없었다.

'그래. 난 한때 도깨비의 절친이었지.'

소울이는 저도 모르게 깊은 한숨을 내쉬며 이렇게 생각했다. 그리고 어쩌면 광빈이도 다른 도깨비의 친구임에 틀림없다는 확신이 들었다. 광빈이는 마치 소울이의 마음속 생각까지 훤히 들여다보고 있는 것처럼 소울이에게 미소를 지어 보이며 말했다.

"여기가 내가 사는 집이야."

4 장

나무 위의 집

소울이는 광빈이와 함께 어느새 높은 산의 정상에 올라와 있다는 것을 깨닫고 깜짝 놀랐다. 보물선 바위 너머로는 올라가 본 적 없는 숲이었다. 이 숲은 워낙 잡목이 빼곡하게 들어차 있어서 길이 나 있지 않은 정상까지는 몇 시간을 걸어 올라가야 하기 때문에 아직 어린 소울이로서는 엄두도 내지 못하는 곳이었다. 그런데 이런 산, 그것도 꼭대기에 집이 있다니. 어떻게 길을 만들어 여기까지 올라왔는지 도무지 이해가 되지 않았다. 광빈이의 집은 정상 위에 우뚝 서 있는 커다란 고목의 두꺼운 가지 위에 지어져 있었다. 이 집은 이 층으로 지어져 밖으로 난 각각의 층계가 왼쪽은 일 층으로 오른쪽은 이 층으로 난 현관문으로 연결되어 있었다. 나뭇가지 위에 지어진 이층 구조의 집이라는 것은 영화에서도 본 적이 없었기 때문에 소울이는 입이 다물어지지 않아 그저 놀라움에 올려보고만 있을 뿐이었다.

"일층으로 가자. 일 층이 식당이거든. 나를 따라 올라와."

광빈이는 앞서서 왼쪽으로 난 층계를 타고 일 층 집 안으로 들어갔다.

"무서워하지 말고 어서 올라와."

소울이는 머릿속이 아득해지는 것 같은 현기증이 났지만, 꾹 참고 계단을 올라갔다. 일 층 내부는 기대했던 것보다는 훨씬 단출한 가구들이 있었다. 가정집에서 보는 가스레인지 같은 것 대신 등산이나 바다에 낚시 갈 때 흔히 쓰는 가스버너같이 생긴 자그마한 가열 기구가 나무 식탁 위에 덜렁 올려져 있었다. 그리고 두 대의 커다란 냉장고가 들어차 있었다.

"냉장고를 어떻게 끌어올린 거야?"

이 높은 산 정상 위에 그것도 나뭇가지 위에 지은 집 위로 냉장고가 들어와 있다니, 소울이는 기가 차서 물었다.

"냉장고는 아니고 하나는 설탕 창고이고 다른 하나는 소금 창고야."

"말도 안 돼. 이렇게 많은 설탕과 소금이 왜 필요한 거야?"

소울이가 물었다.

"설탕은 몸에 전파가 들어오는 걸 막아 주거든."

광빈이는 설탕이 들어 있는 냉장고의 문을 열어 보였다. 하지만 흔히 볼 수 있는 하얀 설탕 가루는 아니었고, 미세한 먼지 같은 것들이 떠다니고 있었다. 광빈이가 이 미세한 먼지같이 떠다니는 것을 삼각 플라스크에 담고 허공에 대고 흔들어댄 후 테이블 위에 거꾸로 쏟아내자 뿌연 먼지 분자들은 먹음직스런 초콜릿덩이로 변했다.

"네가 원하면 사탕이랑 솜사탕도 만들어 줄 수 있어. 너의 마음이 요리사가 되는 거야!"

소울이는 그냥 입이 쩍 벌어질 뿐이었다.

"네가 늘 학교에서 먹던 게 바로 이렇게 만든 거구나."

"응. 맞아. 이렇게 설탕을 먹어야 하늘에서 오는 전파를 차단하고 학교생활에 집중할 수 있거든."

"그런데 소금 냉장고는 왜?"

소울이가 물었다.

"소금은 설탕하고는 정반대니까. 이걸 물에 타 먹으면 몸에 다시 전류가 흐르고 하늘에서 오는 전파를 주고받을 수 있게 해 줄 거야."

광빈이는 아무렇지도 않은 듯 담담하게 말했다.

"해 줄 거야…라는 건 무슨 뜻이야? 확실하지 않다는 뜻 같은데?"

"그렇긴 해. 설탕은 확실한데 소금에 대해서는 잘 몰라. 다만 전파를 수신해야 할 필요성이 생길 때는 설탕과 반대되는 것을 먹어야 한다고 생각하는 거지."

"그래서 소금이라는 거야?"

소울이는 어처구니가 없었다.

새빨간 뿔 돋은 도깨비 이야기

"너도 알잖아. 도깨비들은 하늘에서 오는 전파를 꼭 받아야 한다는 걸."

소울이는 드디어 올 것이 닥쳐왔다는 생각을 했다.

"그래, 넌 도깨비였구나. 역시 짐작대로였어. 그렇다면 뿔 돋은 도깨비가 보낸 거겠지?"

소울이는 왠지 강제로 무릎을 꿇린 것 같은 느낌이 들어 억울하다는 생각마저 들었다.

"그렇진 않아. 내가 도깨비인 건 사실이지만, 너의 절친인 그 뿔 돋은 도깨비를 만나본 적은 없어."

"뭐야! 그럼 또 나를 돕겠다는 둥 그런 이유로 내 앞에 나타난 거야? 날 좀 내버려 둬. 난 사람이지 도깨비가 아니야. 난 사람이랑 절친을 하고 싶지, 도깨비의 절친이 되고 싶은 게 아니라구!"

소울이는 화가 나서 소리쳤다. 도깨비들과 친해지면 친해질수록 아이들로부터 왕따가 될 수밖에 없다는 것을 너무 잘 알고 있기 때문이다.

"난 네가 아니라 너의 그 절친 도깨비를 돕기 위해서 자청해서 내려온 거야. 네 친구는 지금 사악한 사마귀의 꼬임에 빠져 있거든. 우린 정해진 그룹 안에서만 서로 만날 수 있기 때문에 처음부터 그룹이 지어지지 않은 도깨비들과는 만날 수가 없어. 오로지 그 도깨비의 친구인 '흰 눈 사람'의 소개를 통해서만 서로 만날 수가 있어."

"누구? 흰 눈… 사람"

"앗! 그건 우리끼리 하는 말인데 도깨비의 친구가 된 사람들을 우리들은 그렇게 불러. 흰 눈 사람이라고."

소울이는 생각에 잠겼다. 도대체 그 도깨비에게 무슨 일이 생겼다는 말일까? 도깨비가 위험에 빠질 수도 있다는 말일까? 아무튼 광빈이의 말대로라면 자신이 뿔 돋은 도깨비의 흰 눈 사람이기 때문에 그를 도울 수 있는 유일한 존재라는 말이다.

"난 하늘과 지상의 중간 지대에서 영상 자료를 보관하는 일을 맡고 있는 눈동자 도깨비라고 해. 그런데 어느 날부턴가…"

광빈이는, 아니 눈동자 도깨비는 보라색 마음 빛을 지닌 한 도깨비를 발견하게 되었고 가브리엘 천사장에게 그 도깨비를 직접 만나 보고 올 수 있게 해 달라고 요청했다는 것이다. 가브리엘 천사장 역시 이 보라색 마음 빛을 띤 도깨비가 사마귀들의 잔꾀임에 노출되고 있다는 것을 알고 있었기 때문에 기꺼이 눈동자 도깨비를 파견했고, 그래서 소울의 학교로 전학을 오게 되었다고 했다.

"그러니까 네 말은 너 혼자서는 그… 도깨비를 도와줄 수 없다는 말이니?"

소울이는 머리가 어지러워서 저도 모르게 광빈의 긴 팔을 잡았다. 광빈이는 소년의 어깨를 부드럽게 감싸 의자에 앉는 것을 도와주며 말했다.

"그래. 난 너의 도움이 필요해. 도깨비들은 사람보다 많은 능력을 갖고 있는 것처럼 보이지만, 혼자서는 의미 없어. 함께해 줄 친구가 필

새 뿔 돋은 도깨비 이야기

요하거든."

소울이는 잠잠히 생각에 잠겼다. 소울이가 외로웠을 때 뿔 돋은 도깨비는 친구가 되어 주었다. 그리고 자신에게 친구를 만들어 주려고 노력했다는 것도 알고 있었다. 비록 땅속 깊숙이 묻어두고 다시 파헤치고 싶은 기억은 아니었지만, 일부러 소울이에게 아픔을 주려고 했던 것은 아니었던 것이다. 한동안의 침묵을 깨고 소울이는 입을 열었다.

"내가… 어떻게 도와줄 수 있다는 거지?"

광빈이의 얼굴이 환하게 밝아지며 말했다.

"나를 네 친구가 있는 곳으로 데려다주겠니?"

"어…떻게? 난 지금 그가 어디 있는지 몰라."

"그저 친구에게 말을 걸기만 하면 돼. 네가 먼저."

"내가 먼저 말을… 걸라구?"

"너의 마음이 요리사가 될 수 있는 것처럼, 마음은 서로를 연결해 주는 메신저가 될 수도 있어."

그 순간 소울이는 광빈이가 하는 말을 이해할 수 있을 것 같았다. 비록 그가 눈에 보이지 않아도 그래서 지금 어디에 있는지 알 수는 없지만, 마음 깊숙한 곳에 자물쇠를 채워 두었던 오래된 문 같은 것이 머릿속에 그려졌다. 친구에게 말을 걸기 위해서는 이 문의 자물쇠를 걷어내야 한다. 소울이는 직감적으로 이 말이 뜻하는 것을 알아차렸지만, 망설일 수밖에 없었다. 다시 대화를 시작한다는 것은 이전의 친구 관계를 계속해서 이어가야 한다는 것이다. 오래된 친구가 그리운 것도 사실이었지만, 어른이 되는 관문을 겨우 한 발짝 남겨 두고 다시 철부지 시절로 뒷걸음치는 듯한 기분이 들었다. 하지만 소울이는 옛 친구가 위험에 빠진 것을 알면서도 모른 척 발뺌하고 싶지는 않았다. 소울이는 지그시 눈을 감고 친구와 함께 있었던 보물선을 떠올렸다. 그러자 감은 두 눈 앞에 옛 친구의 모습이 나타났다. 친구는 혼자 바위 위에 몸을 누이고 하늘을 올려보고 있었다. 소울이는 친구를 보며 참으로 오랜만에 말을 걸었다.

"왜 혼자 있는 거야?"

친구는 마치 이 순간이 올 것을 미리 알고 있기나 했던 것처럼 조금도 놀라는 기색 없이 차분하게 대답했다.

"난 네가 혼자 있는 시간을 기다리고 있었던 거야."

"내가… 혼자 있는 시간?"

머리에 작은 뿔이 돋아 있는 친구는 부드러운 미소를 띠며 소울이를 돌아보았다.

"그래. 넌 항상 바빴어. 네 마음의 방에는 네가 아닌 다른 사람들의 이야기나 생각들로 항상 가득 차 있어서 내가 부르는 소리를 들을 수가 없었던 거야."

옛 친구의 말에 소울이는 가만히 지난날들을 뒤돌아보았다. 친구의 말이 맞았다. 소울이는 항상 다른 사람들을 의식하고 있었다. 다른 사람들의 눈에 어떻게 보일지, 다른 사람들의 생각을 뒤따라가지 못할까 봐 늘 초조했다. 다른 친구들이 이미 알고 있는 노래나 재미있는 동영상을 놓치면 그들로부터 따돌림을 당할까 봐, 다른 친구들이 갖고 있는 것을 자신이 갖고 있지 않으면 외톨이가 될까 봐, 다른 친구들이 알고 있는 험담을 알지 못하면 자신이 그 험담의 주인공이 될까 봐 늘 초조하고 불안했다.

"그래서 친구들이 많이 생겼니?"

이마에 뿔이 있는 옛 친구는 물었다. 그렇게 전전긍긍하며 다른 친구들과 똑같아지려고, 아니 비슷해지려고 노력했지만, 여전히 마음을 열고 이야기를 나눌 수 있는 단 한 명의 사람 친구를 만들 수가 없었다.

"……"

소울이는 대답할 수가 없었다. 이상하게도 아이들의 친구가 되려고 노력하면 할수록 그들은 소울이를 놀림의 대상으로만 여겼다. 소울이도 그런 자신을 비웃었다. 마음속으로 늘 '난 내가 싫어. 정말 싫어' 그렇게 되뇌었다. 옛 친구는 그저 조용히 다음 말이 이어지기를 기다리고 있었다. 소울이는 이렇게 외치고 싶었다.

'그리고… 너도 싫었어. 난 지금의 나도 싫지만 예전의 내 모습은 떠올리기도 싫을 만큼, 그만큼 싫기 때문이야. 난 누군가를 거짓말쟁이로 만들어 버렸잖아.'

소울이는 뱃속 깊은 곳에서부터 갑자기 울컥하며 치솟아 오르는 뜨겁고 격렬한 감정을 느꼈다. 절대로 입 밖에 내고 싶은 말은 아니었지만, 사실 그 모든 것을 시작하게 만든 것은 바로 너라고 소리치고 싶었다. 친구들 사이에서 들려오는 소문에 의하면 보라는 서울에 있는 병원으로 옮겨지고 그 이후로는 누구와도 연락이 닿지 않았다고 한다. 사람들은 보라가 이미 세상을 떠났을 것이라고 했다. 이곳에 살던 보라의 가족들도 모두 이사를 가 버렸기 때문에 보라의 소식을 제대로 알고 있는 사람은 없었다.

어린 나이에 생긴 암은 완치되기 힘들다는 말을 텔레비전 프로그램에서 본 적이 있었던 것 같다. 한창 성장하는 아이들은 암세포까지도 왕성하게 퍼져 버린다는 내용이었다. 그 프로그램을 보면서 소울이는 보라를 생각하지 않을 수 없었다. 텔레비전에 나오는 사람들은 모두 엄청나게 공부를 많이 한 박사님들뿐이니까 잘못된 정보를 알려줄 리가 없을 것이다. 결국 소울이는 영원히 보라에게 용서를 구할 기회를 갖지 못하게 될 것 같았다.

"그래서 친구들이 많이 생겼니?"

마치 소울이의 마음속을 읽기나 하는 것처럼 옛 친구는 똑같은 질문을 되풀이했다.

"몰라!"

소울이는 약간 퉁명스럽게 대답했다. 변성기가 찾아와 더 이상 아이의 해맑은 목소리는 찾아볼 수 없는 우울한 목소리였다.

"왜지?"

옛 친구는 그 예전처럼 눈치가 없었다. '왜 친구가 없느냐고?' 소울이는 화가 났지만 마음을 가라앉히고 자신이 왜 지금 이 자리에 있는

지를 생각했다.

"누군가 너를 도와주기를 원하고 있어. 넌 지금 위험에 빠져 있다고 그랬거든."

"내가?"

옛 친구는 의외라는 듯 눈을 크게 떠 보였다.

"광빈이라는 이름을 가진 도깨비야. 눈동자 도깨비라고도 하고. 흰 눈 사람을 통해야만 너를 만날 수 있다고 해서…"

소울이는 여기서 잠시 말을 끊고 이 '흰 눈 사람'이라는 말을 옛 친구도 알고 있는지 살펴보았다. 옛 친구는 말없이 고개를 끄덕이며 계속 이어가라는 신호를 보냈다. 소울이는 '내가 바로 흰 눈 사람이 맞구나' 스스로 재차 확인하며 다음 말을 이었다.

"흰 눈 사람을 통해야만 한다고 해서 너에게 말을 걸게 된 거야. 그래서 지금 우리가 이렇게 이야기를 나누고 있는 거야."

"……"

옛 친구는 혼란스러운 듯 아무런 말이 없었다.

"안녕! 우리의 친구"

어느새 광빈이가 소울이의 옆에 와 앉아 있었다.

"아, 안녕?!"

옛 친구는 갑작스런 새 친구의 인사에 깜짝 놀라며 저도 모르게 인사를 한 것이다. 소울이를 사이에 두고 광빈이와 뿔 돋은 도깨비가 나란히 앉아 있었다. 세 친구의 만남은 이렇게 시작되었다.

5 장

세 친구의 결성

소울이와 뿔 돋은 도깨비는 광빈이에게 사마귀가 퍼뜨리고 다니는 헛소문에 대한 이야기를 듣고 있었다.

"그러니까 사마귀가 내게 했던 말은 모두 근거 없는 거짓말이라는 거지?"

뿔 돋은 도깨비는 그런 말도 안 되는 소리에 속아 넘어간 자신을 질책하듯 이마에 돋은 뿔을 주먹으로 툭툭 쳤다.

"가브리엘 천사장님은 이 모든 것을 다 알고 계셨어. 그래서 나를 이 지상으로 파견하셨던 거야. 소울이를 통해서 너에게 바른 정보를 주시려고 말이야."

"그런데 그게 전부일까?"

뿔 돋은 도깨비는 광빈이의 눈을 똑바로 쳐다보면서 의아스러운 듯 물었다.

"그게 무슨 말이야? 그럼 뭔가 다른 계획이 있었다는 뜻이야?"

이해할 수 없다는 듯 광빈이가 되묻자 뿔 돋은 도깨비가 대답했다.

"언젠가 말야. 내가 혼자 떠돌아다니던 어느 날에 하늘에서 전파 수신이 마구잡이로 된 적이 있었어. 네 말에 의하면 그 때가 바로 절벽 감옥에 갇혀 있던 사마귀들이 탈출을 시도한 바로 그 날인 모양인데, 덕분에 내가 몇 가지 전파를 수신하게 된 거야. 아주 잠깐이었지만 말야. 너도 알다시피 그룹이 아니면 천상의 전파는 수신할 수 없는 건데."

"이건 아주 엄청난 이야기들인데?"

소울이는 지상을 뛰어넘는 천상의 이야기들에 엄청난 흥미를 느꼈다. 어떤 영화나 만화책에서도 느낄 수 없었던 사실감에 심장이 쿵쾅쿵쾅 힘차게 뛰어서 얼굴까지 빨갛게 달아올랐다. 마침 소울이네 반에서 가장 힘이 센 두한이에게서 전화가 왔지만, 소울이는 스마트폰 화면에서 이름을 확인하고도 받지 않았다. 이것을 보고 광빈이가 의아한 듯 물었다.

"두한이한테 온 전환데? 안 받아도 괜찮겠어?"

"상관없어. 내일 그냥 맞으면 돼."

"뭐어?"

두 도깨비 친구들이 동시에 눈을 동그랗게 뜨고 소울이를 바라보았다. 그러자 소울이는 씨익 웃으며 이렇게 말했다.

"아님 너희들이 때려 주던가."

"뭐어?"

두 친구는 갑작스런 소울이의 능청스러움에 웃음이 났다. 소울이에게도 유머 감각이 있다니. 소울이도 언젠가 어른으로 성장해 있을 것이다. 도깨비는 어른이 된 소울이의 모습과 그 옆에 여전히 아이 같은 모습으로 머물러 있을 자신도 함께 그려 보았다. 시간을 멈출 수는 없을 것이다. 뿔 돋은 도깨비는 왠지 쓸쓸한 기분을 털어내기 위해 자신이 들었던 그 날의 전파 메시지로 얼른 화제를 옮겼다.

그것은 어떤 날에 관한 것이었다. 수수께끼 같은 메시지라서 전부다 알아들을 수는 없었지만, 확실한 내용 중 하나는 다가올 어떤 대단한 날이 예정되어 있다는 것이었다. 뿔 돋은 도깨비는 그 전파를 수신할 당시 아주 단순하게 생각했다. '평화의 왕자님이 거룩한 천사들과 함께 그의 사람들을 구하기 위해 지상으로 다시 오실 것이며 이것은 너무나 중요한 사안이기 때문에 다시 한 번 반복해서 메시지를 보내는 것이다'라고. 하지만 그 전파의 분위기가 다소 험악했던 것을 생각하면 이미 알려져 있는 그런 이야기가 아닌 어떤 다른 계획의 일부가 누설된 듯한 느낌이었다고 말했다.

"확실한 내용은 천상의 전파를 수신해 봐야 알 수 있는 건데…"

광빈이는 아쉬운 듯 말했다. 결론적으로 두 도깨비만으로는 가브리엘 천사장님으로부터 오는 전파 메시지를 온전하게 수신할 수는 없었다.

"소금을 먹으면 되잖아!"

소울이는 어두운 미로에서 출구를 찾은 것처럼 신이 나서 소리쳤다.

"소금?"

뿔 돋은 도깨비가 어이없는 표정의 광빈이를 바라보았다. 광빈이는 머리를 긁적이며 말했다.

'한 번 먹어 보는 것도 나쁘지는 않겠지 뭐."

결국 어이없어하던 뿔 돋은 도깨비도 광빈이의 나무 위 집으로 가서 둘이 함께 소금을 먹었다. 그리고 다시 집 밖으로 나와서 오른쪽 계단을 타고 이 층 침실로 올라갔다. 아마도 광빈이는 집 설계라는 것을 해 본 적이 없었을 것이다. 그렇게 번거로움을 감수하고 올라간 침실에서 두 도깨비는 누워서 잠을 청했다. 소울이도 덩달아 눈을 감고 자 보려고 했지만, 도무지 잠에 집중할 수가 없었다. 소금을 먹은 두 도깨비에게 어떤 변화가 생기는지 알고 싶어 조바심이 났기 때문이다. 하지만 시간이 흘러도 몸에 아무런 변화가 나타나지 않자 이번에는 조금 더 먹어야 한다고 누군가 주장했다. 그들은 할 수 없이 다시 땅으로 내려와 왼쪽 계단을 타고 식당으로 올라갔다. 거기서 더 많은 소금을 먹었지만, 전파를 수신하는 데 역시 소금은 아무런 역할도 할 수 없다는 것이 증명됐다. 이렇게 되자 한동안 광빈이는 난감한 얼굴로 말을 잊지 못했다.

"그래도 방법이 없진 않아!"

그때 뿔 돋은 도깨비는 소울이의 눈을 바라보며 진지하게 말했다. 얼른 이 말을 알아듣지 못하던 광빈이도 곧 그가 무슨 말을 하고 있는지 알아차린 듯 역시 소울이를 바라보았다. 두 친구의 진지한 시선이 조금은 부담스러운 듯 소울이는 뒷걸음을 치며 둘을 향해 물었다.

"뭐, 뭔데 그 방법이?"

그것은 소울이의 꿈을 이용하는 것이었다. 소울이가 만약 두 도깨비를 자신의 꿈 속으로 초대해 주기만 한다면 꿈의 세계를 이용해서 두 친구는 비밀의 통로를 통해 가브리엘 천사장을 만날 수 있다. 그러면 사마귀들의 헛소문이 어떤 것인지 그들의 계략이 무엇인지 낱낱이 알아들을 수 있게 될 것이고, 광빈이 역시 지상에 내려온 이상 무언가 이 땅에 도움을 줄 만한 좋은 일을 할 수 있는 기회를 갖게 될 것이며 두 도깨비들은 큰 공로를 세워 일정 기간을 채우지 않고도 단번에 거룩한 천사로 승격될 수 있다. 이것은 더 없이 좋은 기회였다. 두 도깨비는 서로 말을 하지 않아도 두 뿔이 하나가 된 듯 금방 이 계획을 공유할 수 있었다. 이것은 모두에게 좋은 일인 것이다. 그러나 여전히 소울이가 두 도깨비를 꿈 속으로 초대할 것인가 하는 문제가 남아 있었다. 두 도깨비는 간절한 눈빛으로 소울이를 바라보며 번갈아 말했다.

"넌 우리의 영웅이야."

"제발, 내 꿈을 꾸어 줘."

"내 꿈도 응?"

"응? 응? 응?"

두 도깨비는 콧소리를 한껏 드높이며 목소리를 모았다.

"제발!"

두 도깨비의 애절함에 당황한 소울이는 이렇게 밖에는 대답할 수가 없었다.

"노, 노력해 볼게. 그러니까 제발 그런 눈빛만은 좀. 손발이 오글거려서 말야."

소울이는 정말로 손끝을 닭발처럼 오그리며 부르르 온몸을 떨었다. 그 모습이 어찌나 웃겼는지 두 도깨비는 크게 웃었다. 소울이가 언제 도깨비들을 꿈 속으로 초청할지는 알 수 없었지만, 세 친구가 하늘과 땅에서 일어날 엄청난 사건을 해결하기 위한 동맹 관계가 되었다는 것만은 확실해졌다. 그러나 정작 문제는 이제부터 시작되었다. 소울이는 좀처럼 이 두 도깨비들을 자신의 꿈 속으로 초대하지 않았다. 두 도깨비들은 소울이에게 자신들의 꿈을 꾸었는지는 직접 묻지 않아도 알 수 있었다. 소울이가 그들의 꿈을 꾸는 그 순간 그들은 이미 소울이의 꿈 속 세계 안에서 함께 만날 수 있기 때문이다. 소울이는 초조해하는 두 도깨비들을 볼 때마다 이렇게 위안해 줄 수밖에 없었다.

"미안해. 나도 잘 때마다 너희들을 생각하려고 노력한단 말이야. 그런데 왜 그런지 아무리 생각하고 생각해도 꿈에는 나타나질 않아. 얄

궂게도 두한이 같은 애들이나 뒷집의 가는귀 드신 할아버지까지 나타
나는데 말야. 나도 통 그 이유를 알 수가 없어. 하지만 분명히 꿈을 꾸
긴 꾸었을 거야. 내가 기억하지 못할 뿐이지."

사람이 기억하지 못하는 꿈은 도깨비들에겐 의미가 없었다. 왜냐하
면 사람이 기억할 수 있는 꿈만이 도깨비들과 접속되는 유일한 통로이
기 때문이다. 두 도깨비들은 아침에 눈을 뜰 때마다 소울이가 너무나
미안해하자 오히려 자신들이 더 미안해졌다. 사람의 뜻과 의지대로 꾸
어지는 것이 꿈이라면 그것은 더 이상 꿈이 아니기 때문이다. 하지만
그렇다고 해서 그저 언젠가 소울이가 꿈을 꾸어 주기만을 두 손 놓고
기다리고 있을 수는 없었다. 두 도깨비들은 나름대로 최선을 다해 뭔
가 의미 있는 노력을 해야 한다고 생각했고 그것이 바로 소울이의 꿈
목록이었다. 소울이가 기억할 수 있는 최근의 꿈의 목록을 작성하고
왜 그런 꿈을 꾸게 되었는지 그 원인을 한 번 찾아보자는 것이었다.

6장

꿈의 목록들

최근 소울이가 기억할 수 있는 꿈의 목록들은 다음과 같았다. 이것은 짤막한 이야기들의 파편들로 적어도 두 번 이상 반복되며 꾼 꿈들만 목록에 적어 두었다.

목록1.

두한이와 그 일당을 혼내 주다. 두한이와 그 일당에게 둘러싸여 땅바닥에 쓰러져 있는데 갑자기 날개가 달려 하늘로 날아오르다.

소울 : 하늘로 날아올라 갈 때 기분이 얼마나 황홀했는지 몰라. 그러다가 갑자기 땅끝으로 추락하는 도중에 잠에서 깼어. 무서워서 식은

땀이 다 났어.

뿔 돋은도깨비와 광빈 : 키 크는 꿈이야.

최근 소울이는 몰라보게 성장했다. 항상 앞줄에 서던 소울이는 살이 좀 통통하게 오르는가 싶더니 모두 키로 늘어나서 두한이보다 커졌다.

목록2.

뒷집의 가는귀 드신 할아버지가 소울이네 부엌에서 뭔가 요리를 하시다. 그 할아버지가 갑자기 돌아가시고 삼촌에게 노란 금 상자를 유품으로 남겨 주다.

뿔 돋은 도깨비 : 얼마 전에 삼촌이 이 할아버지 댁을 방문했잖아. 아마 꿈에선 그걸 반대로 표현한 거 같은데.

광빈 : 근데 노란 금 상자를 유산으로 남겨 준다는 건 뭘까?

소울 : 지금 생각해 보니까 커피 상자 같아. 삼촌이 늘 그 할아버지에게 노란 상자 속에 든 커피믹스를 선물해드렸거든.

뿔 돋은 도깨비와 광빈 : 할아버지가 돌아가실까 봐 걱정되는구나 소울이는.

목록3.

삼촌의 결혼식에 가다. 그러나 신부의 얼굴은 누군지 보지 못한다. 삼촌이 아기를 낳다. 발가락이 여섯 개가 달린 아기 도깨비를 낳았다.

새뿔 돋은 도깨비 이야기

뿔 돋은 도깨비 : 요즘 삼촌이 그 여자 친구하고 진척이 좀 있는 거 같던데…

광빈 : 내 생각엔 그 신부의 얼굴을 보지 못한 게 아니라 소울이가 일부러 확인을 안 한 거 같아.

소울 : 내가 왜?

광빈 : 네가 그 여자 친구를 별로 안 좋아하잖아. 그 여자랑 삼촌이 결혼할 거 같아서 걱정되는 거 아닐까?

소울 : …그런가?

뿔 돋은 도깨비 : 맞네. 네가 그 여자 친구 작은 키에 비해서 신발 사이즈가 너무 커서 신발만 보면 거인이랑 사귀는 거 같다고 흉봤잖아.

소울 : 그래서 발가락이 여섯 개나 달린 못생긴 아기 도깨비를 낳은 건가?

뿔 돋은 도깨비와 광빈 : 뭐야 그럼 우리가 못생겼단 말야?

목록4.

보라가 학교에 전학을 오다. 보라가 음악 선생님이 되다. 보라가 걸그룹이 되다. 전 세계적인 스타가 된 보라가 두한이 앞에서 소울에게 친한 척을 하다. 보라가…

"잠깐만!"

광빈이가 뭔가를 발견한 듯 소리쳤다. 소울이와 뿔 돋은 도깨비가 의아한 듯 광빈이를 바라보자 광빈이는 의심쩍은 표정으로 소울이를 살피듯 바라보며 말했다.

　광빈 : 이건… 신유진 선생님… 아냐? 두 달 전에 새로 오신 영어 선생님.

　뿔 돋은 도깨비 : 보라가 아니구?

　광빈 : 신유진 선생님이 지난주에 영어로 된 노래를 가르쳐 주면서 가사를 설명해 줄 때 그때 소울이가 했던 말이 생각나거든.

　뿔 돋은 도깨비 : 뭐라고 했는데?"

　광빈 : 요즘 제일 이쁜 걸 그룹보다 더 이쁘고 노래도 잘한다고.

　소울 : 내가 언제 그런 말을 했어? 그냥 …멋있다고 했지. 지성미 있고.

　뿔 돋은 도깨비 : 그런 말을 했어?

　광빈 : 그렇다니까.

　뿔 돋은 도깨비 : 요즘 그러니까 텔레비전 나오는 걸 그룹 볼 때마다 그 여자 선생님을 생각하는 거구나.

　소울 : 그런 거 아니야. 보, 보라 생각이 나는 거야. 정말 사, 살아 있는지 어떤 건지.

　그러나 광빈이와 뿔 돋은 도깨비가 뭔가 더 캐내려는 눈빛으로 소울이의 표정을 살펴대자 마침내 소울이도 뒷목을 긁적이며 부끄러운 듯이 대답했다.

　"그냥 존경하는 거야. 서, 선생님이시니까."

소울이는 부끄러워 귀까지 빨갛게 달아올랐다. 더 이상 마음을 들키고 싶지 않아서 서둘러 두 도깨비들의 시선을 벗어나며 집을 향해 달리기 시작했다.

"제발 우리도 좀 존경해 주라. 소울아!"

"우리도 네 꿈에 좀 나와 보자, 응?"

두 도깨비들은 억울하다는 듯이 멀어져 가는 소울이의 등에 대고 소리쳤다.

그날 밤 소울이는 신유진 선생님 꿈을 꾸었다. 신유진 선생님은 소울이가 잠들어 있는 방으로 조용히 걸어 들어와서는 소울이의 이불 속으로 들어왔다. 그리고 선생님은 자신의 팔로 소울이의 머리를 받쳐 베개 삼게 해 주셨다. 소울은 선생님의 체온이 따뜻해서 말로 표현할 수 없는 편안함을 느꼈다. 아니 편안함 그 이상의 무엇이었다. 소울이가 품고 있는 나쁜 생각도 그리고 그 어떤 나쁜 행동이라도 다 용서해 줄 것 같은 너그러움과 잔잔한 강물 같은 평화로움은 딱히 뭐라고 형용할 수 없는 벅찬 감동이었다. 소울이는 갑자기 엄마 품에 안겨 있는 어린 아기처럼 소리 내어 울어 보고 싶은 생각이 들었다. 하지만 선생님 앞에서 약한 모습을 보이고 싶지는 않았다. 그러나 자신도 모르게 볼을 타고 흘러내리는 눈물을 막아낼 힘은 없었던 것이다. 선생님은 소울이의 눈에 흐르는 눈물을 부드러운 손끝으로 닦아 주고 자리에서 일어섰다.

"가지 마세요!"

선생님은 애타게 부르짖는 소울이를 향해 말 없는 미소를 지은 뒤 조용히 방을 빠져나갔다.

"가지 마세요!"

소울이는 있는 힘을 다해 선생님을 붙잡고 싶었지만, 웬일인지 몸이 꿈쩍도 하지 않았다.

"가지 마세요!"

눈을 떴다. 역시 꿈이었다. 하지만 여전히 볼을 타고 흐르는 눈물은 멎지 않고 있었다. 소울이는 이 눈물을 닦고 싶지 않았다. 마치 선생님이 다시 찾아와서 이 눈물을 닦아 주기를 기다리는 것처럼. 그리고 다시 자리에 누웠다. 눈을 감으면 다시 선생님이 찾아와 줄 것만 같았기 때문이다. 그리고 생각했다. 이 꿈만은 두 도깨비들에게 절대로 절대로 말하지 않을 것이라고. 그러면서 문득 자신의 엄마는 어떤 사람이었을까 생각하기 시작했을 때 순간 심장이 쿵 내려앉는 것 같은 느낌이 들었다. 이 느낌은 마치 물에 젖은 이불을 머리끝까지 덮어쓰고 누워 있는 것처럼 무겁고 점점 숨을 조여 오듯이 답답했다. 소울이는 다시 짧은 잠에 빠졌고 무겁고 편편한 돌판 아래 깔려 버둥거리고 있는 자신의 모습을 보았다. 그 잠깐 사이에 꿈을 꾸었던 것이다.

7 장

분실물 보관함 1010

이때 사마귀들이 운영하고 있는 분실물 센터 보관함 1010에서는 빨간색 경고등이 작동되기 시작했다. 아직 광도가 약해서 경고등이 힘있게 반짝거리는 것은 아니었지만, 분명히 어느 순간부터 작동되었다. 이 분실물 센터에는 수를 헤아릴 수 없을 만큼 많은 각개의 보관함이 있었는데 하나하나마다 숫자가 붙어 있었다. 이 숫자는 보관함을 작동시킨 날짜를 기록한 것인데, 같은 날짜에 작동된 보관함이 많기 때문에 사마귀들만이 알아볼 수 있는 특정 분류법을 사용하고 있었다. 이 분실물 센터에 빨간색 경고등이 들어온다는 것은 이 보관함 안에 자신의 분실물을 맡겨 놓은 그 누군가가 죄책감을 느끼기 시작한다는 의

미였다. 사마귀들에게 있어 인간들이 죄책감을 느낀다는 것은 바로 자신들이 활동할 무대가 펼쳐질 것이라는 좋은 조짐이었다. 일단 경고등이 울리기 시작하면 그 안에는 이 보관함의 주인공을 공격할 수 있는 가장 효과적인 전술이 두루마리 안에 인쇄를 마쳤다는 의미가 된다. 이 분실물 보관함 1010 안에 자물쇠를 채운 것은 다름 아닌 혹 머리 사마귀였다. 그러므로 이 사마귀만이 이 보관함을 열어 볼 수 있는 자격을 갖고 있다. 이 경고등이 작동되는 소리를 듣고 지체 없이 달려온 혹 머리 사마귀는 신이 나서 사물함을 열고 그 안에 들어 있는 두루마리를 꺼내 읽어 보았다. 그 안에는 이런 이야기가 적혀 있었다.

이 세상의 어떤 왕보다도 지혜롭고 이 세상 어떤 이치도 대답하지 못하는 것이 하나도 없을 만큼 지식이 풍부한 위대한 왕이 죽었다. 그리고 그 위대한 왕의 뒤를 이은 것은 어리석은 아들이었다. 그는 아버지의 통치를 돕던 지혜로운 원로들의 권고를 무시하고 자신과 함께 자라난 경솔한 친구들의 조언을 따르게 된다. 백성들은 아버지였던 위대한 왕이 지운 멍에보다 가벼운 멍에를 원하고 가벼운 징벌을 원했지만, 어리석은 아들은 아버지보다 자신이 더 위대한 왕이 되고 싶은 욕심으로 눈이 어두워져 있었다. 그래서 그는 포학한 말로 원로들의 가르침을 버리고 자신의 친구들의 말을 따라서 백성들에게 선포한다.

"내 새끼 손가락이 내 아버지의 허리보다 굵다. 내 아버지가 너희에게 무거운 멍에를 메웠다면 나는 더 무겁게 할 것이다. 내 아버지가 너희를 채찍으로 다스렸다면 나는 전갈로 벌줄 것이다.”

이런 엄포를 들은 백성들은 이 나라에 더 이상 희망이 없다는 것을 알고 각기 자기 고향으로 돌아갔다. 그리고 다른 지도자를 세워 나라는 둘로 갈라지게 되었다.[1]

“이, 이게 무슨 얘기지?”

두루마리 안에 적힌 내용을 읽고도 혹 머리 사마귀는 이것이 어떤 전술인지 전혀 감이 오지 않았다. 사실을 말하자면 혹 머리 사마귀는 다른 사마귀들에 비해서 지식이 모자란 편이었다. 그러나 그 사실을 들키는 순간 다른 사마귀들이 이 전술이 뜻하는 의미를 간파하고 1010 사물함을 그들의 표적으로 가로챌 것이 두려웠다.

“이거 기분 참 더럽게 됐느. 이 내용을 알만한 녀석들이라믄...?”

사마귀는 도깨비를 생각했다. 하지만 그건 안될 말이었다.

“아니야, 그건 안돼으. 아… 이래서 성실하게 학습을 했어야 하는 건드. 이렇게 후회할 날이 올 줄 알았더라믄!”

혹 머리 사마귀는 진심으로 자신이 전술 공부를 소홀히 했던 지난 날을 후회했다. 그리고 아무리 이리저리 궁리해 봤자 결국 모아지는

---

[1] 역대하 10장

정답은 하나뿐이라는 것을 알았을 때 드디어 결심했다.

"할 수 없으. 순진한 도깨비에게 접근해서 무슨 뜻인지 물어보는 수밖으."

혹 머리 사마귀는 모든 도깨비들이 전술에 대해서 훤히 알고 있다는 것을 생각해 냈다. 다만 도깨비들은 자신들이 전술이라고 부르는 이 내용들을 '말씀'이라는 명칭으로 다르게 부르고 있을 뿐이기 때문이다. 사실상 '말씀'과 전술은 완전히 똑같은 내용은 아니었다. '말씀'은 여기에 어떤 것도 더하거나 감하지 않은 본질의 뜻 그 자체이지만, '전술'은 마귀 대왕의 두 개로 갈라진 혀를 거쳐 약간씩 다른 말을 덧붙인 후 사마귀들이 표적이 되는 인간을 공격할 때 그 상황에 맞는 '전술'로 분실물 센터를 통해 두루마리에 내용이 전송되는 것이다. 결국 '전술'이란 '말씀'을 원래의 의미에서 벗어나게 만드는 잘못된 해석법인 것이다. 모든 사마귀들은 이 '말씀'을 비틀어 왜곡된 해석을 할 수 있도록 훈련받고 마지막 시험을 통과함으로써 사람들을 공격하기 위한 요원으로 지상에 배치된다.

참고로 맨 처음 마귀 대왕이 '말씀'을 전술로 사용하기 시작한 것은 인간이 창조주 하나님에 의해 지음을 받고 에덴동산에서 살기 시작한 지 얼마 지나지 않았을 때였다. 하나님은 하늘에 해와 달과 별을 만들어 시간을 창조하시고 바다와 육지를 만들어 그 안에 온갖 다양하고 아름다운 생명체로 가득 채우셨다. 그리고 흙을 빚어 자신의 생명의 호흡을 불어넣어 남자와 여자를 만드시고 이를 인간으로 불렀다. 하나님은 시간을 창조하셨을 때보다도, 그리고 어떤 기기묘묘한 동식물을 창조하셨을 때보다 비교할 수 없을 만큼 인간을 보고 만족스러워하셨다. 왜냐하면 그들은 자신의 이미지대로 창조하였기 때문이다. 이것은 모든 부모가 자신을 닮은 자녀를 보며 기뻐하는 것과 같았다.

하나님에게는 한 명의 아들이 있었는데 그가 바로 평화의 왕자이다. 하나님이 인간을 창조하시던 이 날은 하나님과 그 아들인 평화의 왕자, 그리고 진리의 영이 모두 한마음으로 기뻐하며 큰 축제를 벌인 날이다. 이 진리의 영은 하나님과 그 아들인 평화의 왕자 안에 동시에 존재하는 영이었다. 그리고 이 영을 통해 모든 천사나 피조물은 하나님과 그 아들이 자신들의 창조주임을 깨닫게 된다. 왜냐하면 이 영은 하나님과 그 아들을 증거하는 영이기 때문이다.

하나님이 인간을 창조하시고 큰 잔치를 벌여 모든 지음 받은 피조물과 천사들까지도 하나님의 기쁨에 참여하고 있을 때 오직 타락한 천사만은 이 즐거움을 저주하고 있었다. 더구나 하나님이 인간으로 하여금 자신이 지은 모든 피조물에 대한 지배권을 넘겨주었다는 것을 알게 되었을 때 그는 질투심으로 온몸과 얼굴까지 비틀어졌다. 그의 심장은 비틀리고 비틀려 메마른 나뭇가지처럼 되었고 이것이 질투심과 저주의 영을 힘입어 그의 이마 사이를 뚫고 나온 것이다. 말하자면 이 혹은 타락한 천사의 한때는 순결했던 심장인 것이다.

이 말라비틀어진 심장, 곧 이 혹은 온갖 저주와 증오, 절망과 슬픔 그리고 질병과 죽음의 공포가 만들어지는 발전소와 같았다. 하나님은 인간으로 하여금 자신의 손으로 빚은 모든 피조물에 이름을 붙이도록 하였다. 이름을 붙여 주었다는 것은 인간에게 이 모든 지어진 피조물을 다스리는 권위를 위임하셨다는 것이다. 바로 이 사실이 사람보다 먼저 지음을 받은 피조물이었던 이 혹 난 천사를 화나게 하였다. 사실상 이 천사는 더 이상 천사가 아니었다. 일전에 이 천사는 하나님의 오묘한 솜씨로 빚음을 받고 아름다움과 능력을 부여받았지만, 그는 이로 인해 교만해지고 말았다. 그래서 자신을 지은 하나님보다 더 높아지겠다는 야망을 품고 배반하는 순간 타락하게 된 것이다.

다른 천사들은 그를 타락한 천사장이라고 불렀다. 그는 한때 하나님을 찬양하는 음악을 담당했었고 지극히 아름다운 얼굴로 그의 목소리와 악기를 통해 형용할 수 없을 만큼 아름다운 음악의 찬양을 하나님께 올려드렸다. 이후에는 가브리엘이 천사장의 지위를 맡게 되었고 지위를 박탈당한 이 타락한 천사는 자신이 하나님을 섬기기 위해 지음을 받은 천사였다는 과거의 신분을 감추기 위해서 스스로를 마귀 대왕이라고 칭하고 자신이 창조주 하나님 보다 더 높은 존재라며 떠들고 다녔다. 그리고 하나님이 사랑하는 모든 것들을 증오하였다.

하나님은 이 타락한 천사가 영원히 갇히게 될 형벌의 장소를 미리 준비하셨지만, 이 천사가 본래의 자기 자리를 찾아 돌아올 수 있는 마지막 기회를 주셨다. 하지만 이 타락한 천사는 하나님이 가장 사랑하는 인간에게 접근해서 심지어 그들이 하나님을 미워하도록 만들었다. 미워할수록 하나님으로부터 멀어지고 싶다는 마음이 심어진 순간, 다시는 돌이킬 수 없는 형벌의 날이 결정된 것이다. 지금 당장 그 형벌의 날을 집행한다면 하나님이 사랑하는 인간까지도 그 형벌을 피할 수가 없는 상황이었다. 왜냐하면 인간이 마귀 대왕의 꾀임에 스스로 속아 넘어간 순간 마귀 대왕의 더러운 죄가 이미 인간의 피 속에 흘러 그것이 다음 세대를 통해 계속 유전되었기 때문이다. 마귀 대왕이 영원한 벌에 처해진다는 것은 죄가 영원한 벌에 처해진다는 말이다. 그렇다면 인간 안에 있는 죄 역시 영원한 벌에 처해져야 하는데 이렇게 되면 인간은 모두 영원한 형벌의 장소로 갈 수밖에 없게 된 것이다. 하나님은 이것을 원치 않으셨기에 사랑하는 인간을 구하기 위해 그의 아들인 평화의 왕자를 이 세상에 보내 모든 인간들을 대신하여 죗값을 치르고 죽음의 극한 형벌을 받게 하셨다. 마지막으로 죽음의 권세 아래 머물러 있는 것이 아니라 그 사망을 이기고 다시 살아나 하늘로 올라가심으로써 모든 인간이 받을 죄의 삯인 사망까지도 마침내 정복해 놓으신 것이다. 이제 그가 흘린 피의 공로를 믿기만 하면 모든 사람에게 영원히 죄를 용서받을 수 있는 길이 열린 것이다. 이전에 누구도 생각하지 못한 새로운 길이며 이 길을 걷는 사람은 영원한 생명에 이르게 된다. 바로 이것이 지상에 선포된 가장 기쁘고 좋은 소식이었다. 이 기쁜 소식은 '말씀'을 통해 전파되었고 이 '말씀'을 접하지 못하는 사람들은 때때로 비밀의 통로를 통해 알게 되기도 했다.

문제는 마귀 대왕이 영원한 형벌에 처할 시간이 얼마 남지 않은 것을 알고 그의 졸개들을 부려 사람들을 죄의 길로 유혹하기 위해 최후의 발악을 하고 있다는 것이다. 하지만 엄밀하게 얘기하자면 마귀 대왕은 평화의 왕자의 귀한 피의 희생으로 인해서 영원히 그 힘을 잃어버리고 말았다. 이제는 '말씀'을 교묘한 말로 뒤틀어서 할 수만 있는 대로 사람들을 속이고 하나님으로부터 멀리하게 만들려고 마지막 악을 쓰고 있는 형편이었다. 사람들은 이 '말씀'을 성경이라고 부르고 온 세상에 이 책이 널리 퍼져 있었지만, '말씀'을 듣기보다는 '전술'에 귀 기울이며 이것을 전파하는 사람들의 수도 엄청났다. 이것이 마귀 대왕의 마지막 전략이었고, 이 전략이 갖는 파괴력은 그 어떤 것보다도 막강하다는 것을 알고 있었기에 다른 모든 일은 사마귀들에게 맡겨 두어도 '말씀'을 뒤트는 '전술 학습'만큼은 절대로 그 누구에게도 맡기지 않았다. 마지막으로 시험을 통과한 사마귀만이 지상 병력으로 배치되는데, 이 와중에 이 게으른 혹 머리 사마귀는 바로 옆자리에 앉아 있던 사마귀의 답안지를 훔쳐보았기 때문에 겨우 이 마지막 시험에 통과했다. 그때는 시험을 통과하고 인간 세상으로 나가 신나게 분탕질할 일에만 흥분해 있느라 막상 열심히 학습하지 못했던 것을 아쉬워할 때가 오리라는 것은 예상하지 못했던 것이다.

"할 수 없으. 순진한 도깨비에게 접근해서 무슨 뜻인지 물어보는 수밖으."

혹 머리 사마귀는 1010 사물함의 자물쇠를 걸어 채우고 뿔 돋은 도깨비를 찾아 나서던 길에 뜻하지 않은 방해자를 만나게 되었다. 그것은 바로 광빈이었다. 광빈이가 도깨비라는 자신의 신분을 밝힌 이후로는 항상 뿔 돋은 도깨비와 함께하고 있었던 것이다. 혹 머리 사마귀는 이 외롭고 순진한 도깨비가 드디어 다시 그룹을 갖게 되었다고 생각했다. 그렇다면 더 이상 접근할 방법이 없는 것이다. 하지만 여전히 미련을 버리지 못하고 그 주위를 맴돌며 살펴본 결과 셋이 아닌 둘뿐이라는 사실을 알게 되었다. 이들은 다른 그룹 도깨비들처럼 가브리엘의 메시지를 받기 위해 낮잠을 자지도 않았고 한 소년만이 가끔씩 이 둘과 만났다 헤어졌다 하는 것을 반복하고 있는 것이다. 더구나 이 소년은 바로 혹 머리 사마귀의 표적인 1010 사물함을 작동시킨 주인공인 '한소울'이라는 이름을 가진 그 녀석이었다. 더구나 이 두 순진한 도깨비들은 자나 깨나 소울이의 꿈 내용에만 모든 관심이 곤두서 있다는 것을 알아차렸다.

"옳지, 좋은 생각이 떠올랐으. 저 녀석들의 눈이 침침해질 때 변장술을 사용하는 거으!"

혹 머리 사마귀는 본부에 소울의 이미지를 전송해 줄 것을 미리 요청한 후 해가 지기를 기다려 두 도깨비들에게 다가갔다. 두 도깨비 친구들은 몇 시간 전에 헤어진 소울이 다시 자신들을 찾아오는 것을 보고 고개를 갸우뚱거렸다.

"소울아! 무슨 일이야?"

혹 머리 사마귀는 속으로 이 두 도깨비들의 흐릿한 시력과 둔한 판단력에 감사하면서 과감하게 그들 앞으로 다가가며 말했다.

"너무 피곤해서 잠깐 잠이 들었는데 그때 꿈을 꾼 거야."

"꿈?"

두 도깨비는 동시에 되물었다.

"근데 이 꿈 내용이 도무지 무슨 뜻인지 알 수가 없어서 말이야. 너희들에게 해석을 좀 부탁하려고 왔어."

"무슨… 꿈인데?"

광빈이는 어리둥절한 표정으로 소울, 아니 사마귀의 얼굴을 쳐다보았다.

이날 전혀 사마귀의 장난질인 것을 알아차리지 못한 이 두 도깨비는 분실물 보관함 1010에 적혀 있던 두루마리 내용을 듣고 너무나 놀랐다. 그러나 그것은 기쁨의 놀라움이었다. 아직 어린 줄만 알았던 소울이가 '말씀'의 내용을 꿈으로 꿀 수 있다는 것에 흥분이 된 것이다. 두 도깨비는 그 '말씀'의 내용을 설명해 주었다. 이것은 성경에 나오는 내용인데 평화의 왕자님이 오시기 전 시대이자 옛 율법이 적용되던 구약 시대에 일어난 일이었다. 두 도깨비들은 더 많은 '말씀'을 전하고 싶었지만, 꿈에 나타난 내용을 넘어서서 전하는 것은 인간의 자유 의지를 넘어서는 일이기 때문에 그 이상은 말할 수가 없는 것이 안타까웠다. 하지만 그 내용이 가리키고 있는 교훈만큼은 확실히 전해 주기로 하였다.

"결국 사람들은 자신들이 짊어져야 할 책임과 잘못에 대한 형벌을 무겁게 하면 왕으로부터 멀어진다는 거야. 그러나 악한 사람들의 꾀에 스스로 빠져버린 왕은 사람들에게 책임을 무겁게 하고 벌을 가혹하게 하면 할수록 자신의 권위가 더 강해진다고 믿은 거지."

뿔 돋은 도깨비의 설명에 광빈이가 이렇게 덧붙였다.

"사람들의 책임을 무겁게 하고 죄에 대한 형벌을 가혹하게 하면 할수록 사람들은 왕으로부터 가장 빨리 멀어지게 되는 거야. 그런데 지금도 많은 사람들이 가장 높으신 왕인 하나님…"

그때 뿔 돋은 도깨비가 광빈이의 옆구리를 쿡 쳤다. 광빈이는 아차 싶어 그대로 말을 맺었다. 이 이상은 소울이가 알고 싶어 하는 범위를 넘어서는 내용이 될 것이기 때문이다. 차차 분명해지겠지만, 아직은 너무 이른 것이라는 것을 광빈이도 알아차린 것이다. 하지만 광빈이가 '하나님'이라는 말을 한순간 여전히 이야기를 듣고도 멍한 표정이던 사마귀는 결정적인 단서를 얻게 되었다.

'그래, 결국 이 말은 사람들을 어떻게 하면 하나님으로부터 멀어지게 할 수 있는지에 관한 전술로 둔갑할 수 있는 내용이었구느!'

사마귀는 이제 모든 것을 이해할 수 있었다. 가장 높은 왕인 하나님을 가장 인정 없고 포학하고 냉정한 왕으로 둔갑시키기만 하면 되는 것이다. 그것은 인간의 깊은 쓴뿌리인 죄의식을 자극하기만 하면 되는 것이다.

'학습 때 기억나는 유일한 말이 '죄의식'이었는드, 이게 바로 이런 뜻이었구느!'

사마귀는 너무나 흥분한 나머지 두 도깨비들에게 고맙다는 말도 하지 않고 다음 표적이 되는 소울이가 있는 곳을 향했다. 두 도깨비는 이런 사마귀의 속뜻을 차마 알아차리지 못하고 그저 소울이가 '말씀'의 내용을 꿈으로 꾼 것에만 기뻐하고 있었다.

"어쩌면 소울이의 꿈을 이용해서 비밀의 통로를 찾아가지 않아도 될지 모르겠어."

"맞아. 만약 소울이가 하나님과 평화의 왕자이신 예수님이 하신 일에 대해서 알게 되기만 한다면 하늘에서도 우리 공로가 인정될지도 모르잖아. 그럼 우리는 다시 가브리엘 천사장님과 만날 수 있게 될 거야."

"그런데 도대체 어떤 이유로 소울이가 그런 꿈을 꾸게 되었을까? 누군가 소울이에게 말씀을 전달한 사람이 있다는 걸까?"

"하지만 오늘 밤이라도 소울이가 우리 꿈을 꾼다면 어떻게 되는 거지?"

"그렇다면 더 할 수 없이 좋은 거지. 그만큼 빨리 가브리엘 천사장

새뿔 돋은 도깨비 이야기

님을 만날 수 있게 되는 거잖아."

"그럴까?"

"그러엄!"

음흉스런 미소를 머금은 사마귀가 잠든 소울이를 지켜보고 있는 줄은 꿈에도 모른 채 두 도깨비들의 흥분에 들뜬 대화는 밤새 이어지고 있었다.

PART 3

비밀의 통로

1 장

어두운 기억의 땅

엄마는 태어난 지 두 달도 채 지나지 않은 어린 소울을 꽁꽁 싸매 업고 있는 힘을 다해서 달리고 있었다. 엄마 안에서 두 생각이 싸우고 있었다.

'왜 그러는 거야? 네가 도망쳐 버리면 그는 너무나 슬퍼할 거야.'

'알아. 하지만 도저히 난 이걸 견딜 수가 없어.'

'왜? 그는 분에 넘치도록 너에게 잘해 주고 있잖아!'

'바로 그게 문제야, 바로 그게 날 너무 불편하게 만든다구!'

'네 등에 업혀 아무것도 모르고 잠들어 있는 어린 아들을 생각해 봐. 그 아이를 어떻게 키워 내려고 그러는 거야?'

'이 아이도 나도 여긴 우리 있을 곳이 아니었어. 처음부터.'

그러나 엄마는 몇 걸음 더 뛰지 못하고 아빠의 손에 팔을 붙잡혔다.

"제발 집으로 돌아가요!"

아빠는 소리쳤다.

"날 좀 내버려둬요. 제발!"

엄마는 그대로 땅바닥에 무너져 내리듯 주저앉아 어린아이처럼 엉엉 울기 시작했다. 그러자 등에 업혀 곤히 잠들고 있던 소울이는 엄마의 찢어지는 듯한 날카로운 울음소리에 깨어 서럽게 울기 시작했다. 아빠는 아무 말 없이 엄마의 등에서 소울이를 풀어 자신의 품 안에 감싸 안고 집을 향해 터벅터벅 걸어갔다. 그러자 땅바닥에 주저앉아 울부짖던 엄마도 갑자기 순한 양이 되어 버린 것처럼 아빠의 뒤를 따라 집을 향해 걷기 시작했다. 아빠는 엄마가 자신의 뒤를 따라오는 것을 느끼며 부드러운 목소리로 말했다.

"당신이 없으면 나도 없는 거예요. 그걸 아직도 모르겠어요?"

"......"

엄마는 말이 없었다.

"아직도 몰라요?"

아빠는 다시 한 번 물었다.

"지치지도 않아요? 벌써 몇 번째 같은 짓을 되풀이하고 있는 거?"

아빠는 걸음을 멈추고 엄마가 다가오기를 기다렸다가 대답했다.

"일곱 번째. 맞지? 나 혼자만 세고 있는 건가?"

엄마는 넉살 좋게 받아 주는 아빠가 어이없었다.

"언젠가 당신도 지칠 거야. 난 열 번이고 스무 번이고 또 병이 도질 거예요. 무슨 말인지 알아요? 난 또 도망치고 말 거라구요."

"하고 싶은 대로 해. 중요한 건 내 다리가 당신 다리보다 길고 훨씬 빨리 달리니까."

"난 농담 아니에요."

"나도 농담 아닌데? 당신이 나보다 다리가 길어지고 나보다 빨리 달리게 되는 기적이 일어나지 않는 한 내가 당신을 붙잡지 못할 이유는 없으니까."

"……"

그 이후로 엄마는 아무런 말이 없었다. 아빠의 넓은 가슴에 안겨서 소울이는 이 모든 대화를 듣고 있었다. 그리고 그 옆에는 그룹 중에서 유별나게 소울이에게 큰 관심을 갖고 있는 방귀 샌 도깨비가 함께하고 있었다. 참고로 방귀 샌 도깨비가 속한 이 그룹의 도깨비들은 익살을 좋아하는 친구들이어서 사람들의 생리 현상을 따라 하는 버릇이 있었다. 처음엔 재밌다고 흉내를 내다가 어느 순간 멈출 수가 없게 되어서 그대로 이 버릇들이 별명이 되고 말았다. 그래서 서로를 하품 도깨비, 딸꾹질 도깨비 그리고 방귀 샌 도깨비라도 불렀다.

방귀 샌 도깨비는 아무도 모르게 덜덜 떨고 있는 아빠의 손을 받쳐 주며 어떻게든 아빠에게 자신의 즐거운 에너지를 전해 주기 위해 애쓰고 있었다. 하지만 아빠의 마음에 가득 찬 절망은 어떻게 할 수 없었던 것이다. 그때 소울이는 방귀 샌 도깨비에게 말을 걸었다.

사람이 인간의 언어를 배우기 이전에도 생각하고 판단할 뿐만 아니라 심지어 말까지 할 수 있다는 것을 아는 사람이 몇이나 될까? 이 태생적 언어 능력은 인간의 언어를 배우게 되면 저절로 퇴화되고 이 언어에 대한 기억마저도 소멸되어 버린다. 대체로 사람의 이성과 논리가 발달하는 순간 이 언어는 자연스럽게 잊혀진다. 하지만 아이의 의지에 따라서 갑작스럽게 이 기억을 소멸해 버리기도 한다. 이렇게든 저렇게 든 태생적 언어는 인간의 성장에 따라서 잊혀지게 되어 있지만, 사람의 의지에 따라 결정된 기억 소멸에는 어떤 부작용이 따르게 된다. 아무튼 이 태생적 언어는 거룩한 천사들과 도깨비들의 모국어인 셈이며 사람의 말을 익히기 이전의 아기들만이 유일하게 이 언어를 듣고 말할 수 있는 것이다. 그래서 아기는 천사나 도깨비와 대화할 수 있다. 그러나 이들의 대화는 다른 사람들의 귀에는 기껏해야 옹알이 정도로 밖에는 들리지 않는다.

"엄마를 도와줘야 해. 엄마는 너무 겁이 많아서 그래."

소울이가 말했다.

"나도 그러고 싶어. 하지만 엄마가 정말 원하고 있는 건 아빠의 도움이야. 그런데…"

방귀 샌 도깨비가 뭔가 주저하며 다음 말을 잊지 못하자 소울이가 다그쳤다.

"아빠는 힘이 세지? 아빠는 지치지 않을 거야. 열 번 스무 번이라도 엄마를 붙잡으러 달려올 거야, 그렇지?"

"사람의 의지는 그렇게 강한 것이 아니란다. 소울아. 너도 자라면 이해하게 될 거야."

"그러면 안 되잖아. 엄마는 어떻게 하고. 아빠! 아빠!"

소울이는 괴로움에 몸부림쳤다. 그때 아빠가 몸을 뒤척이는 소울이를 보며 말했다.

"여보! 우리 소울이 아빠 아빠 옹알이를 하는데? 들었어?"

"설마 벌써 아빠 소리를 할까…?"

엄마도 신기한 듯이 소울이를 내려보았다.

엄마가 아홉 번째 가출을 시도한 날 아빠는 그 사실을 알고도 예전처럼 잠자리에서 벌떡 일어나 뒤쫓아가지 않았다. 그 대신 침대 위에 누운 채 아빠 옆에 눕혀 놓은 어린 소울이만 말없이 바라보고 있었다. 소울이는 아빠를 향해 부르짖고 있었다.

"아빠, 뭐 하는 거예요? 빨리 엄마를 따라가요. 이러다 영영 가 버리면 어떡하려구. 아빠! 아빠! 열 번이고 스무 번이고 엄마를 포기하지 않겠다고 했잖아요! 아빠! 아빠!"

그러나 소울이의 외침을 알아들을 리 없는 아빠는 아기가 배가 고파 보채는 거로 생각했는지 젖병을 물려 주었다. 소울이는 눈물이 고여 흐르는 아빠의 눈을 보면서 지금 아빠가 무슨 생각을 하고 있는지 알 수 있었다. 그것은 소울이에게 충격이었다. 소울이는 아빠의 마음속에 이렇게 어두운 생각이 들어 있다는 것을 믿을 수가 없었다. 언제나 밝고 누구에게나 다정한 아빠였다. 특히나 엄마가 심한 말을 하고 심지어 수차례 가출을 시도해도 너그럽게 참고 변함없이 받아 주던 사람이었다. 그런 아빠의 마음속이 이렇게나 어두운 생각으로 가득 차 있다는 것을 소울이는 미처 몰랐다. 왜냐하면 언제나 소울이의 곁을 지키고 있는 것은 엄마였기 때문이다.

소울이는 아빠가 엄마에게 품고 있는 감정이 미움과 후회뿐이라는 것을 알고 깜짝 놀라고 말았다. 다만 마음이 약한 아빠는 그 마음을 겉으로 표현하지 않았을 뿐이다. 그리고 엄마에 대한 마음을 알게 되면서 또 한 가지 깨닫게 된 사실은 아빠에게 있어 소울이는 책임감과 죄책감을 떠올리게 하는 존재라는 것이었다. 소울이는 이 사실을 받아들일 수가 없었다. 죽을 듯이 악을 쓰며 울어댔고 아빠가 물려 주는 젖병을 끝없이 거부했다. 아빠의 마음이 아플 것을 알면서도 그렇게라도 하지 않으면 견딜 수가 없을 것 같았기 때문이다. 마침내 아빠는 폭발했다. 끝끝내 소울이가 젖병을 물지 않으려 하자 아빠는 젖병을 집어 던졌다.

"도대체 어쩌자는 거야? 먹지 않으면 어쩌겠다는 거야? 응? 이렇게 너랑 나 끝을 낼까? 끝을 내?"

이미 이성을 잃은 아빠가 갑자기 소울이를 머리 위로 번쩍 들어 올리려 할 때 소울이가 위험에 처한 것을 안 방귀 샌 도깨비가 아빠 앞에 번개처럼 모습을 드러냈다. 사람이 아닌 도깨비의 형상을 본 아빠는 너무나 놀라 균형을 잃고 기우뚱하다가 푹신한 침대 위로 소울이를 떨어뜨렸다. 그러면서 소울이의 왼쪽 이마가 침대 모서리에 부딪혔다. 소울이는 너무 아파서인지 울음을 터뜨렸다. 그때 엄마의 목소리가 들려왔다.

"당신 애한테 무슨 짓을 하려던 거야?"

"여, 여보?"

갑작스런 엄마의 등장에 소울이도 아빠도 놀라기는 마찬가지였다.

"이럴 거 같았어. 내 자식을 두고 떠날 생각을 했다니 내가 정신이 나갔었어."

엄마의 이 말이 아빠의 분노를 다시 불러일으킨 것 같았다.

"뭐? 내 자식? 그럼 난 뭐야. 이 애가 당신만의 자식이라면 난 뭐냔 말야? 당신은 내가 고마운 적 없어? 남의 자식을 데려온 당신이라도 어떻게든 같이 살아 보려고 붙잡고 붙잡았던 나한테 미안하지도 않았어?"

"......"

엄마는 말이 없었고 그리고 침대 위에 내동댕이쳐진 소울이는 아빠가 자신의 친아빠가 아니라는 사실을 알게 되었다.

"어디 말 좀 해 봐!"

아빠의 다그침에 엄마는 입을 열었다. 그 목소리는 차분했다.

"미안하고 그리고 고마웠어. 그때나 지금이나 항상. 바로 그래서 소울이를 당신 밑에서 키울 수 없는 거야. 그래서 소울이가 있어야 할 곳을 찾으러 갔던 거야."

"뭐라고? 그건 또 무슨 소리야?"

"당신은 늘 소울이에게 친절했어. 사랑한 게 아니라 친절한 거였다구."

"……"

"당신은 다정하고 친절하지만, 내 아이를 사랑해 줄 수는 없어. 이 애가 무슨 나쁜 일을 저질러도 무조건적으로 이 아이 편이 돼 줄 수는 없을 거야. 이제 내가 무슨 말을 하고 있는 건지 알아듣겠어?"

그리고 아빠는 더 이상 할 말을 잃었다. 울고 있는 소울이를 바라보던 아빠는 약 상자에서 약을 꺼내 소울이의 상처 난 이마에 발라 주었다. 그런 아빠를 물끄러미 살피듯 바라보던 엄마는 더 이상 참을 수 없다는 듯 그 길로 소울이를 둘러업고 집을 나섰다. 그리고 소울이의 친아빠가 있는 집으로 갔다. 무슨 이유로 엄마와 친아빠가 헤어지게 되었다가 다시 만나게 됐는지는 모른다. 다만 소울이의 친아빠라는 사람이 한동안 교도소에 있다가 그즈음에 나오게 되었다는 것밖에는. 그리고 왜 엄마와 친아빠가 어린 소울이를 집에 혼자 두고 둘이서 차를 타고 나갔다가 교통사고를 당했는지, 어째서 아빠가 하루아침에 고아가 되어 버린 소울이를 자기 발로 찾아 나서 집으로 데려왔는지, 소울이는 전혀 알 길이 없었다. 다만 어른들의 마음이란 나무가 빼곡히 들어찬 숲 속과 같아서 아무리 밝은 햇빛이 비쳐 들어도 어디에나 어두운 그늘은 자리 잡고 있다. 마치 커다란 나뭇잎에 몸을 가리고 빛을 피해 웅크리고 있는 것처럼 말이다.

아빠는 그렇게 또 소울이의 아빠가 되었다. 그리고 아직 말을 하지 못하는 소울이의 얼굴을 내려다보며 아빠의 동생인 삼촌이 이렇게 말했다.

"형이 이렇게 하기로 결정한 이상, 이제부터 이 아이의 진짜 아빠가 되어야 해. 그리고 난 이 아이의 진짜 삼촌이고."

"그래, 네 말이 맞다."

방귀 샌 도깨비는 소울이가 너무나 가여웠다. 구태여 알지 않아도 될 일들을 소울이가 알게 되었다는 것이 너무나 슬펐다. 밤낮을 쉬지도 않고 울며 보채는 소울이의 진짜 마음은 그 누구도 이해할 수 없을 것이다. 방귀 샌 도깨비는 더 이상 참을 수가 없어서 가브리엘 천사장에게 간청했다. 제발 소울의 태생적 언어가 하루빨리 소멸될 수 있게 해 달라고. 가브리엘은 자신이 결정할 수 있는 일이 아니라고 말했지만, 얼마 후 이것을 허락했다. 처음으로 다른 두 도깨비들과 떨어져 나온 방귀 샌 도깨비는 가브리엘이 이끄는 대로 맑은 물이 흐르는 어느 샘 가로 내려갔다. 가브리엘은 세 쌍의 날개를 모두 펴고 하늘을 우러러보고 있었고, 마치 하늘은 이것을 허락한다는 듯 흐르던 샘이 멎고 그 깊은 바닥을 드러냈다. 그리고 그 안에서 잠자고 있던 어떤 아이가 모습을 드러냈다. 어른과 아이의 중간쯤에 있는 듯한 이 사람에게 소울이의 태생적 언어가 빨려 들어갔다. 그리고 이 사건은 방귀 샌 도깨비의 신변에도 큰 변화를 가져왔다.

그러나 앞서서 말했듯이 자연의 흐름을 역행한 결단에는 항상 부작용이 따른다고 했다. 소울이는 자신의 아빠가 친아빠가 아니라는 사실을 잊어야만 했기에 방귀 샌 도깨비는 어쩔 수 없이 사마귀들이 소관하는 분실물 센터의 보관함 하나를 작동시켜야만 했던 것이다. 있는 사실을 없는 것처럼 기억 속에서 지워 버리는 것조차 거짓이라면 거짓으로 분류될 수 있기에 거짓의 아비라는 별명을 가진 마귀 대왕의 분실물 센터가 소울이의 인생에 끼어들게 되었다.

분실물 센터에서 아무런 영향력도 할 일도 없이 빈둥거리고 있던 혹 머리 사마귀는 위로부터 이 보관함을 작동시키라는 명령을 받았지만, 전혀 내키는 기분이 아니었다. 다른 사마귀들이 사람들의 좋은 관계를 이간시키고 스트레스가 커지도록 두려움과 공포를 조성하여 병이 들게 하고 마침내 그들을 창조한 하나님을 미워하게 만드는 최종 목적에 도달해갈 때 자기 혼자만 바보처럼 보관함 문지기를 하고 싶지는 않았던 것이다. 마귀 대왕은 늘 최종 목표에 도달하라고 강조했다. 이 최종 목표라는 것은 곧 하나님을 미워하게 되는 불치병을 말하는데, 마귀 대왕에 따르면 얼마나 많은 사람을 이 최종적인 병(곧 하나님을 미워하는 마음)에 들게 하는가에 따라서 마지막 심판을 피할 수 있는지 없는지가 결정된다고 하였다. 아무리 사마귀라도 영원히 벌을 받는 곳에서 고통스럽게 살고 싶은 생각이 없는 것은 당연했다.

혹 머리 사마귀는 언제 다시 작동될지도 모르는 이런 하찮은 분실물 보관함을 맡게 된 것이 한없이 분하고 원통했지만, 마귀 대왕으로부터 창조된 이후 아무런 실적이 없는 사마귀인 까닭에 거부할 도리가 없었다. 혹 머리 사마귀는 마귀 대왕이 있는 본부로부터 이 분실물 보관함의 이름을 받았다. 그 이름은 '낡은 1010'이라고 분류되어 있었는데 어째서 이 숫자 앞에 '낡은'이라는 말이 필요한지 알 수도 없었거니와 긴 글씨를 쓰는 것이 귀찮기도 해서 이 보관함에 그저 숫자 '1010'이라는 라벨만 붙여 놓았던 것이다.

이렇게 해서 소울이의 태생적 언어는 의식적인 기억 소멸이라는 절차를 통해 완전히 잊히게 되었고, 더불어 소울이는 아빠를 자신의 친아빠로 기억 안에 장기 저장하게 되었다. 이렇게 잊혀진 기억 위로 세월은 한 해 두 해 흘러갔고 아빠는 소울이를 위한 것이라면 뭐든지 다 해 주었다. 소울이가 원하기만 똑같은 장난감이라도 두말없이 사 가지고 들어왔다. 이런 아빠에게 삼촌은 '애 버릇을 망친다'며 잔소리를 하기도 했지만, 소울이에 관한 일이라면 아빠는 자기 고집을 꺾지 않았다. 소울이는 아빠를 세상에서 가장 좋아했고 그래서 그런지 엄마의 빈자리를 크게 느껴 본 일이 없었다. 아빠는 소울이를 향해 항상 웃어 주었고 무엇이든 늘 칭찬해 주었다. 다만 아빠와 함께 자는 것만은 허락하지 않았다. 소울이는 아빠의 품에 안겨 잠들고 싶었지만, 그때만큼은 단호하게 말하곤 했다.

"남자는 독립심을 키워야 해."

소울이는 그런 아빠가 서운했지만, 그래도 아빠가 옳다고 생각했다. 그리고 언젠가는 자신도 아빠처럼 강하고 멋진 남자가 되는 꿈을 꾸곤 하였다. 그렇게 소울이가 다섯 살이 되던 어느 날 결혼을 앞두고 약혼녀와 함께 찾아온 삼촌과 술을 마시면서 아빠가 이런 말을 하는 것을 우연히 건너 듣게 되었다.

"만약에 말야. 이 세상에 내가 없다면 그다음엔 너야. 알지? 결혼했다고, 또 네 속에서 나온 자식 생겼다고 우리 소울이 모른 척하면 안 된다."

"그거야 당연한 소리지. 건 그렇고 무슨 그런 소릴 해, 형!"

"만약을 얘기하는 거야. 세상엔 별별 일이 다 생기니까."

"어머나, 무슨 그런 말씀을 다 하세요!"

나중에 작은엄마가 될 삼촌의 약혼녀는 아빠의 이 불길한 말도 말이지만, 삼촌이 당연히 소울이를 맡겠다고 해서 내심 놀란 듯했다. 삼촌이 결혼한 지 얼마 지나지 않아서 아빠의 불길한 예언은 현실이 되어 버렸다. 직업 군인이었던 아빠는 총기 사고로 갑자기 세상을 떠나게 되었다. 그렇게 소울이는 삼촌과 함께 자라게 된 것이다.

2 장

사마귀의 행동 개시

"결국 사람들은 자신들이 짊어져야 할 책임과 잘못에 대한 형벌을 무겁게 하면 왕으로부터 멀어진다는 거으. 그러나 악한 사람들의 꾀에 스스로 빠져버린 왕은 사람들에게 더 무거운 책임을 지우고 더 무서운 형벌을 내려야만 자신의 권위가 더 강해진다고 믿은 거즈."

이제 완전히 감을 잡은 사마귀는 앞으로 자신이 벌일 일을 생각하면 할수록 신이 나서 몸이 근질거릴 지경이었다. 더구나 소울이는 요즘 짝사랑에 빠져 있었다. 사마귀는 이 상황을 절묘하게 이용해 볼 작정을 하고 있었다. 그가 꽤 오랫동안 사람들을 관찰한 결과는 이랬다. 사람은 아무리 내일 하늘이 무너져 내린다고 해도 오늘 자신의 감정이 천지창조보다 더 중대한 문제라는 것이다. 비록 소울이가 도깨비들과 절친이 되어 그들의 관심사에 함께 혹해 있을지라도 사실상 소울에게 가장 중요한 것은 바로 그 '감정'이라는 것이다. 특히나 이런 일을 처음 겪어 보는 소년으로서 이 '감정'은 그 소년의 마음을 갈기갈기 찢어놓을 수 있을 만한 치명적인 무기가 될 수 있다. 사마귀는 이 두 도깨비들이 접근한 적 없는 영어 선생님을 관찰하기 위해 밀착 동행하며 그녀에게 누가 악한 감정을 품고 있는지 또는 그녀가 누구에게 원한을 품고 있는지 등을 조사하기 시작했다.

영어 선생님인 신유진이란 여자는 몇 달 전 오 년 넘게 교제해 오던 남자 친구와 이별한 상처 때문에 큰 도시로부터 멀리 떨어져 있는 한적한 곳에서 머리를 식히고 싶었다. 그러던 차에 친하게 지내던 사촌 여동생이 자신보다 먼저 결혼하게 되었고, 결혼식장에서 이 학교의 교장인 큰아버지를 만나게 되었다. 큰아버지는 혹시라도 자리가 생기면 연락을 주겠다고 약속하고 헤어졌는데, 우연의 일치인지 얼마 지나지 않아 그것도 영어 교사 자리가 비게 되어 두 달 전 이 학교로 오게 되었다.

마음에 결심한 바가 있어서 이 먼 곳까지 오긴 했지만, 태어나서 한 번도 시골 생활을 해 본 적 없는 전형적인 도시 여성이었기에 새로운 환경에 적응하는 것이 여간 힘든 것이 아니었다. 시골 생활이라고 해 봐야 1년 동안 미국의 필라델피아로 언어 연수를 갔던 것이 유일한 경험이었기 때문이다. 비록 이곳이 시골이긴 했지만, 그래도 시내에 나가면 그런대로 괜찮은 커피숍도 있고 그런대로 요즘 유행하는 옷을 파는 곳도 있었다.

하지만 시골은 젊은 사람들로 북적대는 대도시와는 다르게 혼자 커피숍에 가서 커피를 마시며 누구의 이목도 의식하지 않고 맘껏 쇼핑을 즐길 수 있는 자유스런 분위기는 아니었다. 그보다는 차라리 학교 운동장 한구석에 놓여 있는 벤치에 앉아 있는 것이 더 좋아지게 되었다. 이 곳에서 그녀는 아무 생각도 없이 멍하니 앉아 있기도 하고 대학 시절에 읽었던 영어 소설을 다시 읽는 것도 새로운 취미가 되었다. 책을 읽는 것이 지루해지면 이어폰을 귀에 꽂고 이 벤치 주위에 심겨 있는 키 큰 나무 아래를 걸으며 음악을 듣는 것도 그녀에게 큰 위로가 되었다.

큰아버지인 이 학교의 신 교장은 아내가 암 투병을 한 지 3년이 넘어가는 동안 신실한 기독교인이 되어 가고 있었다. 처음에는 아내의 신앙생활을 비이성적이라며 비난하기도 했지만, 병에 걸려서도 희망을 잃지 않고 혼자 이 세상에 남게 될까 봐 두려워하는 자신에게 오히려 믿음을 권하는 아내를 보고 어떤 존경심을 갖게 되었다. 아내를 따라 한 번 두 번 교회에 나가 그들이 이야기하는 말씀이라는 것을 듣다 보니 자신에게도 전에 없던 희망이 생기고 아내의 병도 좋아질 거라는 알 수 없는 확신이 생겼다.

이런 희망의 열매인지는 모르겠지만, 정말로 아내는 더 이상의 암 치료를 받지 않아도 될 만큼 호전되어 있었다. 생물학으로 석사 과정까지 마친 신 교장이었기에 누구보다 암세포의 무서운 증식력을 알고 있는 사람으로서 이러한 기적적인 사건이 자신에게도 생길 수 있다는 것이 놀라웠다. 하지만 자신의 집에 함께 살게 된 조카딸에게 한 번 같이 교회에 가자는 제안을 정중히 거절당한 뒤로는 두 번 다시 그녀에게 다시 권할 마음이 생기지 않았다. 비록 그가 아내를 따라 신앙의 길에 들어서긴 했지만, 한편으로는 여전히 남들 눈에 자신이 비이성적인 사람으로 비칠까 봐 염려하는 마음이 있었던 것이다.

신유진 선생은 신 교장 내외가 교회를 가는 일요일에는 아침 일찍이 벤치로 나왔다. 혹시라도 같이 교회에 가 보자고 권하는 상황에 맞닥뜨리는 것이 두려웠기 때문이다. 사실 그녀는 기독교 사상을 바탕으로 하는 대학을 다녔기 때문에 학점을 받기 위해서는 채플에 참석해야 했다. 하지만 어떤 말을 들어도 그것은 단지 고대 그리스의 철학 사상을 배우는 것이나 다를 것이 없었다.

'우리 집안에서는 아무도 기독교인이 없는데 아마 큰어머니 때문인 것 같아. 큰아버지가 그렇게까지 마음이 약해지시다니 큰어머니가 호전된 건 그저 키모테라피[2]가 발달한 것뿐인데.'

신유진 선생은 큰어머니의 암이 최근 완치됐다는 기적적인 말을 들

---

[2] Chemotherapy : 주로 암에 대한 화학 요법

고도 이런 생각이 들 뿐이었다. 사마귀에게 이런 신유진 선생이 마음에 꼭 드는 상대라는 것은 두말 할 필요도 없었다. 사마귀는 신유진 선생의 고등학교 동창을 자극해서 그녀에게 전화를 걸도록 했다. 그녀는 남의 일에 관심이 많고 소문내기를 좋아했다. 일요일 아침의 학교 운동장에는 단 한 사람의 그림자도 비치지 않았고 그저 벤치 위에 드리운 높다란 플라타너스 나무 위의 새들만이 청아한 소리로 이 고요함을 노래하고 있었다. 신유진 선생이 벤치 위에 드러누워 나뭇잎 사이로 비치는 파란 하늘을 올려보고 있을 때 전화벨이 울렸다. 이상한 일이었다. 그녀는 아침에 이곳으로 나올 때 핸드폰을 책상 위에 올려두고 나왔던 것이다. 그런데 어찌 된 영문인지 전화기는 그녀가 가져온 책과 함께 놓여 있었다.

"여보세요?"

"어머! 유진아! 너 정말 오랜만이다. 나 누군지 알겠니?"

자신과 그다지 친하지도 않은 고등학교 동창이었다. 전화를 건 그녀는 신유진 선생과 헤어진 남자 친구를 한때 짝사랑했었고 그 이후 신유진 선생이 이 남자와 교제한다는 사실을 알게 되었을 때 가슴에 불이 붙는 것 같은 기분을 느꼈었다. 이 남자가 자신을 거부하고 다른 여자를 선택했다는 것도 참을 수 없었지만, 고등학교 시절 은근히 자신을 무시하던 신유진이라는 사실은 그녀를 더욱 불쾌한 감정으로 몰아넣었다. 이후 다른 남자를 사귀면서도 이 두 사람의 관계에 대해서 관심을 끊지 않았던 그녀는 신유진과 이 남자가 헤어졌다는 소식을 듣자 자신에겐 더없이 좋은 기회라고 생각했다. 하지만 그 남자의 입으로 직접 곧 다른 여자와 결혼하기로 약속이 되어 있다는 말을 듣자 그녀는 자기 혼자서만 이 쓰린 마음을 품고 있을 이유가 없다는 생각이 들었다. 아니 사실을 말하자면 그 남자가 신유진이 아닌 다른 여자와 결혼을 한다는 말에 한편으로는 짜릿한 즐거움이 샘솟는 것을 느낄 수 있었다.

그녀는 슬픈 이별의 노랫말을 담고 있는 노래를 들으며 커피 한 잔의 여유를 즐기다가 문득 고등학교 졸업 이후 한 번도 연락해 본 적 없는 신유진 선생에게 전화를 걸고 싶다는 생각이 들었다. 이 갑작스런 충동이 어디서인지는 그녀 자신도 알 길이 없었다. 이 충동질은 바로 사마귀였다. 쓰라림으로 가득한 그녀의 마음을 충동질한 사마귀는 신유진 선생이 책상 위에 두고 온 핸드폰을 일부러 벤치로 가져와 기어코 이 전화를 받게 한 것이다.

"글쎄, 그 남자 어떻게 너한테 그럴 수가 있니? 결혼이라니 너랑 헤어진 지 얼마나 됐다고 그 새 딴 여자한테."

"뭐? 결혼… 한다구?"

신유진 선생은 가슴이 내려앉는 것 같았다.

"다른 사람은 몰라도 넌 꼭 알아야 할 거 같아서. 너 그런 나쁜 사람하고 헤어진 거 차라리 잘된 거야. 어떻게 5년을 넘게 사귀던 여자는 헌신짝처럼 차 버리고 그사이를 못 참고 딴 여자랑 그것도 결혼을 한다는 거야. 그게 말이 되니?"

"그게 나랑 무슨 상관이니? 이미 헤어진 마당에. 오랜만에 전화해 줘서 반가운데 나 급한 일이 있어서. 나중에 다시 전화할게."

신유진 선생은 서둘러 전화를 끊었지만, 갑자기 고요하던 평화의 세상이 끝장난 것 같은 절망감이 밀려들었다.

'세상에 믿을 사람이란 없구나. 내가 지구 끝으로 달아나고 바다 밑에 숨더라도 찾아낼 줄 알았는데 그새 날 잊고 다른 여자를 만나다니…'

둘이 헤어진 이유라고 해 봐야 따지고 보면 그리 대수로운 일도 아니었다. 둘 사이에 있었던 사소한 오해로 시작된 일이었다. 일주일간의 대화 단절 이후에 그가 오해를 풀자는 의미로 가볍게 장난을 걸어올 때 그녀가 마주 보고 웃어 주기만 하면 되는 일이었다. 하지만 그녀는 그가 일주일 동안 자신의 전화를 받지 않은 것에 여전히 화가 난 척을 하고 싶었다. 마음으로는 그가 그렇게 화해의 몸짓을 보이는 것이 기뻤지만, 너무 쉽게 마음을 열어 보이고 싶지 않았다. 그러나 5년간의 교제가 그렇게 사소한 일로 끝나 버릴 줄은 그녀도 전혀 예상하지 못했다. 그와 최대한 거리를 두려고 이렇게 먼 곳까지 아무런 말도 없이 와 버린 이유는 다만 그에게서 받은 상처만큼 그를 아프게 해 주고 싶다는 생각이었다. 하지만 그녀의 진심이 그와 이렇게 끝을 내고 싶었던 것은 아니란 사실을 깨달은 것도 바로 이 순간이었다. 그녀는 그의 전화번호를 기억하고 있었다. 순간적으로 그에게 전화를 걸어 어떤 변명이라도 들어 볼까 싶었지만, 그러기에는 그녀의 자존심이 너무 강했다. 그리고 그를 용서할 여지를 주기보다는 그냥 이대로 원망하고 미워하는 편이 낫다고 생각했다. 어쩌면 그녀는 어렸을 때부터 즐겨 읽어 온 이야기들을 통해서 비극의 여주인공이 되는 것을 소원했는지도 모른다. 사실상 세상의 많은 책들은 행복이 아니라 비극에 관한 이야기들이기 때문이다.

'그는 원래 그런 사람이었어! 다만 내가 모르고 있었을 뿐이지. 차라리 잘된 일이야.'

그녀는 이렇게 마음의 문을 닫아 버렸다.

'이제 슬슬 또 한 개의 보관함을 작동시킬 때가 된 것 같군.'

혹 머리 사마귀는 모든 일이 계획대로 착착 진행되어 가는 것에 기뻐 날뛸 지경이었다. 이제 남은 것은 이 상처 입은 여자 사람이 아직 어린 남자 사람 소울이에게 받은 그대로 상처를 되갚아 주는 일만 남아 있었다. 이 여자 선생과 친해질 기회만 만들어 준다면 소울이는 도깨비 녀석들과의 관계를 완전히 끊고 오로지 사마귀의 충고에만 귀를 기울이게 될 것이다. 그러면 소울이는 반드시 보관함의 열쇠를 열어 보게 될 것이다. 거기에서 자신이 태생적 언어를 자진 반납했던 이유를 알게 될 것이고, 결국 아무런 혈연적인 관계도 없는 남자를 아버지처럼 믿고 살아간다는 사실에 충격을 받고 집을 뛰쳐나올 것이다.

집을 뛰쳐나온 소년은 사마귀들의 더없이 좋은 협력자가 될 가능성이 높았다. 왜냐하면 상처받은 영혼은 자신이 받은 아픔만큼 누군가에게 꼭 되갚아 주려고 하는 본성을 갖고 있기 때문이다. 상처받은 영혼은 마치 끔찍한 병을 일으키는 바이러스와도 같다. 바이러스는 그 자체로는 생명체라고 볼 수 없지만, 일단 다른 살아있는 세포에 기생함으로써 마치 자신이 살아있는 생명체인 것처럼 스스로를 복제한다. 이것은 마치 치명적인 독가스로 가득 차 있는 무덤을 수없이 복제했다가 살아있는 세포들을 이곳으로 생포해 오는 것과 같다. 그리고 마침내 살아있는 모든 세포를 전부 장악해 버리는 것이다.

'이제부터 행동 개시!'

그러기 위해서는 소울이를 신유진 선생이 자주 찾는 이 벤치로 유인해 낼 절묘한 계략이 필요했다. 혹 머리 사마귀의 두 눈동자가 눈구멍의 이쪽 구석에서 저쪽 구석으로 각자 제멋대로 굴러다니며 쉴 새 없이 생각을 좇던 어느 순간 그의 삐뚤어지고 말라붙은 입술 사이로 기쁨의 탄성이 터져 나왔다.

"그래, 바로 그거으!"

3 장

한 통의 편지

혹 머리 사마귀는 두 도깨비들이 요즘 잠이 부족하다는 사실을 알고 있었다. 이들은 너무 오랫동안 천상에서 오는 전파를 받지 못했기 때문에 다른 정상적인 그룹의 도깨비들처럼 매일 낮잠을 잘 수 없었던 것이다. 잠이 필요 없는 사마귀와는 달리 도깨비들은 낮잠을 자며 휴식을 취해야만 힘을 얻을 수 있는 존재였다. 낮잠이 부족해지면 도깨비들은 집중력과 사고력이 떨어지고 시력도 약해진다. 잠이 부족하면 언제든 휴식을 취할 수 있는 사람과는 달리 도깨비는 천상에서 오는 전파를 받는 동안만 완전한 휴식을 취할 수 있었다. 꾸벅꾸벅 졸 수는 있지만, 그것은 새로운 에너지를 생성해 주지는 못했다. 소울이도 두 도깨비들이 예전과 같지 않다는 것을 느낄 수 있었다. 소울이는 한창 신이 나서 신유진 선생님 수업 시간에 있었던 일을 이야기하는 중이었다.

"선생님은 마음이 진짜 아름다우신 거 같아. 하늘이 엄청 맑고, 하얀 구름이 떠 있고, 햇빛이 아름답게 비친다면서, 이런 날 교실에만 갇혀 있는 건 뭐라고 그러셨더라? 혹시 광빈이 넌 기억나니?"

여전히 광빈이로 부르는 것이 편한 소울이가 친구 도깨비에게 물었다.

"…응? …선생님이 뭐라구?"

광빈이는 자꾸만 내려앉는 무거운 눈꺼풀을 두 손으로 억지로 벌리면서 소울이를 바라보았지만 그 눈 속에는 누가 봐도 잠이 한가득 차 있다는 것을 알 수 있었다. 뿔 돋은 도깨비는 이미 광빈이 어깨 위에 머리를 올려놓고 간신히 버티고 있었다. 소울이는 잠시 두 도깨비의 부족한 잠이 걱정되었지만, 잡아당긴 고무줄처럼 다시 신유진 선생님 생각으로 되돌아가 있었다.

"맞아, 그랬다. 이렇게 눈부신 날 교실에만 갇혀 있게 한다면 이건 내가 여러분의 행복권에 폭력을 행사하는 거나 마찬가지야. 맞아! 이렇게 말씀하셨어."

소울이의 두 눈은 시름시름 병을 앓듯 잠을 앓고 있는 두 도깨비들을 향하고 있었지만, 마음으로는 신유진 선생님과 함께 햇빛을 받으러 운동장으로 나갔던 그 장면을 다시 그려 보고 있었다. 어려운 영어 수업 대신에 뜻밖의 행운으로 운동장에 바람을 쐬러 나올 수 있게 된 학생들은 신이 나서 이리저리 달리고 서로 치받으며 장난질을 치고 있었지만, 소울이는 물끄러미 하늘을 올려다보는 선생님만을 바라보고 있었다. 하늘에서 눈길을 거두던 선생님은 자신을 물끄러미 바라보고 있는 소울이와 시선이 마주치자 당황한 듯 얼른 미소를 지어 보여 주셨지만, 그 미소 뒤에 눈물을 감추고 있는 것 같았다. 학생들을 남겨 두고 천천히 나무 아래 벤치로 걸어가는 선생님의 작은 어깨가 소울에게는 오늘따라 더 작고 쓸쓸해 보였던 것이다.

"선생님께 무슨 일이 있는 걸까? 그렇지 않고는 왜 점점 표정이 어두워지시는지 모르겠거든?"

소울이는 또다시 도깨비 친구들에게 의견을 물어보았지만, 간신히 눈을 뜨고 보는 두 도깨비의 눈은 모두 다 빨갛게 충혈이 되어 있었다.

"너희들을 위해서라도 꼭 꿈을 꿔야 하는데…"

소울은 잠이 부족해 힘을 내지 못하는 두 친구들을 보며 마음이 아파왔다. 하지만 아무리 꿈을 꾸려고 노력해도 꾸어지지 않는 꿈 때문에 자신을 나무란다면 그것 또한 불공평한 일일 것이다. 왜냐하면 꿈은 꾸고 싶다고 맘대로 꿀 수 있는 것이 아님은 모두가 다 알고 있는 사실이기 때문이다. 힘이 빠져 있는 두 도깨비들 곁을 조용히 떠나 집으로 돌아오는 소울이를 발견한 사마귀는 이번이 기회다 싶어 모험을 해 보기로 했다. 어떤 변장도 없이 소울이 앞에 나타나 보기로 한 것이다.

"안녕?"

사마귀의 모습이 얼마나 적나라하게 눈앞에 드러났는지 소울이는 그만 바닥에 털썩 주저앉고 말았다.

'이거 내가 너무 경솔했던 거 같은드? 겁을 주면 내 말을 들으려고도 하지 않을 텐드…'

사마귀는 소울이가 너무 두려움에 떨자 순간적인 기지를 발휘하여 몸을 감추는 대신 최대한 부드러운 목소리를 꾸며 소울이에게 말을 걸었다.

"무서워하지 므. 난 도, 도깨비으!"

"뭐라구? 누구…라구?"

소울이는 말끝이 흐린 사마귀의 말투를 잘 알아들을 수가 없었다. 사마귀는 자기 말을 잘 못 알아듣는 것에 속으로 엄청 짜증이 났지만, 죽을 만큼의 인내심을 가지고 최대한 또박또박 말을 하려고 노력했다.

"난… 도깨비야으! 네가 그렇게 무서워하면 내가 숨을 수밖에 없지 않겠니이으?"

"진짜 도.깨.비.라구? 정…말?"

소울이는 흉측한 모습을 한 사마귀가 하는 말을 믿을 수가 없었지만, 세상에 많은 사람들이 저마다 다른 모습을 하고 살아가듯이 저렇게 못나고 흉측한 모습을 한 도깨비도 있을 수 있겠다 하는 생각에 괜히 미안해졌다.

"내, 내가 아는 도깨비들과는 생김새가 많이 달라서 조금 놀란 건 사실이야. 그런데 너희 그룹은 모두 너처럼 생긴 거니?"

사마귀는 좀 더 인간들이 호감을 느낄 만한 모습으로 변장하고 나타날 걸 싶어 후회하면서도 '너처럼 생겼느냐'라는 말에 영 기분이 상해서 엉덩이의 먼지를 털고 일어나는 소울의 발을 걸어 코뼈를 부러뜨리고 싶은 욕구를 참느라 한참을 끙끙대야만 했다. 어찌 되었건 첫 만남의 충격이 사라지자 소울이는 큰 거부감 없이 사마귀와 대면할 수 있게 되었다. 비록 처음 그 얼굴을 드러낼 때마다 깜짝깜짝 놀라게 되고 또 이 색다른 도깨비의 흐지부지한 말투가 매번 거슬리는 것도 사실이었지만, 반수면 상태에 빠져 있는 두 도깨비들 대신 오랜만에 비밀을 마음껏 털어놓을 수 있는 상대를 만난 것에 기뻤다. 사실 사마귀 쪽에서 먼저 신유진 선생님의 이야기를 끄집어냈고 처음에는 말하기를 부끄러워하던 소울이도 이제는 사마귀만 보면 다짜고짜 신유진 선생님에 대한 이야기를 늘어놓게 되었다.

'어우 지겨워, 또 저 소리!'

사마귀는 이제는 보기만 하면 떠들어대는 어떤 여자 사람의 이야기가 지겹기 짝이 없었지만, 최종적인 목표 달성을 위해서 어느 정도의 인내가 필요한 것쯤은 잘 알고 있었다. 마침내 들어주는 것에 한계에 이르렀을 때 사마귀는 저도 모르게 불쑥 이런 말이 튀어나온 것에 스스로도 깜짝 놀랐다.

"혼자서만 좋아하면 무슨 소용이 있으? 그쪽은 네 이름도 모르는 드."

"……"

갑작스런 사마귀의 공격에 할 말을 잃은 소울이는 땅이 꺼져라 푹 한숨을 내쉬며 말했다.

"맞아. 내 이름도 모르시더라구."

사마귀는 자신의 공격이 조금 이른 감이 있지 않나 내심 두려운 생각도 있었지만, 이런 소울이의 반응을 보니 빨리 시작해서 빨리 끝을 보는 속전속결 전법이 딱 들어맞을 것 같다는 예감이 들었다.

"편지를 쓰."

"뭐어? 편지? 손으로 쓰는 … 그런 편지?"

사마귀는 대답 대신 확신이 넘치는 표정으로 고개를 끄덕여 보이고는 이렇게 덧붙였다.

"그냥 손편지가 아니르 네 피로 쓴 편지글 말으. 그런 진심은 모든 인간의 마음을 움직일 수 있는 법이니끄."

"그렇다 해도… 그래도… 피? 그건 좀 섬뜩하지 않을까?"

사마귀는 얼른 소울이의 표정을 훑어보았다. 그러자 더욱 강한 확신이 들었다. 왜냐하면 피가 끓는 청춘은 머리가 시키는 대로 안전하고 예상되는 일을 하기보다는 뜨거운 가슴을 안고 차라리 절벽 아래로 떨어지고 싶은 파괴적인 열정을 병처럼 앓기 때문이었다.

"네가 다른 아이들보다 선생님을 더 사랑한다면 그만큼의 희생은 각오해야즈. 안 그르? 뭐야, 겁나서 그러는 거으? 피나면 아플까브?"

"아니. 그건 아니야."

소울이의 목소리는 단호했고 사마귀는 거부할 수 없는 제안을 해왔다.

"선생님한테 피로 적은 글을 보이면 나약한 여자니끄 무서워서 오히려 널 피하려고 하겠즈."

"거봐. 그렇잖아. 그래서 내가…"

사마귀는 소울이의 말을 가로막고 말을 이어갔다.

"그러니까 네 마음을 피로 적신 펜으로 표현한 다음에 그걸 땅에 묻어두는 거으. 그러면 하룻밤 사이에 그 편지는 핏빛으로 물든 한 송이 장미꽃으로 피어날 거으. 그 장미꽃을 꺾어서 선생님께 바쳐야 흐. 그 장미꽃을 받아 든 순간 편지에 적었던 글들이 선생님의 심장에 새겨질거으. 그 심장은 너를 사랑할 수밖에 없는 거으."

"뭐라구? 푸하하하하! 뭐야, 유치하게."

소울이는 사마귀의 말을 듣고 농담으로 생각했다. 편지가 하룻밤 사이에 장미꽃으로 피어오른다는 것은 다섯 살짜리 꼬마들이 읽는 동화책에서나 가능한 일이기 때문이다. 하지만 소울이는 무엇으로든 자신의 절절한 심정을 표현하고 싶은 욕구만큼은 부정할 수 없었기에 사마귀의 조언을 받아들이기로 마음을 정했다. 그러나 이 일만큼은 누구에게도 들키고 싶지 않아 영원한 비밀로 남기를 원했다.

"하지만 이건 너와 나 사이의 비밀이어야만 해. 다른 사람들은 절대 알아서는 안 돼. 약속할 수 있지?"

자신의 가장 솔직한 속마음을 겉으로 표 내고 싶어 하지 않는 인간의 모순된 마음을 못내 비웃으며 사마귀는 맹세했다.

"맹세하는 거으! 절대로 절대로 누구에게도 말하면 안 돼으!"

소울이는 진지했다. 그런 만큼 사마귀는 웃음이 나왔다. 맹세 따위 백만 번을 한다 해도 사마귀에게는 아무런 효력을 발생시킬 수 없다는 것을 자기 스스로 알기 때문이다. 세상천지에 인간을 상대로 한 맹세를 지킬 수 있는 사마귀가 있을까? 사마귀는 대답했다.

"지옥을 걸고 맹세하즈."

소울이는 무언가 모르게 가슴이 벅차올라서 그날 저녁 아무런 음식도 넘길 수가 없었다. 꽃지 할머니가 만들어 오신 순두부 찌개도 혀에 아무런 감각을 주지 못하고 있었다. 할머니가 보고 계신 자리라서 한 그릇을 후다닥 비워내느라 진땀이 날 지경이었다. 아무것도 모르는 꽃지 할머니는 그저 잘 먹는 소울이가 대견해 보였다.

"저런 저런, 암만 배가 고팠어도 천천히 먹어야지. 그러다 체하면 어쩔라고."

할머니는 연신 싱글싱글 웃으며 행여 체하기라도 할까 싶어 한 컵 가득 물을 따라 주었다.

"할머니, 맛있게 잘 먹었습니다. 그릇들은 제가 씻어서 갖다 드릴 테니까 이제 댁으로 돌아가셔도 돼요."

"놔둬. 설거지는 무슨. 할 일 없고 시간 많은 이 할망구가 하면 되지. 에고 벌써 노망이 났나. 무슨 남은 시간이 많다고 내가. 하기야, 얼마나 남았는지는 하늘님만이 아시것지."

기분 좋게 들떠 있던 할머니는 갑자기 무슨 생각이 드신 것인지 한숨을 내쉬더니 그래도 식탁에 남아 있는 반찬들을 냉장고에 넣어 주고 집으로 돌아가셨다. 소울이는 할머니가 현관문을 닫고 나간 다음에야 주먹으로 가슴을 문질러댔다. 뜨거운 찌개를 너무 빨리 삼키느라 가슴이 타는 것만 같았기 때문이다. 할머니가 따라 놓은 물잔을 들어 벌컥벌컥 순식간에 다 마신 후 그것도 모자라서 냉장고를 열었다. 맨 처음 눈에 뜨인 소다 캔을 꺼내 뚜껑을 따려다가 그만 날카로운 알루미늄 캔 조각에 손가락을 베이고 말았다. 상당히 깊게 상처를 입었는지 손가락에서 금세 방울방울 새빨간 핏방울이 떨어져 내렸다.

"아야!"

소울이는 너무나 아파서 외마디 비명을 지르다가 베인 상처 사이로 빨갛게 새어 나오는 핏물을 바라보았다. 우연의 일치라는 걸까? 이상한 생각이 들었다. 서둘러 저녁을 먹고 방에 들어가 혈서를 쓸 계획이었던 것이다.

'이런 걸 두고 하늘이 돕는다고 하는 건가?'

비워낸 물잔에 손가락에서 떨어지는 핏방울을 담으면서 소울은 오히려 웃음이 나왔다. 그때였다.

"야! 지금 뭐 하는 거야? 너 제정신이야?"

뿔 돋은 새 도깨비 이야기

언제 들어왔는지 삼촌이 소울이가 자신의 상처 난 손가락에서 새어 나오는 핏방울을 물 잔에 담아내는 모습을 보고 기절할 듯 놀란 것이다.

'하필 이런 때…'

소울이는 난감했다. 뭐라고 설명할 것인지 당황스럽기만 한데 삼촌은 벽에 걸려 있던 수건을 들고 와 피가 흐르는 손가락을 감싼 뒤 그래도 놀란 마음이 진정되지 않아 나무라듯 물었다.

"야? 뭐야. 뭐하다 다친 거야?"

소울이는 다른 변명이 생각나지 않아 그만 얼버무리고 말았다.

"그냥 베인 거야. 별거 아닌데…"

"그래, 베인 건 별거 아니라지만 이건 뭐냐? 흉측하게. 뭐 뱀파이어 영화라도 본 거야?"

삼촌은 흥분이 가라앉지 않아 점점 목소리가 높아졌다.

"알았어. 알았으니까 목소리 좀 낮춰."

"뭐어?"

"내 피잖아. 삼촌이 힘들게 벌어온 돈으로 산 밥이고 고기잖아. 그거 먹고 만들어진 소중한 피인데 이렇게 허비되는 게 아까워서 모은 거야. 별 뜻 없어."

설명을 들은 삼촌은 어이가 없다는 듯 허탈하게 웃으며 말했다.

"라면만 먹인 거 아니고 고기도 먹였다고 해서 그나마 다행이다."

장난스런 삼촌의 말에 소울은 피식 웃었다.

"그나저나 너 참 별난 녀석이다. 뭐야, 사춘기라 그런 거냐? 그런 거면 봐 줘야지, 별수 없겠고."

"응, 사춘기라 그런가 봐. 근데 오늘은 데이트 안 했어? 일찍 들어왔네?"

"하루쯤은 쉬어야지. 나이 드니까 데이트도 재미없고."

"그러니까 이젠 결혼해!"

식탁 의자에 점퍼를 걸어두고 손발을 씻기 위해 화장실 쪽으로 걸어가던 삼촌이 걸음을 멈추고 돌아보자 소울이가 항의하듯 말했다.

"왜… 내가 뭐 못할 말 했나? 사, 사랑하면 결혼하는 거 아냐?"

"야 오늘따라 너 정말 이상하다. 난데없이 사랑 타령이냐? 너 누구 있지?"

소울이는 예상치 못한 삼촌의 역공에 깜짝 놀라 뒷걸음을 치며 말했다.

"있긴 누, 누가 있다 그래."

"요 녀석 봐라?"

당황하는 소울이의 표정을 보고 뭔가 감을 잡았다는 듯한 삼촌을 뒤로하고 소울이는 피가 담겨 있는 컵을 들고 자신의 방으로 들어가 문을 잠가 버렸다.

"너 상처 난 거 그대로 두면 안 돼. 약 발라야지!"

방문 밖에서 들려오는 삼촌의 걱정스런 말투에 순간 소울이의 마음이 뭉클해졌다.

"야! 약 발라야 된다고!"

"응, 알았어. 내가 알아서 바를 거야. 걱정 말고 얼른 씻어."

삼촌이 씻으러 들어간 것을 소리로 확인한 소울이는 상처 난 손가락을 들어 확인해 보았다. 그러나 어느새 피는 멎어 있었다. 상처 난 부위를 억지로 비틀어 다시 피를 내 볼까 하는 마음도 있었지만, 손가락이 너무 욱신거리기도 했고 또 자신을 걱정하는 삼촌의 목소리가 마음에 걸려 컵에 담겨 있는 몇 방울을 아껴 글자를 써 보기로 했다. 무슨 말을 쓸 것인지 한참을 고민하던 소울이는 마음을 정한 듯 볼펜 끝에 약솜을 붙이고 거기에 피를 적셨다. 몇 글자 적지는 못했지만, 자신의 피로 쓴 마음의 편지임에는 틀림없었다. 소울이는 누구에게도 밝힐 수 없던 비밀을 속 시원히 털어낸 것처럼 마음 한 켠이 밝아지는 기분이 들었다.

'이래서 편지를 써 보라고 한 거구나. 그래, 참 좋은 조언이었어. 비록 아주 쬐그만 장미꽃이 되겠지만. 크크크!'

그날 밤 신유진 선생님은 소울이의 꿈에 등장했다. 선생님은 하얀 옷을 입고 장미꽃 정원을 거닐며 아름다운 목소리로 노래를 부르고 있었다. 꿈 속의 소울이는 평소와 달리 용감했다. 정원에 피어 있는 가장 크고 빛깔이 선명한 장미꽃 몇 개를 꺾어 아름다운 꽃다발을 만들어 선생님의 가슴에 안겨드렸다. 처음에는 선생님도 무척 좋아하셨다. 그런데 잠시 후 장미꽃의 붉은 색깔이 점점 하얗게 변해 갔다. 그리고 선생님의 하얀 옷이 장미꽃의 붉은 색으로 변해가고 있었다. 소울이는 그것이 장미꽃의 붉은 빛이 아니라 피로 물들어가고 있다는 것을 알게 되었다. 깜짝 놀라 선생님으로부터 그 장미꽃다발을 거두어 내리려고 했지만, 웬일인지 선생님은 그 꽃다발을 꼭 붙든 채 소울이에게 화가 난 듯 성난 표정을 짓고 있었고, 그 얼굴빛은 점점 탈색되어 가는 장미꽃처럼 하얗게 창백해져 가고 있었다.

"선생님! 선생님!"

비명을 지르며 잠에서 깨어났고 그것이 다행히도 꿈이라는 것을 알게 되었을 때 소울이는 안도의 숨을 내쉬었다. 그날 내내 소울이는 자신이 쓴 편지를 혹시라도 선생님이 보게 된다는 뜻이 아닐까 불길한 생각이 들었지만, 그래도 사마귀의 도움을 받아 신유진 선생님이 자주 찾는 벤치 밑에 편지를 묻었다. 벤치 아래 그 편지를 묻은 것은 소울이의 생각이었다. 그렇게 해서라도 잠시나마 선생님과 가까이 있기를 원하느냐는 사마귀의 이죽거림에 소울이는 마음을 들킨 듯 아무런 대답도 못 하고 발갛게 달아오른 귀만 손으로 쓱쓱 문질렀다.

4 장

장미꽃을 든 남자

영원히 땅속에 묻혀 있는 비밀이란 없는 법이다. 소울이가 쓴 처절한 피의 고백은 몇 시간 지나지 않아 바로 친구들의 손에서 손으로 넘겨지고 말았다. 먼발치에서 이 모습을 지켜보는 것은 다름 아닌 사마귀였다. 그는 음흉한 미소를 얼굴 한가득 띠고는 편지로 인해 한바탕 소동이 난 교실을 향해 걸어오고 있는 소울이를 기대에 가득 찬 눈으로 바라보고 있었다. 소울이는 이런 소동이 바로 자신이 쓴 편지 때문에 일어나고 있으리라고는 전혀 생각지 못했다. 그것도 그럴 것이 편지에는 자신이 썼다는 단서가 전혀 없었던 것이다. 솔직히 핏방울이 부족했던 탓으로 소울이는 이렇게 밖엔 적을 수 없었다.

'이 생명 다 바쳐'

그러나 여기에 사마귀는 붉은 물감을 가지고 장난을 쳤다. 거기에
소울이의 이름과 신유진 선생님의 이름을 첨가하였던 것이다. 소울이
의 필적을 그대로 흉내 내어 사마귀는 이렇게 다시 적어 넣었다.

'나 한소울은 이 생명 다 바쳐 신유진을…'

아무것도 모르고 교실 문 안으로 들어선 소울이를 본 아이들은 일
제히 소리를 질렀다.
"사랑꾼이다!"
어리둥절해하는 소울이를 앞에 세워 두고 어떤 아이들은 서로 끌
어안는 시늉을 하기도 하고 금방이라도 숨을 거둘 듯이 헐떡거리며 죽
는 시늉을 하며 쓰러지는 등 교실 안은 한 편의 연극이라도 펼쳐지고
있는 것 같았다. 그중 한 녀석이 소울이를 향해 소리쳤다.
"야! 이 생명 다 바쳐서 신유진을 어떻게 하겠다는 거냐?"
이 말이 떨어지기 무섭게 아이들은 다 같이 와아 와아 고함을 질러
가며 웃어대기 시작했다. 소울이는 자신의 편지가 아이들의 손에 넘어
가 있다는 사실을 믿을 수가 없었지만, 자신의 눈으로 확인해 보지 않
을 수가 없었다. 짓궂은 아이들은 쉽사리 이 편지를 소울이의 손에 넘
겨주려고 하지 않았다.

"이리 내!"

소울이는 있는 악을 다해 편지를 뺏어 들었다. 그리고 거기에 적힌 내용을 본 순간 심장이 얼어붙는 것 같았다. 거기에는 소울이의 글씨로 적은 자신의 이름과 신유진 선생님의 이름이 있었던 것이다.

"너희들, 무슨 일이니?"

그때 소울이의 어깨 너머로 들려온 것은 신유진 선생님의 목소리였다. 소울이의 머릿속에서는 이 편지를 빨리 감춰야 한다고 생각했지만, 마치 꿈속인 것처럼 몸이 마음대로 움직여지질 않았다. 이때 한 녀석이 잽싸게 소울이의 손에서 편지를 채가서 선생님 눈앞에 이 편지를 펼쳐 보이며 덧붙였다.

"선생님, 이거 피로 쓴 고백이래요!"

"피…?"

선생님은 당황한 기색이 분명했고 소울이는 얼굴이 홍당무가 되어 고개를 푹 숙이고 말았다. 그런 소울이에게 선생님은 다정하게 말을 걸어 주셨다.

"네가 한소울이니?"

"……"

소울이는 대답 대신 한층 더 고개를 떨구었다. 아이들의 환호성은 한층 더 높아졌다. 선생님은 손으로 아이들의 목소리를 낮추도록 신호하고는 소울이에게 다시 물었다.

"여자 친구 이름이 나랑 같은 모양이구나, 그렇지?"

소울이는 뜻밖의 질문에 고개를 들어 선생님을 바라보았다. 선생님은 다정한 눈빛으로 소울이를 마주 보고 미소를 지어 보이셨다.

"내가 여자 친구를 위해서 조언 하나 해도 될까?"

"……."

"여자들은 피로 쓴 편지보다는 차라리 빨간 장미꽃 한 송이 받는 걸 더 좋아하거든."

선생님의 재치로 아이들의 기대와는 달리 떠들썩하던 상황은 그렇게 마무리되었다. 아이들은 한 명씩 찾아와서 소울이에게 물었다.

"너 그거 선생님 맞지?"

하지만 소울이는 누구에게도 대답해 주지 않았다. 이 사건 이후로 소울이와 선생님은 가까운 친구 사이가 되었다. 그것은 이상한 일이었다. 이전까지는 소울이의 이름조차도 몰랐던 선생님은 이제 오고 가다 복도에서 마주치면 소울이를 향해 환하게 미소를 지어 주셨다. 이 일에 대해서 소울이가 어떤 변명을 한 것도 아니고 선생님이 어떤 해명을 요구한 것도 아닌데 자연스럽게 두 사람은 뭔가 마음이 통하는 친구가 된 것이다. 어느 날 소울이는 용기를 내어 선생님이 혼자 앉아 계시는 나무 밑 벤치를 찾아가 나란히 옆에 앉았다. 뭔가 깊은 생각에 잠겨 있는 듯 선생님은 아무런 미동도 없이 먼 곳을 향해 시선을 보내고 있었다. 소울이도 그렇게 말없이 선생님 옆에 앉아 있었다. 그렇게 한참 시간이 흘렀을 때 선생님은 그제야 소울이를 돌아보며 차분한 목소리로 입을 열었다.

"넌 이 세상에 영원한 것이 있다고 생각하니?"

"네."

소울이는 주저하지 않고 대답했다.

"그게 뭔데?"

'사랑하는 마음…'

마음으로 그렇게 대답했지만, 입을 열어 말할 수는 없었다. 왠지 부끄러운 생각이 들었기 때문이다. 선생님은 소울이의 표정을 보고서 이미 그 답을 짐작한 것 같았다. 선생님은 다시 허공으로 시선을 돌리며 쓸쓸한 음색으로 말했다.

"넌 사랑이라고 말하고 싶은 거겠지. 그러니?"

선생님은 약간의 미소를 머금고 소울이의 옆모습을 다시 바라보았다. 소울이는 차마 선생님의 눈을 마주 보지 못한 채 고개만 끄덕여 보였다.

"이 세상에 영원한 사랑이라는 건 없어. 사람이 태어나서 자라고 그리고 늙고 병들어서 죽는 것처럼 사랑도 그런 거야. 사랑이라는 것도 마음에서 태어나서 무럭무럭 자라기만 하는 것 같지만, 시간이 지나면 늙고 병들어 버리거든. 마음에서 태어나서 결국은 마음을 무덤 삼고 영원히 잠들어 버리는 그런 날이 찾아오는 거야."

"선생님, 하지만…"

소울이는 선생님의 말에 뭔가 반론을 제기하고 싶었지만, 선생님은 틈을 두지 않고 단호하게 말을 이어갔다.

"소울아, 사랑은 절대로 절대로 영원할 수 없어. 나도 그걸 깨달은 지가 얼마 되지 않았지만 말야."

소울이는 직감적으로 선생님에게 사랑하는 사람이 있었다는 것을, 아니 여전히 마음 깊은 곳에서 그 사랑을 간직하고 있다는 것을 알 수 있었다. 선생님은 지금 그 사랑 때문에 마음이 아픈 것이다. 이런 생각을 하는 것만으로도 소울이는 알 수 없는 패배감에 휩싸였다.

"그런 걸 질투라고 하는 거으!"

선생님이 떠나고 혼자 남아 있는 소울이에게 다가온 사마귀는 지금 그가 울적해하는 이유에 대해서 설명해 주고 있었다.

"그러니까 네 말은 내가 본 적도 없는 그 사람을 질투하고 있단 거야?"

소울이가 사마귀에게 되물었다.

"사랑에는 질투심이라는 양면성이 있는 거으. 사랑이 깊을수록 질투도 깊은 법이즈. 질투가 나쁜 것만은 아니으. 질투는 사랑을 쟁취하게 만드는 힘이으. 너 쟁취가 무슨 뜻인지 알즈?"

"쟁취가 무슨 뜻인지 아느냐구? 너까지 날 어린애 취급하는 거야?"

소울이는 갑자기 화가 치밀어 올랐다. 아마도 소울이의 몸속에서 과다하게 분비되는 사춘기 호르몬 때문인지도 모른다. 소울이는 사마귀의 멱살을 움켜쥐고 소리쳤다.

"편지에 장난친 게 너란 걸 내가 모른다고 생각하는 거야? 너 때문에 당한 창피를 생각하면 널 죽여 버려도 모자라!"

소울이는 자신의 입을 통해 내뱉어진 말에 스스로도 소스라치게 놀랐다. 이제까지 단 한 번도 이렇게 과격한 말을 해 본 적이 없었던 것이다. 더구나 자신에게 이렇게 힘이 넘친다고 생각해 본 적도 없었다. 늘 스스로가 작고 약하다고만 생각해 왔다. 소울이는 당장이라도 사마귀를 한주먹 안에 넣고 부서뜨릴 수도 있을 것 같았다. 이런 생각을 하고 있는 자신이 두려웠지만, 한편으로는 알 수 없는 짜릿함이 느껴졌다. 이것이야말로 사마귀가 소울이에게 원하는 상태였다.

"자…자 진정흐. 난 어디까지나 널 돕기 위해서 그런 거 였으니끄."

사마귀는 모든 것이 자신의 뜻대로 진행되어 가고 있는 것에 기분이 좋았지만, 소울이가 정말로 죽일 듯이 자신의 목을 꽈악 움켜쥐는 것에는 덜컥 겁이 났다. 사실 사마귀에게는 치명적인 약점이 있었다. 사마귀의 혀가 두 갈래로 갈라져 있다는 것은 앞에서 밝혀둔 사실이다. 그런데 이 혀를 한 가닥으로 꼬아 목구멍을 막아 버리면 사마귀는 죽은 목숨과도 다름없었다. 누군가의 도움으로 한 시간 안에 혀를 풀어 놓지 않으면 사마귀는 물 없는 논바닥처럼 쩍쩍 갈라져서 마침내는 먼지가 되어 공중으로 흩어져 버리고 만다. 이렇게 공중 분해되는 자신들의 운명을 알고 있기 때문에 사마귀들은 마귀 대왕의 하수인이 되어 할 수 있는 한 많은 사람들의 마음을 훔쳐 영원한 생명을 얻고 싶어 하는 것이다. 사마귀는 소울이가 자신의 입을 강제로 열어 혀를 꼬지는 않을까 하는 두려움에 사로잡혔다. 사실 소울이가 자신의 약점을 알고 있을 리는 없었지만, 사마귀의 천성은 겁쟁이에 지나지 않앗다. 그 천성을 발휘하여 어린이들에게 겁을 주고 어른들에게는 두려움을 심는 일을 하고 있는 것이다. 사마귀는 소울이의 손에서 벗어나기 위해 비밀리에 진행 중이던 일을 발설할 수밖에 없었다.

"장미꽃… 장미꽃을 든 남자가 찾아올 거으!"

"뭐라고 또 수작을 부리는 거야?"

"정말이으. 그 남자가 장미꽃을 들고 선생님을 찾아와서 용서를 빌거라그."

사마귀의 말에 소울이는 저도 모르게 손에서 힘이 빠져버렸다.

'드디어 선생님은 영원히 내 곁을 떠나게 되겠구나…'

여전히 그 남자를 사랑하고 있는 선생님의 마음을 짐작하고 있었기 때문에 그 남자가 찾아와서 진심으로 용서를 비는 순간 선생님은 이곳을 떠나게 될 것임을 직감할 수 있었다.

'선생님이 그 남자의 장미꽃을 받아 들게 해서는 안 된다!'

또 이렇게 되어 소울이는 사마귀와 다시 협상할 수밖에 없었다. 그 남자가 선생님을 찾을 수 없도록 방해 작전을 펼치는 것이 첫 번째 계획이었지만, 교장 선생님과 먼저 연락을 취하고 찾아온 그 남자의 출현을 막기란 쉽지 않았다. 결국 그 남자는 교장 선생님의 조언대로 수업이 끝나는 시간에 맞춰 장미꽃 한 다발을 사 들고 교실 밖에서 기다리고 있기로 계획되었다. 사실상 사마귀는 그 남자가 이곳까지 찾아오는 동안 많은 방해 작전을 펼쳤다. 자동차 타이어에 구멍을 내고 전파를 방해해서 교장 선생님과 통화가 되는 데 지연되도록 만들었지만, 타이어를 교체하고 끈질긴 시도 끝에 그 남자는 결국 교장 선생님과 통화를 하고 말았다. 길을 찾아오는 동안도 내비게이션에 문제를 일으켰지만, 그 남자는 길눈이 밝았다. 더구나 지도까지 가지고 있는 것에는 사마귀도 다른 훼방거리가 생각나지 않았다. 이제 남은 것은 소울이의 역할이었다. 사마귀가 입을 열었다.

"이제 마지막 결정을 해야 흐. 네가 정말로 그 남자와 선생님이 다시 만나는 걸 원치 않는다면 너의 질투의 힘을 이용할 수 있으. 넌 정말로 원하지 않는 거즈?"

"원하지 않아."

소울이는 그 남자의 존재를 떠올리는 것만으로도 마음속에 어둡고 뜨거운 기운이 용암처럼 들끓어 오르는 것을 느낄 수가 있었다.

"원하지 않아, 정말로."

소울이는 다시 한 번 힘을 주어 말했다.

"좋아 됐으. 너의 마음속에 있는 그 들끓는 기운이 지금 내 두 이마로 전송되었으. 이제 내 눈을 똑바로 보기만 하면 돼으. 내 눈을 보는 순간 그 기운이 너의 눈으로 옮겨갈 거으. 이제 그 눈으로 보는 세상은 전과는 다르게 보일 거으. 그리고 네 눈을 본 선생님은 열두 시간, 그러니까 한나절 동안 눈이 멀고 귀가 먹게 되어 있으. 그 시간 동안은 아무것도 보고 들을 수가 없게 돼즈."

사마귀의 제안은 두려운 것이었다. 사랑하는 선생님의 귀와 눈을 멀게 한다는 것이 과연 사랑인 것일까? 이 도깨비는 악마임이 틀림없다.

　그 남자가 장미꽃을 들고 학교에 도착했을 때 선생님은 이미 병원으로 옮겨져 있었다. 갑작스런 발작과 함께 눈이 어두워지고 귀도 들리지 않는다는 이상한 증세로 병원 안의 모든 의료진들이 당황하며 허둥대고 있었다. 뒤늦게 소식을 들은 그 남자도 교장 선생님과 함께 병원을 찾아왔다. 선생님에게 용서를 구하고 사랑의 마음을 고백하려고 준비했던 빨간 장미꽃다발은 복도 한구석에서 버려져 있었다. 소울이는 무심한 남자아이들의 발길에 제멋대로 짓밟히는 장미꽃다발을 집어 올렸다.

　선생님에게 나타나는 현상은 마귀 대장의 힘을 빌려 온 사마귀의 장난이었다. 그것은 실제 병이 아니라 그림자와 같은 거짓 증세였다. 만약 선생님이 이것이 거짓 증세에 지나지 않는다는 믿음만 가질 수 있었다면 12시간이 지나지 않고도 눈과 귀는 즉시 열리게 되어 있었다. 하지만 대부분의 사람들은 두려움이라는 안경을 쓰고 세상을 본다. 그래서 아직 일어나지 않은 일에 대해서 미리 겁을 내고 다 살아보지도 못한 나날을 죽음을 기대하며 살아가는 것이다. 거짓 증세를 앓고 누워 있는 선생님의 얼굴은 몇십 년은 더 늙어 보였다. 그 남자는 선생님이 입원하고 있는 병실에 찾아왔지만, 그사이에 변해 버린 선생님의 얼굴에 놀라지 않을 수 없었다. 더구나 자신의 얼굴을 알아보지도 못하고 목소리조차 알아들을 수 없다는 사실이 너무나 실망스러웠다. 또한 꿈에 그리던 그녀의 얼굴이 변해 버렸다는 것을 알고 마음의 열정이 급격히 식어 버리는 것을 느끼며 남자는 허탈한 마음으로 발길을 돌려 병원을 나서고 말았다. 만약 이 남자가 12시간 후면 모든 것이 제자리를 찾게 된다는 것을 지금 알고 있다면 저렇게 쉽게 되돌아갈 수 있을까? 결국 열두 시간도 버틸 수 없는 사랑이라면 오히려 선생님을 위해서 잘한 일이라고, 소울이는 생각했다. 그리고 그 남자의 장미꽃다발을 미련 없이 휴지통에 던져 넣었다.

5 장

그림자 고해 성사

과연 시간이 지나자 선생님의 거짓 증세는 안개가 걷힌 듯 완전히
사라지고 선생님은 다시 볼 수 있고 들을 수 있게 되었다. 선생님은 자
신이 겪은 일에 대해서 극도의 두려움을 갖게 되었다. 왜냐하면 어떤
것으로도 설명할 수 없는 일이었기 때문이다. 기억나는 것은 자신이
소울이의 눈을 들여다본 순간이었다. 마치 중천에 떠 있는 이글거리는
태양을 마주 본 것처럼 갑자기 자신의 눈이 멀었다. 귀도 들리지 않았
다. 이러한 변화 때문에 갑작스럽게 큰 충격을 받아 잠시 정신을 잃었
고 그리고 병원으로 이송되었다는 것은 교장 선생님을 통해서 듣게 된
사실이었다.

'어떻게 나에게 이런 일이 일어날 수 있는 걸까? 나는 아직 젊고 건강한데…'

선생님의 마음에는 앞날의 안전을 보장할 수 없는 다가오지 않은 미래의 시간들이 불안하게만 느껴졌다. 선생님의 몸에 어떤 이상 증세도 나타나지 않고 이전의 건강한 몸 그대로 회복되자 더 이상 병원에 머물러 있을 이유가 없었다. 교장 선생님이 운전하고 돌아오는 차 안에서 그의 아내는 여전히 불안해하고 있는 선생님의 손을 따뜻하게 꼭 쥐어주었다. 한 집에 살면서도 거의 마주 칠 기회도 갖지 않았던 터라 어색하다면 어색한 순간이었겠지만, 웬일인지 선생님은 그 손에서 전해지는 따뜻한 온기에 잠시나마 안정되는 기분이 들었다. 숙모는 그 손을 꼭 쥔 채 이렇게 말했다.

"좋으신 아버지 앞에 기도했어요. 당신의 사랑스런 딸을 건져달라고요."

선생님은 이런 말에는 뭐라고 답을 해야 하는 것인지 잠시 생각에 잠겼지만, 어떤 상황에서도 예의는 지켜야 하는 것이다.

"…걱정 끼쳐드려 죄송했습니다. 아무튼… 감사합니다."

선생님은 숙모의 손에서 자신의 손을 빼고 고개를 숙여 정중히 인사한 후 달리는 차 창 밖으로 시선을 돌렸다. 더 이상의 종교적인 대화로 이어지는 것은 원치 않았기 때문이다. 하지만 '아버지'라는 그 단어가 머리 속을 떠나지 않았다.

'아버지에게 기도했다구? 서울에 있는 내 아버지는 지금 내가 어떤

일을 겪었는지도 모르고 있을 텐데. '

당연한 일이었다. 어려서부터 늘 성숙했던 그녀는 부모님이 듣고 마음 아파할 만한 일에 대해서는 아예 언급조차도 하지 않았다. 그녀 보다 여섯 살이 어린 남동생이 워낙 말썽을 피우며 자랐기 때문인지도 모른다. 하라는 공부는 하지 않고 한때는 가수가 되겠다고 집을 나가기도 했고 간신히 붙잡아서 집에 들어 앉힌 지 얼마 지나지 않아서는 열아홉살 된 여자 아이와 결혼하겠다고 난리법석을 떤 적도 있었다.

"도대체 넌 왜 집을 못나가서 그 안달이니? 뭐가 불만이야?"

언젠가 남동생에게 물어본 적이 있었다.

"그냥 아빠가 싫어서."

너무도 무심하게 대답하는 동생의 말투에 그녀는 놀라서 다시 물었다.

"뭐라고? 아빠가 싫어서 그런다는 거야?"

"응. 아빠가 싫어하는 일이라면 난 무조건 하고 싶어져."

그녀로서는 알 수 없는 일이었다.

"… 왜?"

다시 되물었지만 남동생은 그녀의 얼굴을 빤히 쳐다보더니 이렇게 되물었다.

"그럼 누나는 아빠가 좋아?"

"세상에는 도리라는 게 있어. 자식으로서 부모님을 존경하는 게 당연한 거 아니겠니?"

"그래 뭐 존경한다 쳐. 그러니까 내 말은 누나는 아빠가 좋냐는 말이야. 좋아?"

동생의 질문에 그녀는 대답할 수가 없었다. 아버지는 사람들이 존경할 만한 분이었다. 가난한 환경에서도 열심히 공부해 최고의 대학에 들어갔고 사법 고시에 합격한 후 판사가 되었다가 이후에 변호사 사무실을 냈다. 가끔씩 들려오는 엄마의 불만에도 아버지는 억울하고 가난한 사람들을 위해 최소한의 비용만 받고 변호해 주셨다. 사람들은 그런 아버지를 존경했고 지금은 대법관의 자리까지 오르신 분이었다. 존경하지 않을 이유는 찾아볼 수 없었다. 하지만 그녀는 남동생의 질문에 '좋다'라고 대답하지 못했다. 그 이유는 그녀 자신도 알지 못했다. 왜 자신이 선뜻 '아빠가 좋아'라고 대답할 수 없는지 곰곰이 생각해 보기도 했지만, 아마도 엄마보다는 쓰다듬고 안아 주는 애정 표현이 적기 때문에 어색해져 버린 것이라고만 추측할 따름이었다. 머리로는 남동생을 꾸짖을 수 있었지만, 가슴으로는 그의 마음을 이해할 수 있다는 게 이상했다.

'좋으신 아버지에게 기도했어요. 당신의 사랑스런 딸을 건져 달라고요.'

문득 다시 떠오른 숙모의 말은 그녀의 마음을 불편하게 만들었다.

'좋으신 아버지며 사랑스런 딸이란 게 다 뭐야. 더구나 아파서 누워 있는 사람 앞에서 낫게 해 달라는 것도 아니고 건져 달라는 건 또 뭐람. 그 사람들 하는 말이란 다 문맥에도 안 맞는 소리야!'

마치 자신도 모르는 사이에 모래가 섞인 밥을 씹은 듯이 그녀는 뭔지 모르게 짜증스럽고 불편해졌다. 그러자 혼자서 세상의 모든 진리를 다 알고 있는 듯한 숙모나 룸 미러로 그녀의 표정을 살피는 듯한 교장 선생님도 거슬리기 시작했다. 집으로 향하는 차 안에서 그녀는 하루빨리 이곳을 떠나야겠다고 결심했다. 하지만 이 곳을 떠나 다시 부모님이 계신 집으로 돌아가고 싶다는 생각이 들지 않는 이유에 대해서는 여전히 설명할 수 없었다. 그러면서 자신이 그 남자와의 결별 이후 충격에 싸여 낯선 이곳으로 도망치듯 내려올 때의 복잡했던 감정들을 다시 한 번 되짚어 보았다. 그러자 믿었던 사람에 대한 배신과 실망감에 마음이 무너지면서도 한편으로는 태어나서 처음으로 일탈을 해 보는 모범생처럼 눈 앞에 펼쳐져 있는 자유로운 시간들에 잔뜩 기대가 부풀어 있었다는 것을 인정해야 했다.

'내가 떠나고 싶었던 진짜 이유는 그 남자가 아니었을지도 몰라. 그렇다면 대체 나는 어떤 사람일까? 또 나는 뭘 원하는 걸까?'

스스로 대답할 수 없는 무거운 질문들에 눌린 듯 그녀는 자신도 모르게 깊은 한숨을 내쉬고 차창 밖의 하늘을 올려다보았다. 구름 한 점 없이 맑은 하늘이었지만, 그녀에게는 마치 누군가가 텅 비어 있는 자신의 마음 속을 들여다보고 있는 것 같은 기분이 들었다. 왈칵 눈물이 쏟아졌다. 참으로 묘한 마음의 상태였다. 자신이 바라보고 있는데도 오히려 자신이 낱낱이 관찰되는 듯 부끄럽기도 하고 한편으로는 위로 받는 느낌이 드는 것이었다. 누군가가 저 먼 어딘가에서 자신의 속

마음을 꿰뚫어보고 있는 것 같았다. 자신의 이성으로는 감당할 수 없는 기분이 들어서 선생님은 차를 세워 달라고 부탁했다. 걱정스런 얼굴로 바라보는 교장 선생님 내외에게는 잠시만 바람을 쏘이고 들어가 겠다고 안심을 시킨 후에 선생님은 학교 교정에 있는 나무 그늘 아래 벤치로 발걸음을 옮겼다.

소울이는 선생님이 퇴원하고 나면 반드시 이곳으로 찾아오리라는 확신을 갖고 있었다. 그러나 막상 저 멀리 선생님이 너무나 쓸쓸한 모습으로 자신이 있는 곳을 향해 걸어오는 것을 보자 얼굴을 마주할 엄두가 나지 않았다. 땅을 응시하며 걸어오는 선생님이 행여라도 눈을 들어 자신을 알아볼까 두려워진 소울이는 있는 힘을 다해 달렸다. 어디로 가겠다는 생각을 정해 놓을 틈도 없이 마구 내달려서 도착한 곳은 다름 아닌 보물선 바위였다. 소울이는 헐떡이는 숨을 간신히 고르고 나서야 자신이 몇 년간 피해 왔던 장소에 제 발로 달려왔다는 것을 알고 깜짝 놀랐다. 소울이는 알고 있었다. 이곳 어딘가에 보라의 하모니카가 묻혀 있다. 그 어느 때보다도 아버지를 만나고 싶었다. 만나서 왜 자신이 이렇게 못되고 어리석은 사람이 되어 버렸는지, 왜 자신이 사랑하는 사람들은 오히려 자신으로 인해서 쓸쓸해지고 외로워지는지 그 이유를 물어보고 싶었다. 하지만 소울이는 아버지의 마지막 말을 어제 들은 듯이 오롯이 기억하고 있었다. 아버지는 말씀하셨다.

"네 손으로 이 하모니카를 보라에게 돌려주어야 한다. 그리고 꼭 미안하다는 말을 해야만 한다. 나는 정직하고 바른 아들을 원한다. 미안하다는 말을 전하기 전에는 더 이상 나를 만날 수가 없다."

지난 기억을 떠올릴수록 소울이는 절망적인 기분이 들었다. 아버지를 다시 만날 수만 있다면 모든 것이 다 잘 해결될 수 있을 것 같았기 때문이다. 순간 소울이의 얼굴에 한줄기 빛이 비친 것처럼 환하게 밝아졌다.

"그래! 선생님께 사실대로 말하는 거야. 나 때문에 선생님이 사랑하시는 그 남자가 떠나게 된 거라고 사, 사실대로… 말해야 해! 어쩌면 아버지는 날 불쌍하게 여겨 주실지도 몰라. 그러니까 최선을 다해야 해."

보라의 일을 생각하면 한시라도 서둘러야만 했다. 보라는 잠시 소울이가 머뭇거린 사이에 영영 볼 수 없는 어딘가로 가 버리고만 말았기 때문이다. 선생님도 언젠가는 보라처럼 떠날 것이다. 어쩌면 그것이 오늘밤일지도 모른다. 그렇다면 영원히 용서를 빌 기회를 잃고 만다. 비록 자신의 질투심 때문에 선생님을 괴롭히고 말았지만, 사실을 말하고 용서를 구한다면 어쩌면 선생님은 착한 분이니까 자신을 이해해 줄 수 있을지도 모른다고 생각했다. 그리고 소울이는 무슨 생각에서인지 돌멩이를 도구 삼아 땅을 파내기 시작했다. 얼마 지나지 않아 소울이의 손바닥 위에 흙 속에 파묻혀 있던 하모니카가 올려져 있었다. 소울이는 냇가로 달려가서 흐르는 물살 위에서 하모니카를 씻기 시작했다. 깨끗하게 씻긴 하모니카는 때 마침 비쳐 드는 햇살에 반짝거렸다. 소울이의 마음에도 새로운 희망이 반짝거리는 것 같았다. 소울이는 처음으로 하모니카를 불어 보았다. 호기심 어린 눈으로 소울이를 지켜보던 사슴과 다람쥐도 그리고 고개를 틀고 나무 위에서 내려다 보던 새들도 갑작스런 하모니카 소리에 깜짝 놀라 달아났다. 소울이는 잠시도 지체해서는 안 된다는 조급함 때문에 깜깜한 밤길도 두려움 없이 달려가 교장 선생님 사택의 초인종을 눌렀다. 엄청난 용기가 필요한 일이었지만, 자신의 마음을 무겁게 내리누르는 죄책감을 벗어날 수 있다면 이보다 더 큰 용기가 필요한 일도 해낼 것 같았다. 도대체 무슨 일이기에 이 밤중에 남학생이 그것도 여선생님의 집을 찾아왔는지 궁금함이 역력한 교장 선생님의 얼굴을 뒤로하고 소울이는 선생님의 안내를 따라 방으로 들어왔다.

"거실에서 같이 이야기하면 좋겠지만, 왠지 내가 불편해서 말야. 소울아, 괜찮지?"

선생님은 낮에 보였던 쓸쓸한 표정은 찾아볼 수 없이 한결같이 친절하고 다정한 얼굴로 소울이의 의견을 물어봐 주셨다. 소울이는 그런 선생님을 찾아오기로 결심한 것은 정말 잘한 일이라는 확신이 들었다. 얼마간 긴장이 풀려서인지 짧은 순간 방 안을 둘러보던 소울이의 눈에 커다란 여행용 슈트케이스 두 개가 옷장 앞에 놓여 있는 것이 들어왔다.

'역시… 선생님도 떠나려고 하시는구나!'

소울이는 기회를 놓치지 않고 정말 잘 찾아왔다는 생각도 들었지만, 그보다 말로는 다 표현할 수 없는 실망감에 절로 눈물이 고이고 말았다. 그런 소울이를 보고 선생님은 당황하며 이유를 물었다.

"무슨 일이니 소울아? 집에 무슨 일이 생긴 거니?"

"선생님…"

"그래, 그래 소울아, 말해 봐. 무슨 일인지 모르지만, 선생님이 도와줄 수 있는 일이 분명히 있을 거야."

"선생님… 죄송해요… 흑흑흑…"

"죄송하다니. 우리 착한 소울이가 선생님한테 무슨 죄송할 일을 했다는 걸까?"

선생님은 굵은 눈물 방울을 뚝뚝 떨어뜨리며 갑자기 울기 시작하는 소울이를 보고 당황하지 않을 수 없었다.

"선생님… 제가 무슨 말을 하더라도… 저를 용서해 주실 수 있으세요?"

눈물에 젖은 소울이의 얼굴을 안쓰러운 듯 바라보던 선생님은 속으로 이렇게 생각했다.

'이 아이가 무슨 나쁜 일을 저지르고 온 모양이구나. 어떻게 해야 하지? 나를 믿고 찾아온 건데 법을 거스르는 나쁜 짓을 했다면 무조건 잘했다 할 수도 없는 일인데. 우선 이 아이의 마음을 잘 이해해 주고 스스로 뉘우칠 기회를 갖게 한 다음에 집에 연락을 해야겠다. 그런데 너무 끔찍한 죄를 저지른 거면 어쩌지? 그럼 어떻게 해야 하지?'

짧은 순간 선생님의 머릿속엔 많은 생각들이 오고 갔지만, 이곳을 떠나기 전에 마지막으로 자신이 스승으로서 해 줄 수 있는 일이라는 생각이 들어 이렇게 대답해 주었다.

"그럼. 소울이가 무슨 일을 했더라도 선생님은 다 이해해 줄 수 있어. 네 말대로 선생님만큼은 널 용서해 줄 수 있어. 죄는 미워하되 사람은 미워하지 말라는 말도 있잖아."

선생님은 자신의 입으로 말하고도 깜짝 놀랐다. 필수 과목인 채플 수업에서 들었던 성경 구절 가운데 하나였기 때문이다. 소울이는 자신을 향해 마음을 활짝 열고 귀를 기울이고 있는 선생님에게 진심으로 감사한 생각이 들었다. 마침내 용기를 내어 마치 죄 지은 사람이 신부님 앞에 고해 성사를 하듯 자신이 저지른 일에 대해서 털어 놓기 시작했다. 자신이 선생님을 처음 본 순간부터 '사랑'하게 된 일부터 그리고 피로 쓴 고백 편지와 선생님에게 사랑하는 남자가 있다는 사실에 질투심에 타올랐다는 사실을, 귓볼까지 빨갛게 달아올랐지만 눈을 질끈 감고 고백했다. 선생님은 '사춘기에는 그럴 수 있다'고 이해하는 말을 했지만, 그녀 역시도 얼굴이 화끈 달아오르는 것을 감출 수가 없었다. 어린 학생에게 이런 말을 듣고 있는 이 상황을 행여 누구에게 들킬까 민망했던 것이다. 소울이는 이제 마지막 남아 있는 용기를 내어 그 남자가 꽃다발을 들고 선생님을 찾아왔다는 이야기를 했다.

"그래. 나도 알고 있어. 교장 선생님한테… 들었어. 우린 늘 그렇게 타이밍이 맞지 않는 사람들이야. 그런데… 넌 그걸 어떻게 아니?"

선생님은 뭔가 의심쩍다는 표정으로 소울이의 두 눈을 똑바로 들여다보며 다시 한 번 물었다.

"넌 어떻게 아는 거야?"

소울이는 마지막 고해 성사를 마쳤다. 하지만 그 마지막 고해 성사는 선생님으로부터 받아들여지지 않았다. 선생님은 소울이의 어두운 마음의 힘 때문에 자신의 눈과 귀가 멀게 되었다는 사실과 그로 인해 그 남자가 그냥 떠나 버렸다는 이야기를 듣자 온몸에 소름이 돋았다. 그런 자신에게 용서를 구하며 다가오는 소울이를, 선생님은 마치 뱀 한 마리가 다가오는 것을 피하려는 것처럼 질색하며 뒤로 물러섰다. 그리고 비명을 지르듯 소리를 질렀다.

그러나 선생님이 소리를 내지르는 동시에 갑자기 창문이 덜컹거리더니 엄청난 세기의 바람이 방 안으로 불어닥쳤고 방 안의 물건들이 와그르르 소리를 내며 여기저기로 흩어졌다. 이 엄청난 바람 소리는 선생님의 저주하는 소리를 덮어 버렸다. 한편 소울이는 창을 통해 바람이 쏟아져 들어오는 순간 의식을 잃고 기절하고 말았다. 선생님은 두려움으로 방 안을 뛰쳐나갔고 이 무슨 소란인지 놀라서 달려 들어온 교장 선생님 내외가 방 안에 쓰러져 있는 소울이를 발견하고 삼촌에게 연락을 취했다. 마침 삼촌이 교장 선생님 댁에 도착했을 때는 소울이의 의식이 반쯤 돌아와 있었다. 무슨 까닭인지 소울이는 병원이 아니라 집에 가게 해 달라고 애원했고, 삼촌이 집으로 데리고 왔을 때는 다시 의식을 잃고 말았다.

6장

괴롭히는 자와 돕는 자

　낮에 선생님의 눈에서 흐르는 눈물을 바라보고 있던 가브리엘은 사실 평화의 왕자님의 명령으로 그 자리에 이미 와 있었다. 평화의 왕자님은 소울이가 사랑하는 사람으로부터 저주스런 말을 듣는 것을 원치 않았다. 명령을 받은 가브리엘은 소울이를 수호하는 도깨비들이 없다는 사실을 알고 있었다. 홀로 외톨이로 떨어져 나온 뿔 돋은 도깨비도, 그 도깨비를 돕기 위해 천상의 영상 자료실을 떠나 지상으로 내려온 눈동자 도깨비 광빈이도, 천상에서 내려오는 수면파를 수신하지 못해 이제는 둘 다 지칠 대로 지친 상태라는 것을 너무나 잘 알고 있는 터였다.

소울이를 보호하기 위해서는 먼저 두 도깨비들을 반수면 상태에서 깨워야 했다. 그러기 위해서는 도깨비가 한 명 더 있어야 했다. 이 둘과 같은 목표를 가지고 이들처럼 반수면 상태에 들어가야 하며 그렇게 셋이 된 다음에 천상의 수면파가 수신되고 나면 그들은 깊은 잠을 통해 힘을 얻고 다시금 활동할 수 있게 되는 것이다.

가브리엘은 선생님이 사마귀들의 영역권 안에 들어가 있다는 것을 알고 있었다. 선생님의 수호 도깨비 팀들은 아직 활동을 개시할 수 없어서 지상 임무 대기실에서 막연히 때가 오기만을 기다리고 있는 중이었다. 선생님은 수호 도깨비 팀이 가동되지 않은 다른 사람들처럼 자신의 노력으로 얻을 수 있는 것 외에는 아무것도 믿지 않고 있기 때문이다. 도움을 원치 않는 사람에게는 도움을 줄 수가 없는 것이다. 자기 자신 그 이상의 것을 인정하지 않는 사람에게는 노력과 행운이 지상 최대의 덕이 되고, 자신이 심은 대로 거두게 하는 것만이 하늘이 그에게 내려줄 수 있는 최대한의 선물이다. 만약 그가 선한 행위를 심었다면 선한 결과를 거둘 가능성이 커진다. 사마귀의 방해가 없다면 그럴 것이다. 만약 그가 악한 행위를 심었다면 악한 결과를 거둘 것이다.

한편 혹 머리 사마귀는 신이 나기도 하고 한편으로는 시무룩해지기도 했다. 왜냐하면 가브리엘이 일으킨 바람 때문에 소울이에게 치명적인 상처를 남길 기회를 놓치게 되었기 때문이다. 사마귀는 선생님의 방 안으로 불어닥치던 그 바람을 생각할 때마다 오싹한 기분이 들었다. 그 바람은 단지 창문을 통해서 들어오는 것만이 아니었다. 방 안을 둘러싸고 있는 사면의 벽에서 강력한 바람이 불었던 것이다. 그 바람 때문에 선생님 옆에 붙어 있던 사마귀는 창밖으로 내동댕이쳐졌다. 사마귀는 똑똑히 목격했다. 아주 잠깐 사이의 일이었지만, 불어오는 바람에 소울이의 몸이 공중으로 떠올랐고 소울이가 정신을 잃으면서 그의 몸이 다시 차분히 바닥으로 내려와 있었다. 선생님이 비명을 지르며 방을 뛰쳐나간 뒤의 일이었다.

"놓친 건 할 수 없지. 그래도 하나라도 건진 게 어디냐."

사마귀는 어느새 분실물 보관소에 도착해 있었다. 아무런 명패도 없는 사물함 앞에 멈춰 선 사마귀의 귀에서 더러운 거품이 흘러나오더니 선생님의 목소리가 담겨 있는 딱딱하게 굳은 귀지가 빠져나왔다. 여기에는 소울이를 향해서 선생님이 퍼부은 저주가 담겨 있었다.

"다가오지 마! 나에게 감히 주술 따위를 부리다니! 넌 지옥에나 떨어져! 이 사악한 마귀 같으니라구!"

평화의 왕자님이 이런 저주의 말을 소울이가 듣지 못하게 한 데에는 분명한 이유가 있었다. 사마귀는 이 굳은 귀지를 사물함 안에 넣었다. 이것은 선생님의 죄의식을 저당 잡아 놓은 것이다. 혹시라도 선생님이 어느 순간 하나님을 믿고 그 아들인 평화의 왕자의 이름, 즉 예수를 믿고 자신이 의로워졌다고 믿게 되는 순간에, 바로 오늘 저당 잡은 이 증거는 선생님의 양심을 공격할 무기가 될 것이다.

마귀 대왕 이하 사마귀들의 목표는 바로 이런 것이었다. 사람들로 하여금 자신은 용서받을 자격도 없고, 결코 착하고 선한 사람이 될 수 없다는 의식을 계속 가지고 있게 하는 것이다. 그래서 하나님의 아들이 저 망할 십자가에서 이뤄 놓은 공로를 인정하기보다는 자기 자신의 끊임없는 노력과 헌신 없이는 하나님 앞에 가까이 갈 수 없다는 잘못된 믿음을 갖도록 하는 것이다. 이것은 마귀 대왕이 오래전부터 써먹어 온 가장 훌륭한 전략이었다. 이 전략의 성공률은 대단히 높았다. 대개 사람들은 자신의 힘과 노력, 자신의 깨끗해진 양심으로 하나님 앞에 나아갈 수 있다고 믿는 존재이다. 하지만 자신들이 얼마나 나약하고 얼마나 타락한 존재인지 그래서 죄에서부터 완전히 자유로운 어느 완전한 존재의 의로움을 빌리지 않고는 절대로 거룩한 하나님 앞에 나갈 수 없다는 것을 모르고 있었다. 선해지기 위해 자신의 노력을 쉬지 않는 인간들을 더욱 가혹하게 일하도록 하는 방법은 오래된 율법을 문자 그대로 강조하는 것이었다.

사마귀가 더 많은 사람들의 동심을 훔치고 죄책감의 증거물을 많이 확보할수록 이들은 마귀 대왕이 주재하는 전략 회의 팀으로 승격할 확률이 높아진다. 소문에 따르면 여기에서는 율법에 대해 공부하는 필수 과정이 포함되어 있다고 한다. 다소 머리가 아플 수 있지만, 이 필수 과정을 이수하고 일정한 테스트를 거쳐 승격한 사마귀는 자신이 원하는 대로 졸개 사마귀들을 부하처럼 거느릴 수 있었다. 얼마 전 '찌그리'가 바로 이 전략 회의 팀으로 승격되었다는 소식을 듣고 혹 머리 사마귀는 배 아픈 병이 도졌지만, 자신도 더 노력하면 찌그리를 밟고 더 높은 곳으로 올라갈 수 있을 것이라며 마음을 달랠 수밖에 없었다.

사실 소울이는 아주 위험한 상태였다. 셋으로 갖춰진 수호 도깨비 팀이 없었고 그나마 있는 둘도 점점 혼수상태로 빠져들고 있는 중이었다. 더구나 소울이는 마귀 대왕의 악한 힘을 다른 사람에게 노출시키는 통로로 사용되었기 때문에 이제 사마귀들에게는 공공연한 표적으로 드러나고 만 것이다. 이렇게 소울이가 모든 사마귀들의 타겟이 되는 바람에 가브리엘은 소울이의 혼수상태를 통해서 만나기로 방향을 수정했다.

소울이는 너무 큰 충격을 받아 의식을 잃고 있었다. 사람의 무의식은 일단 예상치 못한 상황을 만나게 되면 현실을 도피하고 꿈의 세계로 숨고 싶어 한다. 꿈을 현실이라고 생각함으로써 감당하기 어려운 상황을 처리하려고 하는 것이다.

소울이는 깊은 물 아래에 가라앉아 있었다. 처음에는 수면 위에 큰 물결이 일어서 바닥에 가라앉아 있는 소울이의 몸이 이리저리 해초처럼 흔들렸다. 하지만 세차게 불어대던 바람이 잠잠해졌을 때 소울이는 깊은 물 아래에서 외로이 혼자 눈을 떴다. 그리고 이제는 저 물 위로 떠올라야만 살 수 있을 것 같다는 생각이 들어 두 손바닥을 바닥에 짚고 힘을 주어 밀어냈다. 생각보다 수면은 더 높은 곳에 있었지만, 점점 환한 태양 빛으로 가득 차 있는 물의 표면으로 소울이의 얼굴이 떠오르는 순간, 커다란 하얀 날개가 소울이의 몸을 완전히 감싸 안고 다시 물 아래로 아주 빠른 속도로 내려갔다. 커다란 하얀 날개는 좀 전에 소울이가 누워 있던 바닥을 뚫고 그보다 더 깊은 물 밑으로 내려갔다.

햇빛은 더 이상 미치지 않았지만, 하얀 날개 빛 덕에 어둡거나 무서운 느낌은 들지 않았다. '어디까지 내려간 것일까?'

이런 생각을 하고 있을 때 하얀 날개는 소울이가 바로 설 수 있도록 도와주었다. 소울이는 발아래를 내려다보았다. 소울이가 발을 딛고 있는 것은 땅이 아니었다. 소울이는 물을 받쳐 드는 힘과 물이 누르는 힘의 정확히 한가운데 서 있게 된 것이다. 마치 하늘을 나는 것 같기도 하고 스르르 잠에 막 빠져들 때의 몽롱한 기분과도 비슷했지만, 마땅한 표현이 생각나지 않았다.

'여긴 어딜까? 그리고 이 하얀 날개는 뭘까?'

이런 소울이의 생각을 읽기라도 한 듯이 하얀 날개가 스르르 접히자 그 안에서 노인이 모습을 드러냈다. 세 쌍의 날개를 갖고 있는 이 비행 생물체는 노인이 모습을 드러내자 곧 모든 날개를 활짝 펴고 어디론가 날아가 버렸다. 노인은 두 팔을 벌려 소울이를 안아 주었다. 영문도 모른 채 낯선 노인에게 안긴 소울이는 이렇게 묻지 않을 수가 없었다.

"저를 아세요?"

노인은 여전히 두 팔을 풀지 않고 소울이를 꼭 안은 채로 대답했다.

"그럼 잘 알지. 이 세상 그 누구보다도."

그리고 포옹을 풀고 소울이의 눈을 똑바로 들여다보며 덧붙였다.

"그런데 너도 날 알아."

이상한 노인이었다.

"누…구신데요?"

소울이는 다시 묻지 않을 수 없었다.

"나는 너를 돕는 사람이란다."

소울이는 태어나서 처음 보는 노인이 하는 말을 이해할 수는 없었지만, 그래도 낯설거나 무섭다는 느낌은 들지 않는 것이 이상하기만 했다. 노인은 소울이의 손을 잡고 부드럽게 끌며 말했다.

"이리 와 봐. 함께 가 볼 곳이 있어."

7 장

비밀의 통로

눈앞에 오래된 나무문이 나타나자 노인은 그제야 소울이의 손을 놓고 말했다.

"한번 열어 보겠니? 한소울?"

"여기가 어디예요?"

소울이는 노인이 자신의 이름을 정확히 알고 있는 것을 의아하게 생각하면서도 낯선 장소에 대한 궁금함을 감출 수가 없었다.

"이 나무문을 열면 네 영혼으로 통하는 비밀의 통로가 나타날 거야."

"영혼이라구요?"

"엄밀하게 말하면 구원받은 영혼이지. 아직은 때가 되지 않아서 지금은 열어볼 수 없는 방이지만, 그 입구 문을 여는 열쇠를 찾을 수만 있다면 내가 너를 도울 수 있게 되는 거란다."

소울이는 도무지 머리로는 이해할 수 없는 말이었지만, 왜 그런지 노인이 헛소리를 하는 것 같지는 않았기에 이렇게 물었다.

"할아버지가 그 열쇠를 갖고 있나요?"

"아니! 그 열쇠가 어디에 있는지는 오직 너만 알 수 있어. 너무 걱정할 건 없어. 나와 함께 이 비밀의 통로를 지나가는 동안 어렵지 않게 찾아낼 수 있을 거야."

노인은 낡은 나무문에 달려 있는 문고리를 잡았다. 그리고 소울이를 바라보며 말했다.

"함께 들어가 보겠니?"

소울이는 말없이 고개를 끄덕여 보였다. 가까이서 보니 나무문은 이중으로 되어 있었다. 방충망처럼 생긴 덧문은 넓은 토란 잎 같은 것으로 서로 엮여 있어 문을 여는 것이 어려운 일이 아니었지만, 그 덧문을 열자 이번에는 털이 많은 어떤 동물의 가죽으로 만들어진 문이 나왔다. 노인은 동물의 뿔처럼 돋아 나온 문고리를 끌어당겼다. 그렇게 두 번째 문이 열리자 동굴 속처럼 어두운 공간이 뚫려 있었다. 앞을 볼 수 없는 짙은 어두움에 소울이가 두려움을 느낄 사이도 없이 노인은 동물의 문에 나있던 털을 한 움큼 뽑아 손바닥에 올려놓고 호호 바람을 불어넣었다. 그러자 그 한 움큼의 털에 불이 붙었다. 노인이 마치 민들레 씨를 날리듯 그 불붙은 털을 공중으로 불어 올리자 한 가닥 한 가닥 어두운 구석구석마다 찾아 날아가 마침내 온 공간이 환한 빛 앞에 드러나게 되었다.

"우와! 숲길이잖아요!"

과연 소울이의 말대로 어두운 동굴 속 같기만 하던 그 공간에는 푸른 잎이 우거진 나무들이 양쪽으로 즐비하게 늘어선, 완곡하게 굽이진 넓은 오솔길이 펼쳐져 있었다.

"응, 그렇구나. 네가 좋아하는 숲길이구나."

노인은 즐거워하는 소울이가 귀엽다는 듯이 빙긋 웃으며 대꾸해 주었다.

"난 왠지 어둡고 좁은 지하 통로 같은 길이라고 생각했거든요!"

"미안하구나. 하지만 조금 지나면 바로 그런 길로 바뀌게 될 거야."

노인의 예견은 정확히 들어맞았다. 얼마쯤인지 아름다운 숲길을 걸어왔나 싶었는데 어느새 길은 좁아지고 나무들도 점차 보이지 않게 되었다. 한바탕의 폭우가 지나갔는지 폭신하게 길을 덮고 있던 나뭇잎과 이끼를 휩쓸어버려 붉게 드러난 맨땅은 걷기 힘든 질퍽한 진흙 길로 변하고 그 양쪽으로는 소울이의 허리쯤 오는 담장이 숨이 막히도록 길게 늘어서 있었다. 어느새 길은 또 변해서 한없이 위로 향하는 나선형의 계단 같은 길로 이어지더니 모퉁이를 돌자 또 한없이 아래를 향해 이어지고 있었다. 이 길은 도저히 둘이서 함께 걸을 수 없을 만큼 좁았고 담장의 높이는 갈수록 더 높아지더니 마침내는 소울이의 키를

훌쩍 넘어서는 높이에 이르렀다.

"이제 조금만 더 가면 돼. 용기를 내라, 소울아!"

두려움으로 낯선 길을 혼자 앞서 걸어야 하는 소울이를 향해 노인은 뒤에 바짝 붙어 오며 몇 번씩이고 불안한 마음을 안심시켜 주었다. 마침내 혼자 걷기도 힘든 좁디좁은 길과 숨이 막힐 듯이 높게 솟은 양벽 사이의 길을 다 걸어 나왔을 때 진주로 만들어진 빛나는 문 앞에 이르렀다. 머뭇거리는 소울이의 옆으로 다가온 노인은 힘든 길을 용감하게 걸어온 소울이가 대견한 듯 어깨를 두드려주며 말했다.

"이 문을 열면 구원받은 영혼의 방으로 들어갈 수 있는 현관문 같은 곳이 나올 거야. 조금 전 내가 말한 거 기억하니?"

"네… 아직 때가 되지 않아서 열 수 없다던…"

"그래, 하지만 임시 열쇠를 찾아 현관문으로는 들어가면 그땐 내가 널 도울 수 있게 되는 거…."

"왜요? 왜 할아버지가 저를 도와야만 하는 거예요?"

소울이는 쏟아지는 질문을 더 이상 가만히 참고만 있을 수가 없어서 말이 끝나기도 전에 좀 따지듯이 물었다.

"맞아. 넌 그게 가장 궁금할 거야. 소울아, 넌 지금 나와 함께 이야기를 나누고 있는 이 시간이 현실이라고 생각하니? 아니면 꿈을 꾸고 있다고 생각하니?"

소울이는 선뜻 대답할 수가 없었다. 꿈이라고 하기에는 너무나 현실적이었고 그렇다고 현실이라고 하기에는 믿을 수 없는 장면들을 너무나 많이 보았기 때문이다.

"글쎄요… 아마도 꿈이겠죠? 하지만 꿈을 꾸고 있는 지금 이 순간 만큼은 어떤 현실보다 더 진짜 같아요. 잠에서 깨고 나면 이 모든 게 잊혀지고 말겠지만요."

"너는 지금 네가 알고 있는 현실 세계로 돌아가고 싶니?"

노인의 말에 소울이는 갑자기 가슴이 답답해지는 것을 느꼈다. 신유진 선생님의 마지막 모습이 떠올랐기 때문이다.

"아뇨, 돌아가고 싶지 않아요. 내가 진짜로 살고 있는 그 현실 세계에서 나는… 너무나 나쁜 녀석이거든요. 내가 누군가를 좋아하면 그 사람은 항상 불행해져요. 항상 그래 왔어요. 그런 현실 세계의 나로 돌아가고 싶진 않아요. 그렇지만… 이건 꿈이잖아요. 왜 이런 꿈을 꾸고 있는지 그건 나도 모르겠지만, 내가 속한 곳은 이곳이 아니라는 것만은 너무나 잘 알고 있어요."

"이 자물쇠의 모양을 잘 살펴봐. 네가 지금 말한 대답 안에서 이 자물쇠를 열 수 있는 열쇠를 찾을 수 있을 거야."

소울이는 깜짝 놀랐다. 소울이가 노인과 이야기를 나누는 동안 좀 전에는 보이지 않던 커다란 자물쇠가 문짝에 달려 있는 것을 보았기 때문이다.

"놀라지 마라. 이건 죄책감의 자물쇠라는 거야. 무의식 속에 늘 잠재하고 있지만 한 번 생각 안으로 들어오면 이렇게 무시무시한 자물쇠가 되어서 안으로 들어가는 걸 가로막는 장애물이 되는 거란다."

노인은 이미 이런 일을 다 겪어 보았다는 듯 차분히 설명해 주고 방금 전에 했던 말을 다시 한 번 반복했다.

"이 자물쇠 모양을 잘 살펴봐. 여기에 열쇠를 찾는 단서가 있을 거야."

소울이는 노인에게서 정작 듣고 싶은 대답을 아직 듣지는 못했지만, 이 죄책감이라는 자물쇠를 여는 열쇠를 꼭 찾고 싶다는 생각이 들어 노인의 말대로 자물쇠를 뚫어지게 바라보았다. 너무 집중해서 바라본 탓인지는 모르지만 어느 순간 이 자물쇠 안으로 빨려 들어가는 것 같은 느낌이 들었다. 그리고 정말로 소울이는 이 자물쇠 안의 세계로 들어와 있었다.

이곳은 여러 장소가 한 상자 안에 겹쳐져 들어와 있는 것 같았는데, 어찌 보면 책이 마구 바닥으로 떨어져 있는 정리 안 된 도서관 같기도 했고, 장난감이 흩어져 있는 놀이방 같기도 했다. 그런가 하면 한 소녀가 병실 침대에서 울고 있는 모습이 보였고 같은 장소라도 조금만 방향을 틀어서 보면 평범한 침실처럼 보이기도 했다. 이 침실에서는 떨어진 젖병을 주울 힘이 없는 배고픈 갓난아기의 울음소리가 들렸고 그 옆에선 그 아이의 엄마가 아빠가 고함을 지르면 싸우는 소리도 들렸다.

소울이는 가슴이 찢어질 듯한 괴로움을 느끼며 이런 소음들로부터 어디 쉴 만한 곳이 없을지 두리번거렸다. 그러다 소울이는 검은색 커튼 뒤에 가려져 있던 벽장을 발견했고, 있는 힘을 다해 그리로 달려가 커튼을 벗겨내고 벽장문을 열었다. 벽장 안에는 금빛으로 빛나는 하모니카와 막 피어오른 싱그러운 장미로 만든 꽃다발이 무언가 위에 올려져 있었다. 뒤로는 아기의 울음소리와 싸우는 소리, 그리고 고통을 호소하는 소녀의 비명소리 같은 것들이 점점 커졌고, 이 소음들이 소울이를 향해 가까이 다가오는 것 같았다. 소울이는 이러한 소음 때문에 견딜 수가 없었지만, 선뜻 벽장 안으로 몸을 피해 들어가지 못하고 있었다. 소울이가 이렇게 주저하고 있을 때 어디선가 노인의 목소리가 들려왔다.

"소울아, 힘을 내. 용기를 내서 그 안으로 들어가 봐. 그 안에 열쇠가 있을 거야. 분명히!"

소울이는 노인의 목소리를 알아들었지만 여전히 안으로 들어갈 용기가 나지 않았다. 소울이가 이렇게 망설이고 있는 동안 금빛으로 반짝반짝 빛나던 하모니카는 점점 녹이 슬어 부서져 내리기 시작했다. 그리고 마침내는 질척한 진흙으로 변했다. 싱그럽던 빨간 장미꽃들은 어느새 바짝 말라 버려서 다 타고난 종이처럼 부서져 버렸다.

소울이는 벽장문을 닫아 버렸다. 그리고 그대로 귀를 막고 바닥으로 무너지듯 꿇어앉았다.

"제발! 이 꿈에서 깨어나게 해 주세요! 제발!"

그렇게 소울이는 이 기이한 꿈에서 깨어났다. 드디어 현실로 돌아오

게 된 것이다. 현실 속에서 소울이의 눈이 처음 본 것은 걱정에 가득
찬 삼촌의 얼굴이었다. 소울이는 누워 있던 자리에서 벌떡 몸을 일으
켜 삼촌에게 안겼다. 삼촌은 그런 소울이의 등을 가볍게 두드려 주며
위로해 주었다.

"괜찮아! 네 잘못 아냐. 사내 녀석이 예쁜 선생님을 좋아할 수도 있
는 거지 뭘 그러냐. 그런 거 가지고 부끄러워할 것도 없고…"

삼촌은 안겨 있는 소울이의 얼굴을 가슴에서 살짝 떼어내고는 머리
에 꿀밤을 먹이며 말을 이었다.

"그렇다고 뭐 기절씩이나 하냐? 첨엔 나도 무슨 일인가 몰라서 이
걸 병원에 데려가야 하나 뭐 다른 큰 병이 있는 건 아닌가 걱정했었
다. 다행히 교장 선생님이 신유진 선생님한테 자초지종을 들은 모양
이더라. 듣고서 나 한참 웃었다! 고새 컸다고 여자를 다 좋아하고. 요
녀석!"

소울이도 삼촌을 따라서 멋쩍은 듯 미소를 지어 보였지만, 마음속
이 휑하니 비어 있는 그런 느낌이 들었다. 그 비어 있는 느낌은 배가
고플 때와는 다른 것이었다. 먹어도 채워지지 않을 듯 비어 있는 허전
함. 소울이는 외롭다는 것이 어떤 것인지를 처음으로 이해할 것 같았
다. 누구보다도 가까운 삼촌이지만 소울이는 가면을 쓰고 살아가고 있
는 것 같았다. 이 순간만큼은 삼촌과의 거리가 꿈에서 만난 할아버지
보다도 멀게만 느껴졌다. 차라리 다시 꿈으로 돌아가서 그 할아버지를
만나 보고 싶었다. 만나서 마음속에 느끼는 그대로 무엇이든 다 털어

놓고 이야기하고 싶었다. 그 할아버지 앞에서는 착한 아이인 척 꾸밀 필요도 없었다. 그러나 그 꿈으로 다시 돌아갈 방법을 알지 못했다. 그리고 직감했다. 벽장 안에 있던, 하모니카와 장미꽃 다발이 올려진 그 무언가 안에 자물쇠를 여는 열쇠가 있었다는 것을. 할아버지는 그것을 알고 있었던 것이다. 하지만 이미 너무 늦은 일이었다. 이렇게 영원히 그 열쇠를 찾을 수 없게 된 것일까? 소울이가 이렇게 답답한 마음으로 괴로워하고 있을 때 사마귀의 세계에서는 전혀 예상치 못한 사건이 벌어지고 있었다.

소울아, 힘을 내.
용기를 내서
그 안으로 들어가 봐.

PART 4

뿔 돋은 도깨비의 비밀

1 장

찌그리의 반란

찌그리라고 불리는 사마귀를 혹시 기억하는지 모르겠다. 혹 머리와는 특별히 앙숙이었던 이 찌그리 사마귀는 그간 엄청난 성과를 거뒀다. 모든 사마귀가 그를 싫어했지만, 큰 성과 덕분에 그는 마귀 대왕의 신뢰를 받고 있었다. 찌그리는 자신의 특별히 더 흉악하게 생긴 외모를 이용해서 수많은 사람들의 영혼을 도둑질하는 데 성공했다.

특별히 폭력을 쓰기 좋아하는 사람들이나 반대로 다른 사람보다 힘이 없다고 좌절하는 사람들은 찌그리의 주요 목표물이 되었다. 왜냐하면 찌그리는 그들에게 환상으로 나타나서 자신의 형상을 몸에 새기라고 부추겼기 때문이다. 그리고 귀신과 통하는 무당이나 점술가를 자신의 앞잡이로 사로잡고 그들을 찾아오는 방황하는 사람들에게 부적을 붙이라고 명령했다. 사람들은 신기하게도 부적 쓰는 것을 좋아했다. 그들은 무엇이든 보이지 않는 진리나 지혜보다는 손에 잡히고 눈에 보이는 것을 좋아했다. 비록 그것이 자기를 저주하는 내용의 글이라고 해도 사람들은 이 마귀의 글자와 형상을 알아보지 못하고 오히려 이런 부적과 문신이 자신들에게 힘과 용기를 준다고 믿었다.

이처럼 다른 사마귀들보다 한발 앞선 전략과 사람들이 좋아하는 트렌드를 잘 파악하고 있던 찌그리는 마침내 많은 사람들에게 그들의 최종 목표인 하나님을 미워하는 마음을 심어 놓을 수 있었다. 이것은 마귀 대왕의 전략에 충실히 따라 움직인 결과였다. 마귀 대왕은 사람들의 죄짓는 것을 좋아하는 성향을 부추기도록 지시했고 사마귀는 사람들이 죄짓고 싶어 할 때 죄짓도록 도와주었다. 그리고 그들이 자신이 하는 일을 돌이키고 하나님 앞으로 가려고 할 때는 지난날에 지은 죄를 들추어서 하나님의 사랑과 용서를 받을 자격이 없다고 고발하였다.
이렇게 자격을 들이대면 대부분의 사람들은 스스로 자신을 벌주면서 하나님 앞으로 나오려 하지 않았다. 이것은 참으로 성공적인 전략이었다. 영악한 찌그리는 어느덧 마귀 대왕의 바로 아래 자리인 본부장으로 승격되었는데, 본부장은 찌그리 외에도 열둘이 더 있었다. 전부 열셋의 이 본부장 사마귀들은 각자 자신이 원하는 수만큼의 사마귀를 부하로 부릴 수 있었다. 찌그리는 본부장들 가운데서 가장 많은 수의 사마귀를 부하로 불러들였다. 혹 머리도 그 명단에 있었지만, 혹 머리는 자신이 가장 싫어하는 찌그리 밑에서 일하는 것이 죽기보다 싫었다. 그러나 상사의 명령에 불복종하는 것은 가차 없이 절벽 감옥행이었기 때문에 혹 머리는 그동안 간직해 왔던 무기를 꺼내 들었다. 그것은 바로 찌그리의 말을 녹음해 둔 소리 나는 귀지 덩어리였다.

"내 이런 날이 올 줄 알았즈. 뛰는 놈 위에 나는 놈 있다는 말도 모르느? 뛰는 놈이 어떻게 나는 놈을 부하로 삼겠다는 거으?"

혹 머리는 신이 나서 마른 나무막대기 같은 손가락으로 귀를 후벼댔다. 꽤 오랜 시간이 지난 뒤였기 때문에 혹 머리는 더 깊이 손가락을 귀속으로 밀어 넣어야 했다. 그리고 딱딱하게 굳어 있는 거무튀튀한 귀지를 빼냈다. 그리고 끝이 뾰족하고 날카로운 금속을 찾아 제 몸을 마구 찔러 비명을 지르자 이것을 신호로 알고 사마귀 새가 찾아왔다. 이 사마귀 새는 매일 같이 커다란 검은 날개를 펴고 지상 위를 날아다니다가 새로운 소식이 있을 때마다 마귀 대왕에게 날아가 소식을 전하는 역할을 하는데, 사마귀들이 이 사마귀 새를 부르기 위해서는 자신의 몸을 자해하는 고통이 뒤따랐다. 그러나 사마귀들은 사마귀 새를 부를 수 있다는 것을 영광으로 여겼다. 왜냐하면 마귀 대왕에게 보고할 만한 어떤 성과가 있을 때만 이 새를 불러들일 수 있기 때문이다. 혹 머리는 펠리컨의 부리처럼 생긴 사마귀 새의 부리 안에 찌그리의 발언이 녹음되어 있는 오래된 귀지 덩어리를 소중하게 밀어 넣으며 말했다.

"마귀 대왕님이 꼭 아셔야 할 일으. 이건 특급 뉴스라그!"

사마귀 새는 귀를 막고 싶게 만드는 날카로운 금속 같은 소리를 내며 용암이 펄펄 끓어오르는 계곡을 지나 마귀 대왕이 있는 곳으로 갔다. 마귀 대왕은 부리 안에 있는 귀지 덩어리를 꺼내 내용을 확인했다.

"마귀 대왕의 부하면 내 부하도 되는 거으. 이 혹 대가리으. 내가 마귀 대왕보다 더 높은 자리에 오르는 날엔 넌 절벽 감옥 신세니까 지금 편하게 움직일 때 맘껏 즐겨 두라그."

불행하게도 찌그리의 과거 발언은 너무나 제대로 보존되어 있었다. 그러나 마귀 대왕은 신중하게 처신했다. 어차피 배신은 그들의 생존 본능이었다. 그 자신이 배신의 아비이기 때문이다. 자식이 아비를 닮는 것은 너무나 당연한 일인 것이다. 마귀 대왕은 일단 찌그리와 혹 머리 둘 다를 나름대로 만족시켜 주기로 했다. 그래서 찌그리에게는 혹 머리가 지금 엄청난 성과를 기대할 수 있는 임무를 수행한다는 보고서가 제출되어 있기 때문에 부득이 부하 명단에서는 제외시킨다는 말로 설득했다.

그러나 찌그리는 혹 머리가 명단에서 제외되었다는 소식을 듣자 화가 머리끝까지 뻗쳐올랐다. 오로지 본부장 자리 하나만을 바라보고 쉴새 없이 일을 해 온 자신에게 돌아오는 것이 겨우 이런 정도의 대접인가 싶었던 것이다. 더구나 자기 외에도 열두 명의 동등한 계급이 존재한다는 것도 애초에 성에 차지 않았던 터였다. 찌그리는 마귀 대왕과 본부장들이 회의하는 자리에서 드러내놓고 자신의 불만을 토로했다. 그 결과는 뻔했다. 마귀 대왕은 면전에서 자신의 권위에 반기를 드는 세력은 그 누구라도 용서할 수 없었다.

결국 찌그리 밑으로 임명되었던 부하 사마귀들은 모두 다른 본부장 사마귀들 밑으로 들어갔고 찌그리는 분실물 센터 본부 지하에 있는 절벽 감옥에 갇히는 신세가 되고 말았다. 평생을 충성하다가 단 한 번의 불만을 토로한 죄의 대가치고는 너무나 가혹한 것이었다. 그러나 더 가혹한 운명이 찌그리를 기다리고 있었다. 이 절벽 감옥에 수감되어 있는 사마귀들은 곧 머지않아 영원히 꺼지지 않는 불에 살라져 먼지로 사라지게 될 것이라는 소문이었다. 이 안에서 귀에 들리는 각종 소문들은 흉흉하기만 했다. 가장 믿을 수 없는 소문은 이것이었다. 곧 마귀 대왕 역시 영원히 힘을 잃고 불타는 연못에 던져질 날이 온다는 것이다. 더구나 이 사실을 마귀 대왕 역시 알고 있다는 것이었다. 그러나 그가 창조해낸 사마귀들에게는 이것은 비밀이었다. 왜냐하면 결국 쇠사슬에 묶인 채 영원한 불 연못에 던져질 운명의 왕을 위해 충성을 바칠 어리석은 졸개는 없기 때문이다.

소문의 발단은 과거의 사건이었다. 한때 절벽 감옥에 갇힌 사마귀들이 탈옥해서 도깨비들이 사는 전망대까지 침투해 간 적이 있었는데, 그때 영상실에 들어가 과거의 영상 자료를 훔쳐본 적이 있었다는 것이다. 하나님의 결정이신 이 형벌은 아주 오래전에 마귀 대왕에게 선고되었다고 했다. 그래서 아무리 많은 사람들의 영혼을 훔쳐 공로를 쌓는다 해도 자신들 역시 마귀 대왕과 함께 영원한 형벌에 처해질 것이라는 말이었다. 그러나 찌그리는 이 소문만큼은 믿고 싶지 않았다. 자신을 감옥에 가둔 마귀 대왕이 미운 것은 사실이었지만, 이 사실은 받아들이기에는 너무나 엄청난 것이기 때문이다.

찌그리는 마지막 소문을 그저 귓등으로 흘려 들었지만, 마음속은 불 연못보다 더 부글부글 끓어오르는 복수심 때문에 미쳐버릴 지경이 되었다. 마침내 찌그리는 절벽 감옥을 탈출하기로 결심했다. 기회를 엿보고 있던 찌그리는 새로 임명된 열세 번째 본부장이 어떤 사람의 동심을 영원히 매장하기 위해 절벽 감옥을 찾던 날 기회를 잡았다. 찌그리는 마귀 대장에게 전할 소식이 있다는 구실을 가지고 본부장을 면접할 수 있었는데, 바로 그때 그가 가지고 있던 동심을 낚아채 그것을 묶고 있던 검은 줄을 붙잡고 다시 지상으로 내려올 수 있었다.

찌그리가 지상으로 탈출하면서 저당 잡혀 있던 동심도 해방되어 원래의 주인에게 돌아갔지만, 안타깝게도 주인은 이것을 원치 않았다. 결국 주인 없이 떠돌게 된 동심은 마침 잠들어 있는 광빈 도깨비 위에 내려앉았다. 인간의 동심은 잠든 도깨비의 가슴 위에서 팔딱팔딱 고동쳤고, 이것이 영구적인 반수면 상태로 빠져들고 있던 광빈 도깨비를 깨어나게 했다. 그러나 광빈 도깨비는 곧 자신 옆에서 여전히 잠들어 있는 뿔 돋은 도깨비를 발견했다. 동심을 잠든 친구의 가슴 위에 올려놓자 곧 뿔 돋은 도깨비가 잠에서 깨어났지만, 광빈 도깨비는 다시 잠

새 뿔 돋은 도깨비 이야기

들고 말았다. 결국 하나의 동심만으로는 두 도깨비를 잠에서 깨워낼 방법이 없었다. 그리고 이런 상태로는 머지않아 두 도깨비 모두 지상에 있는 누구에게도 도움이 되지 못하고 천국의 문지기로 불려갈 날이 다가오게 될 것을 알고 있었다.

　도깨비들은 사람들을 돕기 위해 지음 받은 피조물이다. 그래서 자신들이 수호하는 사람을 돕게 되었을 때 하늘에서 내리는 기쁨의 이슬을 맞는다. 하늘에서 내리는 이 기쁨의 이슬은 한 영혼이 평화의 왕자를 만나는 순간 도깨비들까지 흠뻑 적셔 주는 것이다. 그리고 기쁨의 이슬이 도깨비의 몸에 심긴 날개의 씨앗을 잠 깨워 때가 차면 천사의 하얀 날개를 갖게 된다. 실제로 도깨비들이 천사의 날개를 갖는 것 이상으로 가장 소원하는 것은 이 기쁨의 이슬을 맞는 그 자체였다. 이 순간의 감격을 맛본 도깨비만이 인간이 느끼는 구원받은 기쁨을 함께 느낄 수 있게 된다. 그리고 날개를 단 천사가 된 도깨비는 이 날개를 이용해서 어디든 날아갈 수 있다. 뿔 돋은 도깨비와 광빈 도깨비는 꼭 이 기쁨의 이슬에 젖어 보고 싶었다. 이것은 거룩한 천사로 승격되는 것보다 더 큰 영광일지도 모른다.

　실제로 천사들의 세계에서 승격된다는 것은 더 큰 힘을 갖게 된다는 뜻은 아니다. 다만 거룩한 천사의 반열이 되면 언젠가 다시 이 땅으로 구원받은 영혼을 데리러 오실 평화의 왕자님과 함께하는 영광을 맛보게 된다는 것을 뜻했다. 수많은 군대 천사와 거룩한 천사들은 왕자님과 함께 이 땅으로 돌아온다. 천사들에게 이것은 예정되어 있는 가장 큰 축제의 퍼레이드와도 같은 것이었다. 두 도깨비들은 이 대열에 끼고 싶은 간절한 소원으로 소울이를 수호해 왔지만, 이제는 제발 하늘에서 내리는 기쁨의 이슬을 맞아볼 기회만 얻을 수 있다면 더 바랄 것이 없다고 생각할 정도였다. 그렇기에 두 도깨비들은 번갈아 잠에서 깨어나면서 소울이가 자신들을 꿈으로 초대해 주기만을 간절히 기도할 수밖에 없었다. 그리고 혹시 어디에선가 자신들처럼 혼자 길을 잃은 도깨비가 있어 다시 셋이 될 수만 있다면 천상의 전파를 수신할 수 있을 것이다. 진작 그랬다면 자신들이 더 힘을 내어 소울이를 도울 수 있었기에 두 도깨비는 간절히 셋이 되기를 소망했다.

한편 지상으로 내려온 찌그리는 혹 머리 사마귀를 찾아냈다. 혹 머리가 지상에서 이룬 모둔 성과를 물거품으로 만들 계획을 갖고 있는 찌그리는 분실물 센터 지소로 잠입했고 혹 머리가 어느 보관함의 문을 열어볼 때 와락 달려들어 그 안에 저당 잡혀 있던 동심을 모두 개방시켜 버렸다. 풀려 나온 동심들은 주인의 가슴을 찾아 날아갔다. 그 가운데 소울이의 동심이 있었다. 그리고 이 동심과 함께 소울의 태생적 언어도 돌아왔다.

하지만 불행하게도 찌그리의 이 행위는 마귀 대왕에게 결코 용서받을 수 없는 일이었다. 곧 찌그리는 열 셋의 본부장들 손에 의해 공개 처형대에 올랐다. 그의 갈라진 두 혀는 머리를 땋듯 한데 꼬아져 그의 목구멍 안으로 깊숙이 밀어 넣어졌다. 마귀 대왕이 그의 독기 서린 호흡을 목구멍 안으로 불어넣자 온몸에 조각조각 금이 가기 시작했다. 그리고 마침내 먼지가 되어 사방으로 흩어졌다. 더 이상 찌그리의 흔적은 어디에서도 찾아볼 수가 없게 된 것이다.

2 장

노인과의 재회

태생적 언어가 다시 기능할 수 있게 되자 사람들 주위에 있는 도깨비들의 말소리가 소울이의 귀에 들려왔다. 이것은 곧 태생적 언어가 작동하게 되었다는 신호였다. 그러나 이 도깨비들은 소울이의 수호팀이 아니었다. 그래서 모습을 드러낼 수는 없었지만, 그래도 갑자기 돌아온 모든 기억 때문에 당황스러워하는 소울이에게 약간의 도움을 줄수는 있었다.

"놀라지 말아요. 이건 어릴 때 잊기로 선택했던 태생적 언어가 돌아온 거라구요. 그게 아니라면 이렇게 아기 때의 기억이 다 생각날 수는 없거든요."

모습을 보이지 않는 어떤 도깨비가 말을 했다.

"태생적… 언어라구요?"

"네, 분명해요. 그런데 어째서 이게 돌아오게 된 건지는 도무지 모를 일이네요. 정말 이상한 일이에요. 우리가 좀 더 알아봐 줄까요? 지금 수호 도깨비들이 없는 상태라서 누구도 도와줄 수 없지 않나요?"

모습을 볼 수 없는 어떤 도깨비가 조심스럽게 소울이에게 물었다.

"아… 더 이상 이런 말을 듣고 싶지 않아!"

소울이는 혼란스럽고 괴로웠다. 도깨비의 말대로 정말 잊어버리고 있던 어린 시절의 기억들이 모두 돌아왔지만, 대부분의 기억들은 서글프기만 했다. 그리고 가능한 두 도깨비의 일은 잊고 싶었다. 왜냐하면 그 오랜 시간을 함께하면서도 자신은 그들을 꿈속으로 초청할 수가 없었기 때문이다. 비몽사몽 간에 있을 두 도깨비를 생각하면 공연히 죄를 지은 것 같아 의기소침해지는 것이다.

이 태생적 언어가 돌아온 사건은 사실 소울이의 막연한 희망을 확실한 절망으로 선고한 것이나 다름없었다. 사실 소울이도 조금은 자신의 출생에 대한 의문을 갖고 있었다. 왜냐하면 점점 커갈수록 자신이 사진 속의 아버지와 조금도 닮지 않았다는 것을 발견할 수 있었기 때문이다. 그리고 또 한 가지는 혈액형이었다. 아버지와 엄마가 같은 A형이지만, 소울이는 AB형이었던 것이다. 소울이는 태생적 언어와 함께 의지적으로 잊고자 했던 몇 가지 기억들 속에서 자신의 아버지가 친부가 아니라는 사실과 더불어 삼촌도 자신과는 아무런 혈연관계도 없다는 것을 인식하자 너무나 슬펐다. 누구보다도 삼촌을 정말로 좋아하기 때문이었다. 아버지는 오갈 데 없는 소울이를 차마 모른 척할 수 없다는 동정심과 책임감 때문에 자신을 떠맡았다지만, 자신이 삼촌에게까지 짐이 되어 살아가고 있다는 사실과 마주하게 되자 정말로 마음이 쓸쓸해졌다. 그리고 갑작스럽게 재생되어 버린 이 모든 기억들이 원망스러웠다.

"이럴 때 꿈 속의 할아버지라도 만나 볼 수 있다면 좋겠다!"

소울이는 절망에 차서 자신도 모르게 탄식했다. 그때 소울이의 귀에 어떤 날개가 펄럭거리는 듯한 소리를 들렸다. 소울이는 직감적으로 다른 도깨비가 옆에 있다는 것을 알아차렸다.

"누가… 옆에 있죠?"

"네. 왠지 그냥 가 버릴 수가 없어서요."

모습은 보이지 않지만 날개를 갖고 있는 듯한 도깨비는 그가 할 수 있는 한 소울이를 돕고 싶어 이렇게 말했다.

"태생적 언어가 돌아와서 나쁜 것만 있는 건 아니에요. 이젠 잠을 자지 않아도 마음으로 그리는 꿈의 세계로 실제로 들어갈 수 있어요."

날개가 달린 도깨비의 말은 놀라운 것이었다. 그런데 어떻게 꿈의 세계로 들어갈 수 있는 걸까? 어떻게 그 꿈에서 만났던 할아버지를 다시 만날 수 있을까? 소울이는 도깨비의 존재는 이제 까맣게 잊고 오로지 그 꿈의 모습만을 머릿속에 그려 보고 있었다. 그 순간 깨달았다. 바로 자신이 지금 그 꿈 속에 들어와 있다는 것을. 할아버지는 소울이를 보고 빙긋이 미소를 지어 보였다. 소울이는 그 웃는 모습이 마치 삼촌 같다는 생각이 들어 왠지 모를 친근감이 느껴졌다. 할아버지는 전에 꾼 꿈에서처럼 소울이의 손을 잡아 주며 말했다.

"이 모든 것이 그저 꿈이 아니라는 건 너도 잘 알고 있지?"

"네, 현실보다 더 현실 같은 꿈이죠."

소울이의 답변에 할아버지는 다시 빙그레 웃으며 말했다.

"그래, 현실보다 더 현실 같은 꿈으로 다시 돌아왔구나. 이곳으로 돌아온 건 너의 의지가 선택한 일이야. 다시 돌아오지 않을 수도 있었을 텐데 말이다. 그렇지?"

소울이는 잠시 머뭇거렸다. 할아버지의 말대로 다시 이 꿈 같은 현실 속으로 돌아오지 않을 수도 있었다는 것을 잊고 있었던 것이다. 소울이는 잠시 생각에 잠겼다가 마침내 입을 열었다.

"할아버지! 할아버지도 저에게 대답해 주지 않으셨어요. 왜 저를 도와주셔야 하는지 전에 내가 물었을 때 그때도 대답해 주지 않으셨어요. 내가 만약 그 자물쇠를 열고 현관문 안으로 들어간다면 그땐 대답해 주실 건가요?"

"그땐 내가 말하지 않아도 너 스스로 알게 될 거야. 네가 왜 나의 도움이 필요한지를."

할아버지의 답변에 소울이는 마음을 굳혔다.

"꼭 안으로 들어가겠어요. 어떻게든 이 자물쇠를 여는 열쇠를 찾아낼 거예요. 그래서 돌아온 거니까요."

소울이는 죄책감의 자물쇠를 똑바로 응시하였다. 이 자물쇠를 바라보면 무언가 가슴을 답답하게 내리누르는 기억들이 있었다. 감정이 이런 기억들을 따라 흐르다 보니 어느덧 열린 벽장문 앞에 서 있는 자신을 발견할 수 있었다. 소울이는 이번에는 겁먹지 않고 벽장 안으로 기어들어갔다. 그 안에는 여전히 녹슨 하모니카와 물기 없이 시들어버린 장미꽃 한 다발과 함께 이번에는 소총 한 자루가 놓여 있었다. 소울이는 이것이 아버지가 군에서 사용했던 소총이었다는 것을 직감했다.

"아버지는 나 때문에 자기 삶을 포기하셨던 거야. 내가 짐스러워서…"

마침내 아버지가 어떤 선택을 했었는지 선명히 기억할 수 있었다. 소울이는 아버지에게 의무감 말고는 어떤 기쁨도 줄 수 없는 존재였던 것이다. 소울이는 그런 아버지가 너무나 미웠다. 차라리 자신을 고아원에 맡겨 버리는 것이 훨씬 덜 상처가 됐을 것이라고 생각되었다.

"나 때문에… 나 때문에 아버지가… 아버지는 나를 조금도 사랑하지 않았던 거야!"

소울이는 아무도 없는 벽장 안에서 고래고래 소리를 지르며 울었다. 얼마 동안을 그렇게 울었을까? 모든 기운이 다 빠져나간 듯 그대로 마른 장미꽃잎이 흩어져 있는 바닥 위로 쓰러졌다. 장미꽃잎이 흩어지면서 그 아래 놓여 있던 검은색 상자가 드러났고 스르르 문이 열렸다. 그리고 그 안에 있는 열쇠가 보였다. 소울이는 소리 없이 흘러내리는 눈물을 닦을 겨를도 없이 열쇠를 집어 들었다. 그리고 다시 할아버지와 함께 현관문으로 들어서는 자물쇠 앞에 섰다.

"할아버지, 난 태어나지 말았어야 했어요. 정말로."

할아버지도 눈물을 흘리고 있었다. 그리고 소울이를 더 꼬옥 가슴에 끌어안으며 말했다.

"그 말은 날 너무 아프게 하는구나. 소울아. 하지만 용기를 내자. 이 열쇠는 죄책감의 문을 여는 열쇠일 뿐이야. 죄책감은 그림자와 같은 거야. 그 그림자에 속아서는 안 돼. 속지 않도록 내가 널 도와주려는 거야."

그러나 소울이는 이미 자기 슬픔으로 가득 차 있었기 때문에 더 이상 할아버지의 말이 들리지 않았다. 할아버지는 소울이가 바닥으로 떨어뜨린 열쇠를 주워 들고 대신 자물쇠에 열쇠를 밀어 넣었다. 그러자 문이 열렸다.

"소울아, 여기서부턴 신발을 벗어도 돼."

할아버지의 말에 무릎을 감싸고 주저앉아 있던 소울이가 고개를 들었다. 눈물로 젖어 있는 소울이의 얼굴에 안에서부터 비치는 환한 빛이 비쳐 들었다. 소울이는 의아한 듯 할아버지에게 물었다.

"이 문은 저밖에는 열 수 없다고 하지 않았나요?"

"그래 너 밖엔 열 수 없어!"

할아버지는 알 수 없는 미소를 지어 보이며 소울이의 손을 가볍게 끌고 안으로 인도했다. 할아버지의 손을 잡고 주저하듯 안으로 들어가던 소울이는 자신과 할아버지 모두 신발을 신고 있지 않다는 것을 발견했지만, 주변의 풍경이 너무나 신비로워서 엉뚱한 말이 터져 나왔다.

"여기가 바로 천국이라는 곳인가요?"

소울이의 말에 노인이 소리 내어 웃었는데 그때 다른 사람의 웃음소리가 들렸다. 그것은 세 쌍의 날개를 활짝 펴고 소울이를 환영하는 모습의 천사장 가브리엘이었다.

"여기가 천국은 아니야. 이곳은 구원받은 네 영혼의 땅이란다."

대답을 한 것이 할아버지인지 천사인지 구분조차도 할 수 없을 만큼 소울이는 그저 어안이 벙벙하기만 했다. 그것도 그럴 것이 꿈에도 상상해 보지 못한 장소에 자신의 발로 걸어 들어온 것이다. 가브리엘은 두 사람을 깨끗한 샘이 흘러나오는 물가로 안내하고 그 물에 발을 담그고 쉬도록 했다. 물은 그동안 걸어오느라 수고한 발을 위로하려는 듯 시원했고, 졸졸졸 흐르는 물살의 소리는 종달새가 노래하는 것처럼 경쾌해서 그 소리에 귀를 기울이는 동안 마음속에 쌓여 있던 슬픔이 씻겨 내려가는 것 같았다.

"소울아!"

침묵을 깨고 할아버지가 소울이를 불렀다. 소울이는 할아버지를 바라보았다.

"넌 내가 누구인지 궁금하지 않니?"

소울이는 흐르는 샘으로 다시 시선을 옮기고 한동안 말이 없었다.

"내가 누구인지 궁금하지 않니?"

할아버지는 다시 똑같은 질문을 했다. 소울이가 대답했다.

"난 계속 할아버지가 나의 친아버지라는 생각을 했었어요. 그런데 친아버지라면 너무나 나이가 많으신 거 아닌가요?"

그때 우악스런 할아버지의 두 손이 소울이의 어깨를 꽉 움켜쥐며 말했다.

"아니야! 난 너의 적이야!"

소울이는 너무나 깜짝 놀라 할아버지의 손으로부터 자신의 어깨를 빼내려고 했지만, 할아버지는 마치 청년 같은 힘으로 소울이를 붙들며 말했다.

"우리 둘 중에 한 사람만 살아남을 수 있어!"

소울이는 비명조차 지를 수 없었다. 왜냐하면 다음 순간 할아버지가 소울이를 끌고 물속으로 함께 뛰어들었기 때문이다.

3 장

소년과 노인의 결투

그 물은 이상했다. 소울이를 물속으로 끌고 들어간 할아버지는 마치 마른 나무에 양분이 공급되는 것처럼 점점 생생한 젊은 남자로 변해갔다. 숱이 적던 흰머리 대신 풍성한 검은 머리카락이 물속에서 아름답게 춤을 추듯 흔들거렸다. 주름이 가득하던 이마도 세월의 무게에 굽어 있던 등도 반듯하게 펴졌다. 소울이는 할아버지의 변화에 깜짝 놀랐다. 그것은 소울이의 청년 시절 모습이었기 때문이다.

소울이는 한 번도 거울을 보면서 자신이 잘생겼다고 생각해 본 적이 없었다. 또래 아이들에 비해서 약간 키도 덩치도 작은 편이었기 때문이다. 하지만 자신의 눈앞에 나타난 또 하나의 자신은 너무도 완벽

한 그리고 완전한 젊고 아름다운 남자의 형상이었다. 소울이는 이 남자를 상대로 싸움에서 이겨 물 밖으로 살아나갈 수 있을 것 같지는 않았지만, 점점 숨이 턱까지 차올랐기 때문에 기를 쓰고 이 남자의 강한 손아귀에서 빠져나가려고 몸부림을 쳐야 했다. 그러나 그것은 역부족이었다. 젊은 소울이의 팔은 무쇠처럼 강했고 더구나 아가미로 호흡하는 물고기처럼 조금도 숨이 차 보이지도 않았다. 소울이는 있는 힘을 다해 발로 젊은 남자의 옆구리를 찼지만, 그것이 마지막이었다.

숨을 다한 열다섯 살의 소울이는 마치 나무에서 떨어진 낙엽처럼 잠시 물 위에 떠올랐다가 점점 끝이 보이지 않는 깊은 물로 가라앉기 시작했다. 마침내 소울이가 완전히 시야에서 사라지자 젊은 남자는 튼튼한 팔다리로 물 밖으로 올라왔다. 그러나 그가 강렬한 태양 빛 아래서 있는 동안 그의 몸은 다시 할아버지의 모습으로 돌아가 버리고 말았다. 또 한 가지 이상한 일은 물밑으로 가라앉아 버린 열다섯 살 소울이의 의식이 바로 이 할아버지 안으로 들어와 있다는 것이었다.

이 할아버지가 바로 84세가 된 자신의 노년 모습이라는 것을 알아차린 순간 가브리엘의 하얀 날개가 소울이를 품고 날아올랐다. 소울이는 빛이 들어오지 않아도 이 눈부신 하얀 날개 빛으로 인해 조금도 어둡지 않았고, 그 순백의 광채 안에서 자신이 살아온 또는 앞으로 살아갈 인생을 한 편의 영화처럼 지켜볼 수 있었다. 그것은 참으로 기이한 일이었다.

4 장

살아온 나날들

검은 상복을 입은 소울은 찾아온 사람들에게 허리를 굽히고 인사하고 있었다. 이곳은 아내의 장례식장이었던 것이다. 아내의 영정 사진 앞에는 한쪽 구석이 찌그러진 오래된 하모니카가 놓여 있었다. 사진 속의 주인공은 바로 보라였던 것이다. 교회에서 단체로 찾아온 방문객들이 함께 찬송가를 부르며 먼저 좋은 곳으로 떠난 고인을 위해 예배를 드리자고 했지만, 소울은 입을 열어 노래를 부르지는 않았다. 목사님의 인도로 모두가 함께 기도할 때에도 멍하니 사진 속의 보라만을 쳐다보고 있었다.

예배가 끝나고 교인들이 돌아갈 때 서른 중반의 소울이 나이 정도로 보이는 목사님은 어떻게든 상심한 마음을 위로하려고 말을 건넸다.

"형제님! 우리 모두가 얼마나 보라 자매님을 사랑했는지 모릅니다. 자매님은 너무나 신실하고 그렇게 힘든 상황에서도 예수님을 향한 믿음을 의심한 적이 한순간도 없었습니다. 자매님은 형제님을 구원의 길로 인도하기 위해서 밤낮으로 눈물 뿌리며 하나님 앞에서 기도를 올렸습니다. 우리 주님께서 얼마나 자매님을 사랑하셨는지, 우리는 자매님의 표정에서도 그것을 느낄 수 있었습니다. 마지막까지 얼마나 평온한 모습이셨는지 우리 모두가 참으로 자매님을 자랑스럽게 여기고 있습니다."

목사의 위로의 말에도 소울은 그저 형식적으로 고개를 숙이며 예의를 표시할 뿐 속에는 그의 말을 경멸하는 마음으로 가득 차 있는 것을 알 수 있었다. 그의 마음은 이렇게 외치고 있었다.

'당신이 설교 때마다 떠들었던 말은 다 뭐요? 그렇게 사랑이 많은 전지전능한 신이라면 죽을병도 고쳐내야 하는 거 아니오? 내가 당신이라면 당신 아내가 죽은 장례식장에서 찬송 대신 무능한 신을 원망하며 차라리 통곡했을 거요. 제발 빨리 가 버려! 이런 위선자들!'

소울은 보라를 데려간 신을 향해 그리고 그 신을 신봉하는 사람들을 향해 끝없이 분노하고 있었다. 그렇지만 자신의 목숨을 끝내버린 바로 그 신을 사랑한 자기 아내에 대한 최소한의 예의를 지키기 위해 이를 악물고 참으며 버티고 있는 것이었다.

소울은 고등학교를 졸업할 때까지 특별한 재능이나 취미를 발견하지 못했지만, 우연히 어느 방송사의 도깨비 캐릭터 응모전에 작품을 제출하게 된 것이 계기가 되어 동화책에 삽화를 그리고 애니메이션 시나리오까지 쓰게 되면서 직접 감독도 맡게 되었다. 그리고 바로 이 영화사에서 기억 속에 묻혀 있던 보라를 만나게 되었다. 보라도 처음엔 소울을 알아보지 못했다. 보라는 음악 감독이 추천한 작곡가였는데 주인공 남자아이가 숲 속에서 혼자 꿈꾸는 장면에서 다른 어느 악기보다 하모니카의 음색이 더 적절할 것 같다며 소울과 공통된 의견을 냈다.

다음 날 소울이 하모니카를 들고 나타나자 보라는 이것을 한눈에 알아보았고 두 사람은 서로가 어린 시절의 특별한 추억을 간직한 친구 사이였음을 깨닫게 되었다. 하모니카에 얽힌 오해가 풀리는 과정에서 둘은 더 특별한 친구 사이가 되었고 얼마 후 결혼까지 하게 되었다. 소울은 지금까지 살아온 인생 가운데 이렇게 행복한 적은 없었다고 생각했다. 누구에게도 자신이 무엇을 좋아한다고 말한 적이 없었지만, 보라에게만큼은 자신이 좋아하는 것을 나열했다. 소울은 청국장을 좋아한다고 말했다. 그러면 착한 보라는 온 집 안에 지독한 냄새를 피우는 한이 있더라도 청국장을 끓여 식탁에 올렸다. 그러면 소울은 그 냄새 나는 청국장을 맛있게 먹었다. 라디오에서 우연히 흘러나온 노래가 있으면 보라에게 그 음악이 좋다고 말했다. 그러면 보라는 그 음악을 듣고 피아노를 연주해 주었다. 두 사람은 행복했다.

그러나 그 행복도 오래가지는 못했다. 보라는 어릴 적에 백혈병을 앓았는데 기적적으로 완치가 되었다. 하지만 치료 과정에서 잘못 처방된 약을 먹고 그만 폐가 약해지고 말았다. 보라는 건강상의 문제로 노래를 부르는 가수가 되지는 못했지만, 병실에 혼자 있는 시간 동안 머릿속으로 노래를 만들어 마음으로 부르는 습관을 갖게 되었다고 했다. 그리고 그녀를 돕는 도깨비들의 존재를 여전히 믿고 있었고, 예수님만이 유일한 믿음의 대상이라고 믿는 기독교인이 되어 있었다.

소울은 그녀의 믿음 체계에 완전히 공감하진 않았지만, 어린 시절에 자신은 잃어버린 도깨비라는 동심의 세계를 그녀가 여전히 믿고 있다는 것이 순수하게 느껴져서 특별히 반박하려고 한 적은 없었다. 그런 차원에서 그녀가 그렇게도 함께 가기를 원하는 교회에도 같이 다녔고 세례라는 것도 받았지만 모두가 보라를 위하는 마음에서 비롯된 것이었을 뿐이다. 소울은 보라 옆에서 행복을 느꼈지만 그녀를 다 이해할 수는 없었다. 다만 소울은 그녀의 동심 세계와 그녀만이 추구하는 믿음 세계를 존중해 주는 것에 만족하기로 다짐했다. 하지만 점점 병색이 짙어 가는 보라를 볼 때마다 언젠가 이 사악한 운명은 끝내 자신에게 불행을 안겨 주고 말 것이라는 불안한 예감에 사로잡히곤 했다.

소울의 예감은 어긋나지 않았다. 둘이 함께 병원을 찾았을 때 이미 보라는 폐암 말기에 접어들고 있었다. 보라가 세상을 떠나기 전 몇 달 동안 소울은 간절히 자신이 잘 알지 못하는 어떤 강력한 힘을 가진 신 앞에 울면서 기도하기도 했다. 그러나 기도하면서도 마음에 드는 의심을 완전히 떨쳐낸 적은 없었다. '병을 낫게 할 신이라면 왜 병에 들게 하는가?'라는 원초적인 질문이 마음에서 떠나지 않았기 때문이다. 사랑하는 사람을 다시 한 번 잃은 충격에서 헤어나오지 못한 소울은 더 이상 사람들과 깊은 관계를 맺는 것을 기피하게 되었고, 일에만 매달리는 일 중독자가 되었다.

소울은 많은 영화를 만들었는데 대부분의 줄거리는 선량한 주인공이 사악하고 강한 자에게 납치되는 내용이었다. 한동안 많은 사람들이 그의 스토리에 열광했다. 소울은 자신의 소중한 보라를 납치해 간 잔인한 신에 대해 자신만의 방법으로 분노를 토해냈던 것이다. 소울의 작품은 처음에는 많은 관객들의 호응을 얻었다. 하지만 반복되는 스토리와 특히나 자신의 사생활이 노출되는 것을 극도로 꺼리는 성격 탓으로 처음 얼마 동안 이 신인 감독에 대한 호기심으로 밀려들어 오던 끈질긴 인터뷰 요청도 몇 년이 지나자 사그라들었다. 그 이후로는 관객들의 호응도 시들해지고 끝까지 남아 있던 마니아층도 매번 영화 속에 등장하는 캐릭터가 비슷하다는 점에 심드렁해하며 눈을 돌리고 말았다.

애초에 사람들로부터 큰 호응과 관심을 기대하고 시작한 일은 아니었지만, 소울은 점점 더 사람들을 기피하게 되고 시간이 날 때마다 산에 오르는 것이 그의 유일한 취미이자 낙이 되었다. 그리고 어느 순간 산에 오르는 것 말고는 다른 할 일이 아무것도 남아 있지 않다는 걸 알았을 때 소울은 어느 외딴 산속 집을 사들여 아예 그 집에서 혼자 살았다. 그렇게 세월은 흘러갔다.

어느덧 소울은 머리가 하얗게 세어 버린 노년의 시간을 맞이하고 있었다. 혼자 지낸 시간이 많아지면서 저절로 생긴 습관이 있었는데, 그것은 혼자서 대화하며 중얼거리는 것이었다. 소울은 요즘 이십 년 넘게 사용해 오던 침대가 망가져서 편안히 잠을 잘 수가 없었다. 무거운 매트리스를 끌어내리자 침대 한가운데가 무언가로 내리친 듯 푹 꺼져 있었다. 소울은 긴 한숨을 내쉬며 말했다.

"하룻밤 제대로 자 보겠다고 이 나이에 이걸 다시 만들겠다는 거야?"

마치 망가진 침대가 무슨 대답이나 할 것을 기대하는 듯 소울은 물끄러미 침대를 바라보고 있었다.

"무슨 잠을 또 자겠다고. 자고 나면 또 아침이 찾아오고 아침이 오면 눈이 떠지고. 눈이 떠지면 또 살아내야 하는데. 이제 그만 영원히 잠들 수 있는 관이나 짜는 게 어때, 이 늙어 비틀어지고 고집 세고 미련 많은 영감탱이 씨?"

소울은 늙은 자신을 비아냥대며 침대 끝에 털썩 걸터앉았다. 오늘따라 창밖에서 비쳐 드는 햇살이 그렇게도 환하고 맑을 수가 없었다. 그 밝은 햇살이 소울의 볼을 타고 흐르는 눈물에 와 닿는 순간 갑자기 하늘이 어두워졌다. 어느새 하늘에는 비구름이 몰려들기 시작했다. 소울은 윤기 하나 없이 메말라 까슬거리는 주먹으로 눈물을 닦고 하늘을 내다보며 누구에게인지도 모를 말을 또 중얼거렸다.

"더 이상 나를 방해하지는 말라구요."

사실 침대를 망가뜨린 장본인은 바로 소울이었다. 무슨 생각에선지 도끼를 번쩍 들고 침대를 내리찍으려고 하는 순간 자루에서 도끼날이 빠져버리고 말았다. 도끼날이 침대 한가운데 푹 박혀 버린 것이다. 소울은 튼튼한 원목으로 자신의 손으로 직접 제작했던 침대 프레임을 쪼개서 자신의 몸을 누일 관을 짜려고 했었다. 그것이 마지막으로 자신이 해야 할 일이라고 생각했기 때문이다. 그러나 어이없이 자루에서 도끼날이 빠져나가게 되자 의욕이 사라져 버렸다.

"그때처럼 방해해도 난 이제 꼼짝도 안 할 겁니다."

또다시 소울은 들을 대상도 없는 말을 혼자서 중얼거렸다. 그리고 나무를 벨 연장을 배낭에 짊어지고 산을 오르기 시작했다.

"내 손으로 심었으니까 나와 같은 운명을 맞는 것이 옳은 거야."

소울은 이 산으로 들어와 자신의 손으로 심어 놓은 나무가 있는 곳을 향해 걸음을 떼어 놓고 있었다. 이제 이십 년이 지나 제법 우람하게 자란 그 나무를 잘라서 그가 아침에 생각하고 있는 바로 그것을 만들 생각이었다.

"집까지 운반하는 것도 문제 될 거 없어. 우선 여러 조각으로 잘라 내고 끌고 올 수 있는 만큼 가져오는 거야. 그럴 만한 여유 정도는 가져도 괜찮겠지. 누가 내 인생에 대해서 이래라저래라 할 사람도 없고 어차피 버려진 목숨인걸, 뭐."

소울은 혼자서 피식 웃으며 말했다.

"그래도 마지막 날만큼은 바쁘게 살다 갈 수 있겠구나."

산을 오르기 시작할 때는 보슬비 같던 빗방울이 산 정상에 이르자 두꺼운 밧줄만큼이나 굵어져 땅을 향해 내리꽂히고 있었다. 소울은 눈도 제대로 뜨지 못한 채 배낭에서 새로 산 도끼를 꺼내 들었다. 퍼런 날이 퍽퍽 나무 허리에 내리꽂힐 때마다 하늘에서는 천둥이 쳤다. 천둥 번개가 치는 날 혼자 서 있는 키 큰 나무 아래로 들어가면 안 된다는 것쯤 소울이 모를 리는 없었다. 하지만 이제 그는 아무것도 두렵지 않았다. 오늘과 똑같은 내일만이 두려울 뿐이었다. 이제 이 거대한 나무가 쓰러지기 위해서는 단 한 번의 힘찬 도끼질이면 충분했다. 소울은 지나치게 힘을 소모한 나머지 목구멍에서 피가 넘어오는데도 마지막으로 숨을 한 번 크게 들이쉬고 온 손목에 힘을 다 모아 도끼자루를 움켜쥐었다. 그리고 막 나무를 향해 내리치려는 순간 퍼런 도끼날 위로 빛이 쏟아졌다. 벼락이 떨어진 것이다. 사람의 무게를 못 이긴 나무는 소울과 함께 땅으로 떨어졌다.

그로부터 얼마가 지났을까? 몇 명의 등산객들이 나무를 끌어안고 쓰러져 있는 소울을 발견하고 즉시 병원으로 옮겼지만, 소울은 이미 코마 상태에 빠져 있었다. 이상한 것은 벼락을 맞았다면 그 자리에서 목숨을 잃었을 것이 너무나 분명한데도 소울의 몸에는 그런 흔적을 찾아볼 수 없었고, 의사의 소견으로는 도끼를 든 채 쓰러질 때 도끼날에 머리가 손상되면서 의식 불명이 된 것 같다고 했다. 사람들은 그가 한때 유명한 영화감독이었다는 것을 기억해냈다. 그러나 그를 위해 보호자로 나서겠다는 사람은 아무도 없었다. 소울의 소식이 뉴스를 통해서 보도가 되는 바람에 예전에 그를 알던 몇몇 사람들이 병원까지 찾아오긴 했지만, 언제까지 그의 생명을 연장시킬 것인가 하는 문제 앞에서는 다들 난감한 얼굴로 뒤돌아 가 버렸다.

소울에게 상당한 재산이 있을 것으로 판단했던 병원 측에서도 그의 코마 상태가 한 달이 지나 두 달로 넘어서자 긴급회의를 소집하고 있었다. 이제 산소 호흡기만 떼어내면 소울은 죽은 사람이나 다름없었다.

바로 이런 찰나에 소울을 찾아온 한 여인이 있었다. 많아 봐야 육십 세 정도의 나이로 보이는 이 여인은 자신이 한때 소울을 가르쳤던 선생님이라며 신분을 밝혔다. 그녀의 신분증을 본 사람들은 자신들의 눈을 의심할 수밖에 없었다. 그녀는 지금 84세인 소울보다 열 살이나 많은 94세의 노인이었던 것이다. 신유진이라는 이름의 이 여인은 자신의 전 재산을 들여서라도 소울을 계속 살려 두어야 한다고 주장했다. 그녀가 왜 소울을 위해 이러한 주장을 굽히지 않았는지에 대한 정당성은 얼마 지나지 않아 곧 증명될 수 있었다. 왜냐하면 소울의 의식은 계속 움직일 수 없도록 가둬 놓은 육체 안에서 깨어 있었던 것이다. 소울은 과거의 기억에서 튀어나온 신유진 선생님이 자신을 찾아온 것을 알고 깜짝 놀랄 수밖에 없었다. 그리고 그녀가 언제 깨어날지도 모르는 자신의 생명을 위해 모든 사람들을 설득하고 있는 것에 감명을 받았다. 하지만 소울은 예전에 도깨비들을 위해서 꿈을 꾸어 줄 수 없었던 것처럼 신유진 선생님을 위해서도 깨어날 수 없었다. 여전히 그 자신은 다른 누군가를 위해서는 아무것도 해 줄 수 없는 나약하기만 한 존재라는 것을 실감할 뿐이었다.

소울은 꿈을 꾸었다. 꿈속에서 소울은 장미꽃으로 만발한 정원에 들어와 있었다. 향긋한 장미꽃 향기가 더없이 생생해서 소울은 자신이 코마 상태라는 것도 잊고 있었다. 그런데 이 생생한 향기는 장미꽃에서 나오는 것이 아니라는 것을 깨닫게 되었다. 하얀 옷을 입고 빛나는 말을 타고 온 어느 왕자님이 말에서 내려 소울에게 다가왔을 때 소울은 바로 이 범상치 않은 이 사람으로부터 온 세상이 향기로워지고 있다는 것을 알게 되었다. 그 사람은 소울에게 다가와 말을 걸었다.

"그녀가 왜 당신에게 왔는지 궁금하겠지요?"

소울은 그렇다고 대답했다. 그러자 그 사람은 소울에게 자기를 따라와 보라고 했다. 그리고 이곳에서 본 그대로 그녀에게 전하라고 말했다. 눈부시게 빛나는 옷을 입은 그 사람은 소울을 자신의 말에 태우고 자신은 앞장서서 그 말을 인도해 갔다. 그가 인도한 곳은 소울이 나무를 찍으려 도끼질하다가 쓰러지고만 바로 그 산 정상이었다. 그런데 바로 이곳으로 심한 매질을 당한 피투성이의 남자가 소울이 찍으려 한 나무를 등에 짊어지고 올라와 섰다. 소울의 나무는 너무나 크고 무거워 보였는데도 남자는 몇 번이나 쓰러지면서도 이 나무를 포기하지 않고 높은 곳까지 끌고 올라온 것이다. 그리고 어디서 나타났는지 무자비한 얼굴의 사람들이 나타나 이 남자가 짊어지고 올라온 나무를 도끼로 찍어 한 사람을 매달 만큼 커다란 십자가를 만들었다.

소울은 깜짝 놀랐다. 이 나무를 찍어 십자가를 만들고 있는 사람들 가운데 소울 자신의 모습도 있었던 것이다. 그리고 무자비한 사람들은 이 나무에서 튀어나온 파편으로 끝이 뾰족한 못을 만들고 이 못으로 남자의 두 손과 발등에 각각 못을 박았다. 남자의 비명 소리와 상처에서 흘러나온 새빨간 피로 인해 이것을 지켜보는 소울은 정신이 혼미해졌다. 이윽고 이 저주받은 피투성이의 남자를 매단 십자가가 높이 세워졌다. 하늘은 빛을 잃고 어두워지고 고통의 막바지에 다다른 남자는 하늘을 향해 큰 소리를 질렀다.

"나의 하나님, 나의 하나님, 어찌하여 나를 버리셨습니까?"

그리고 이 남자가 숨을 거두는 그 순간 소울은 코마 상태에서 깨어났다. 신유진 선생님이 항상 소울의 곁을 지키고 있었던 것은 아니지만, 소울이 깨어났을 때 우연히도 선생님은 병상을 지키고 있었다. 깨어난 소울을 보고 선생님은 눈물을 흘리며 기뻐하더니 자신이 옳았음을 확증이라도 하려는 듯 의사를 불렀다. 모두가 소울이 깨어난 것을 보고도 믿지 못하는 것 같았다. 소울은 신유진 선생님이 병원비를 모두 지불했다는 것을 알았을 때 자신의 남은 재산을 다 털어서라도 선생님에게 빚을 갚으려고 했지만, 선생님은 받기를 거부하며 이렇게 말했다.

"오히려 내가 더 고마워. 주님께서 내게 주신 확신이 결코 나만의 헛된 신념이 아니었다는 것을 모든 의심하던 사람들 눈앞에서 증명해 주었으니까."

소울은 이제 기억조차 희미한 어린 시절에 그것도 짧은 시간 동안 만났던 어떤 사람으로부터 이렇게 큰 호의를 그냥 덥석 받아들여도 되는 것인지 여전히 혼란스러웠다. 그러자 선생님은 마치 소울의 마음을 읽기라도 한 듯이 그녀가 소울을 찾아오기까지의 사연을 이야기해 주었다. 그녀는 소울과 만났던 그 시골 학교를 떠나 사랑하는 남자를 찾아갔다. 남자는 선생님의 달라진 외모 때문에 마음이 흔들렸던 자신을 스스로 용서할 수 없어 괴로워하고 있던 때였다. 그리고 다시 예전의 모습으로 되돌아온 선생님에게 청혼했고 두 사람은 결혼했다.

당시 대법관이었던 선생님의 아버지는 남자의 미래가 불투명하다는 이유로 결혼을 반대했지만, 유일하게 이 결혼을 지지해 주는 남동생만이 참석한 가운데 초라한 결혼식을 올렸다. 결혼 생활은 순탄했다. 선생님은 두 아이의 엄마가 되었고, 그녀의 남편은 사업에서 크게 성공했다. 선생님은 이 결혼을 반대했던 아버지에게 자신의 선택이 옳았다는 것을 보여주기 위해 값비싼 옷을 사드리기도 하고 전 세계에서 귀하다는 음식을 공수해서 보내드리기도 했다. 남동생이 하는 사업마다 실패하고 두 번의 이혼으로 또다시 부모님을 실망시킬 때마다 선생님은 자신만은 부모님을 기쁘게 해드리는 딸이 되어야겠다고 다짐했다.

그러나 그녀에게도 때때로 찾아드는 마음의 공허함이 있었다. 남편은 자신에게 언제나 다정했고 그녀가 원하는 것은 무엇이든 들어주려고 했다. 그녀가 아버지를 늘 신경 쓰고 있다는 것을 알기 때문에 어디에 가든 좋은 것이 있으면 꼭 챙겨 와서 그녀로 하여금 아버지에게 선물할 수 있도록 배려했다. 흠잡을 데 없는 남편이었지만 이유 없이 마음이 가라앉을 때는 남동생과 이야기를 나누었다.

어느 날 노환으로 병원에 입원한 아버지를 찾아갔을 때, 그녀는 병실 밖에서 아버지의 환한 웃음소리를 들었다. 그것은 그녀가 생전 처음 들어보는 아버지의 웃음소리였다. 아버지는 남동생과 둘이서 이야기를 나누고 있었던 것이다. 아버지는 웃음으로 인해 거칠어진 호흡을 가다듬느라 애를 쓰고 있었다. 선생님은 황급히 안으로 달려들어가 남동생을 꾸짖었다. 아픈 아버지를 힘들게 하지 말라면서. 그러나 남동생의 손을 잡고 있던 아버지가 한 말이 비수처럼 선생님의 가슴에 내리꽂혔다.

"놔둬라. 얘 때문에 그래도 내가 웃을 일이 있다. 놔둬라 놔둬. 그래, 그랬더니 돈 받으러 온 사람들이 도망을 가더냐? 허허허허허"

아버지는 뭐가 그렇게 재미있는지 여전히 웃음을 멈추지 못했다. 선생님은 그때 깨닫게 되었다. 아버지와 자신 사이에는 그렇게 웃을 만한 일이 아무것도 없다는 것을. 수없이 사업에 실패하고 아버지의 사회적 명예를 실추시키고 재산까지 거의 다 말아먹은 이 아들과는 다정하게 손을 맞잡고 웃을 일이 있지만, 반대한 결혼 외에는 어떤 잘못도 해 본 적 없는 자신과는 아무런 대화거리가 없다는 것을. 이 일이 있고 난 이후부터 그녀는 어떤 일에도 의욕이 생기지 않았다. 남편은 아내의 침체기가 너무 길어지자 더 이상 참지 못하고 분통을 터뜨렸다.

"당신은 나한테 조금이라도 관심을 가져 본 적이 있어? 아버님 아니면 아이들 말고. 나! 나! 나! 내가 뭘 원하는지 한 번이라도 생각해 본 적이 있기나 해? 당신처럼 이기적인 여자는 정말이지 처음이야!"

그녀로서는 도무지 이해할 수 없는 말이었다. 자신은 최선을 다해 살아왔기 때문이다. 그녀가 할 수 있는 능력 이상의 힘을 다 쏟아서 이 가정을 잘 지켜 보려고 노력했다. 그녀 자신이 무엇을 좋아하는지 또 무엇을 느끼는지조차 의식하지 않으려 애쓰면서 그렇게 살아왔는데, 남편은 그런 자신을 보고 이기적인 여자라고 맹비난을 퍼붓고 있었다. 아버지가 돌아가셨던 날 남동생은 엄마와 함께 부둥켜안고 엉엉 울고 있었지만, 그녀는 아버지를 더 이상 볼 수 없다는 그리움이나 슬픔 대신에 가슴 속에 억울함이 가득 차 있었다. 아버지의 시신을 입관할 때 그녀도 대성통곡했지만 그것은 자기 안에 쌓여 있던 아버지에 대한 원망 때문이었다. 마귀 대왕은 그녀 안에 있는 원망이라는 틈을 이용해서 거듭 불행으로 인도하는 선택을 하도록 부추겼다.

어느 틈인지 기독교 신자가 되어 버린 남동생이 '좋으신 아버지와 그의 아들 예수 그리스도가 십자가에서 이룬 공로를 성령 하나님을 통해 날마다 누리게 하시는 삶이 얼마나 평안한지'에 대해서 만날 때마다 이야기했지만, 그녀는 자신에게 갚을 빚이 남아 있는 이 철없는 남동생이 말하는 좋으신 아버지에 대해 공감할 수 없었기에 될 수 있으면 만나는 것을 피하려고 했다. 그리고 꽤 시간이 흘러서 부득이 진 빚을 모두 갚겠다고 돈을 가지고 집을 찾아왔을 때에도 그저 그가 경제적으로 독립할 수 있게 된 것을 반가워할 뿐 깊은 속내를 보이지 않았다.

그렇게 세월은 흘러갔고 어느덧 그녀도 육십 대에 들어섰다. 그녀는 만성적인 우울증에 시달렸다. 수면제 없이 깊은 잠을 잔 적이 없었다. 즐겨 마시던 커피도 끊고 의사들이 권하는 적절한 양의 운동을 위해 날마다 삼십 분씩 걸었으며 주말에는 가까운 산을 오르기도 했다. 마음의 평안을 위해 단전 호흡과 명상을 하기도 했지만, 그렇다고 해서 평안한 마음으로 깊은 잠을 잘 수는 없었다. 그날은 비가 내리는 날이었다. 한 번쯤 걸러도 괜찮지 않냐며 다리의 통증 때문에 등산을 가지 않겠다는 남편을 뒤로하고 그녀는 다른 동호회 사람들과 함께 등산길에 올랐다. 그리고 그 길에서 갑작스런 심장마비가 찾아왔다. 다행히 구급대원들이 도착해서 응급조치가 이뤄졌지만, 병원으로 옮겨졌을 때 그녀는 의식 불명 상태에 빠져들었다. 두 달 남짓 동안 그녀의 옆을 지키던 남편과 두 딸들도 점차 지쳐가고 있을 때 그녀의 남동생만은 그녀가 꼭 깨어날 것이라고 주장했다. 그리고 얼마 후 그녀는 기적처럼 오랜 코마 상태에서 깨어났다. 그리고 그 후로 또 세월이 흘러 지금 소울 앞에 나타난 것이다. 백 세를 바라보는 노인이라고는 믿을 수 없을 만큼 또렷한 음색으로 그녀는 소울의 두 눈을 바라보며 말했다.

"나는 주님께 부탁을 드렸지. 누군가 나와 똑같은 사람이 있다면 그 사람에게 증인이 되게 해 달라고. 내 남편과 남동생이 먼저 천국으로 떠났지만, 사랑하는 주님께서 내 소원을 이뤄주실 것을 믿고 있었지. 그리고 뉴스를 보고 바로 내 때가 왔다는 것을 알게 되었어. 그리고 도깨비 천사들의 도움으로 이곳까지 찾아오게 된 거야."

"도깨비라구요?"

소울은 처음으로 소리를 내어 물었다.

"주님께서 믿는 자를 돕도록 붙여 주시는 수호천사들이지. 자네는 아마 내가 죽을 때가 다 돼서 미친 소리를 한다고 생각하겠지?"

소울은 아무 말도 하지 않고 잠잠히 있다가 드디어 입을 열었다.

"그 사내 말이에요. 십자가에서 손발이 못 박힌 채 높이 매달려졌다가 숨을 거둔 그… 사람."

신유진 선생님은 대답 대신 고개를 크게 끄덕이며 듣고 있었다.

"그 사람이 무거운 십자가를 끌고 도착한 곳이 있었어요. 그 사람에게 십자가를 지우기 전에 아마도 끔찍한 고문을 가한 것 같았어요. 찢긴 살에서 끊임없이 피가 흐르고 있었는데 나는 그 모습을 똑바로 바라볼 수 없어서 고개를 떨구고 말았어요. 그런데 그때 누군가 내 옆에 있던 사람이 날 보고 그러는 거예요. 저 사람이 고통받는 것은 바로 너 때문이니까 저 사람의 고통을 좀 덜어 주라면서. 그러면서 내게 마취제 같은 것이 들어 있는 포도주를 그 사람에게 가져다주라며 건

네는 거예요.”

　소울은 이렇게 자신이 본 것을 말하면서도 혹시라도 선생님이 자신을 정신병자 취급하는 것은 아닐까 두려운 마음으로 표정을 살피고 있었다. 하지만 선생님은 소울이 하는 이야기가 계속되기를 기다리고 있었다. 소울은 잠시 긴 한숨을 내쉬고는 계속 이야기를 이어갔다.

　“내가 그에게 다가가서 약이 들어 있는 그 포도주잔을 입술에 갖다 대자 그는 물이라고 생각했는지 조금 맛을 보았어요. 하지만 그 맛이 써서 그랬는지는 알 수 없지만 더 이상 마시려고 하지 않았어요. 내가 그에게 이건 당신의 고통을 사라지게 하는 약이 들어 있으니까 마시는 게 좋을 거라고 하자 그가 처음으로 고개를 들어 나를 바라봤어요.”

　소울은 더 이상 말을 이을 수가 없었다. 자신을 바라보는 그의 눈빛이 너무도 생생했기 때문이다. 소울은 어떤 누구에게서도 그런 눈빛을 본 적이 없었다. 아름다운 눈망울을 가진 여인을 본 적은 있었다. 비범한 생각을 가진 명석한 남자를 만나 본 적도 있었다. 그의 눈빛 또한 남다른 빛을 띠고 있다고 생각했지만, 이 고통 받고 있는 남자의 눈빛과는 비교할 수 없었다.

　언젠가 소울은 아무런 할 일이 없어서 그저 방 안 침대에 누워 벽을 바라보고 있었던 기억이 났다. 바깥 날씨가 흐렸는지 한낮인데도 방 안은 어두침침했다. 어쩌면 간밤에 창에 드려 놓은 블라인드를 아직 걷어 올리지 않은 탓인지도 모른다. 어느 때부턴가 소울은 밝은 아침이 먹빛 저녁에게 하루를 넘겨주며 반복되는 시간이라는 것에 큰 의미를 두지 않게 되었던 것이다. 그렇듯 의미 없는 시간들이었지만 그날은 달랐다. 어두침침한 방 안에 갑자기 먹구름이 걷힌 듯이 환한 빛이 블라인드 살대 사이로 쏟아져 들어왔다. 블라인드 결 사이사이를 스며들어온 빛은 벽을 향해 일곱 가지의 빛줄기가 되어 퍼져 나갔다.

그의 눈을 마주하자 그때 보았던 그 빛줄기가 생각났다. 세상에 흩어져 있는 많은 빛들의 근원이 마치 그의 눈에서부터 시작되는 것 같은 느낌. 그의 눈빛 앞에 노출되면 자신의 남모를 깊은 소망이나 욕망까지도 낱낱이 펼쳐질 것 같은 느낌. 그러나 그 눈빛은 자신의 흠과 잘못을 샅샅이 찾아내기 위해 취조실 위에 밝혀둔 조명이 아니라 오히려 현미경을 들여다보고 있는 느낌이라고 할까? 정확하게 표현할 수는 없지만, 자신의 근원을 들여다볼 수 있는 현미경 같은 눈빛이라고밖에는 표현할 길이 없는 눈빛이었다. 단지 아름답다고 하기에는 깊은 바닷속처럼 두려울 만큼 신비로웠고 그렇다고 두렵다고 하기에는 더없이 밝고 온화한 빛이었다.

"그리고 그 눈이 나를 바라보며 이렇게 말했어요. 지금까지 본 것을 선생님에게 그대로 들려주라고. 그 사람은 어떤 사람들이 가져다주는 신 포도주를 마신 후에 마치 자신 스스로가 죽음을 결단한 듯 고개를 떨구었어요. 그리고 그가 마지막 숨을 내쉬었을 때 나는 깨어났어요. 그런데 난 아직 왜 그 사람이 피투성이가 된 채 죽임을 당한 건지 알 수가 없어요. 도대체 그 남자는 무슨 잘못을 저지른 거죠?"

선생님은 오랜 침묵 끝에 대답하셨다.

"내 죄와 허물들을, 그리고 소울의 죄와 허물들을 대신 담당하셔 야만 했기 때문이지. 그분의 아버지이신 하나님께서는 오래전부터 우리를 향한 뜻이 있었거든. 소울을 향한 그분의 뜻이 정해져 있었던 거야."

"나를 향한… 뜻이라구요?"

"그분의 뜻은 우리 힘으로는 도저히 이룰 수가 없는 거였기 때문에 아들이신 그분, 예수께서 우리를 위해 큰 대가를 지불하고 이뤄 주신 거야. 우린 그것을 구원이라고 부르지."

"나는 한 번도 예수…라는 그 사람에게 어떤 것도 부탁한 적이 없어요. 난 내 힘으로, 혼자 힘으로 힘겹게 살아왔어요!"

소울의 목소리에는 울분이 담겨 있었다. 선생님은 소울의 마음을 이해할 수 있다는 듯 고개를 끄덕여 보이셨다.

"맞아, 우린 다 힘겹게 살아왔어. 누군가의 도움이 절실히 필요했을 때 정작 우리 앞에 아무도 없었어. 아니, 없다고 착각했던 거야."

그랬다. 소울에겐 엄마가 필요했고 그리고 아빠가 필요했다. 하지만 태어나자마자 알게 된 사실은 소울에겐 엄마도 아빠도 없다는 것이었다. 그나마 친절한 계부가 얼마간 자신을 돌보아 주었지만, 그 아버지는 결코 어린 소울을 팔에 안고 같이 자 주지는 못했다. 소울에게 절실했던 엄마는 얼마 후 세상을 떠나 버렸고 삼촌의 보호 아래 자라게 되었다. 삼촌 역시 더할 수 없이 좋은 사람이었지만, 소울은 삼촌 앞에서 턱도 없는 응석을 부려 본 적은 없었다. 그럴 수가 없었기 때문이다.

아마도 그때부터 소울은 누군가를 갈망했던 것 같다. 그가 누구인지 엄마인지 아빠인지 정확한 대상은 말할 수 없었을지라도 자신만을 위해 살아 줄 사람, 자신만을 기다려 줄 사람, 아무리 자신이 잘못했어도 무조건 자기편이 되어줄 사람. 그리고 자신이 표현하는 사랑을 있는 그대로 받아 줄 수 있는 사람이 친부모일 것이라고 생각했다. 하지만 무슨 이유인지 소울에겐 모두에게 허용된 친부모라는 권리도 허락되지 않았었다. 그러나 자신의 주변을 둘러보면 친부모가 있다고 해서 그 갈증이 채워진 사람은 아무도 없는 것 같았다. 오히려 친부모의 잘못된 생각 때문에 삐뚤어진 사람들이 더 많았고 넘치거나 부족한 사랑의 표현으로 인해서 어쩌면 세상의 모든 자녀들은 남모르게 고통받고 있는지도 모른다.

그렇다면 부모들은 어떨까? 소울은 자신에게 자녀가 없는 것이 차라리 다행이었다고 생각했다. 자기 아이가 원하는 만큼 충분한 사랑을 줄 자신이 없기 때문이다. 소울은 보라를 사랑했지만, 보라가 진정으로 원하는 방식으로 사랑해 줄 수는 없었다. 보라가 사랑하는 사람을 자신도 사랑해 줄 수는 없었다. 그저 모든 것이 가식이었다는 생각이 들었다. 그의 인생에서 진정한 사랑이었다고 할 수 있는 보라에게마저 그는 가식적인 사랑밖에는 해 줄 수 없었던 것이다. 이것이 자신의 본 모습이었던 것이다. 자신의 표현력이 부족해서가 아니라, 또는 기회가 닿지 않아서가 아니라 그저 이것이 자신의 본 모습이었던 것이다. 보라를 잃은 상처 때문에 세상과 격리하고 혼자 살게 된 것이 아니라 더 이상 어떤 사람도 품어 줄 마음 한 자락이 남아 있지 않았기 때문에 그는 스스로를 격리하고 살기로 했던 것이다.

그러면서도 그는 누군가를, 또는 무언가를 기다리고 있었다. 누군가를 향해서 끝없이 원망하며 살아온 것이 그 증거였다. 그가 은밀하게 바라던 혼자 사는 삶을 스스로 선택했지만, 막상 살아본 그 삶은 단조로웠다. 그것은 마음의 평온함이나 평화가 없는 지루한 시간의 나열일 뿐이었다. 그가 세상 속에 섞여 치열하게 살던 때나 조금도 다름 없이 마음속의 끊임없는 원망과 불평으로 전쟁을 치르고 있었다. 세상 속에 살든, 모든 불안한 요소를 차단하고 혼자 살든, 결국 마음의 깊은 갈망이 채워지지 않은 불만족스런 상태이기는 마찬가지였던 것이다. 모든 문제의 근원은 자기 자신이었기 때문이다.

소울은 보라에게 자신이 청국장을 좋아한다고 말했었지만, 사실은 그렇지 않았다. 청국장을 싫어하는 것은 아니었지만 특별히 좋아하는 것도 아니었다. 다만 무언가 자신만의 것이 있다는 것을 표현하고 싶었을 뿐이다. 보라가 소울의 마음을 즐겁게 해 주기 위해서 청국장을 끓이고 그가 좋아하는 음악을 연주해 줄 때 소울은 문득 그런 생각이 들었었다.

'내가 정말 원하는 것은 무엇일까?'

정말이지 자신은 가식으로 가득 차 있는 사람 같았다.

'보라는 나의 무엇을 사랑했을까? 또 나는 보라를 사랑한 것일까?'

이런 생각마저 들었다. 보라에게 표현했던 자신만의 것이 고작 냄새 나는 청국장이었다니. 쓴웃음이 났다. 보라가 그것을 끓여 줄 때만 자신이 유일한 존재로 사랑받고 있다고 느낄 수 있었다니, 그것도 자신이 정말 좋아하는 것인지 어떤지 확신하지도 못했으면서.

"우리의 근본적인 문제를 해결하지 못하면 우린 모두 다 가식적인 삶을 살 수밖에 없는 거 같아. 왜냐하면 우리는 모두 다른 사람들을 의식하면서 살기 때문이지. 혼자 살면서도 우리는 다른 사람들이 우리를 어떻게 생각할지를 늘 생각하거든."

선생님은 말씀하셨다. 소울 역시 그 말이 옳다고 생각했지만 또다시 질문하지 않을 수 없었다.

"그렇다면 가식적이지 않은 진실한 삶을 살기 위해서는 다른 사람을 의식하지 않고 살아야 한다는 말씀이군요."

"아니, 그보다는 우리를 진정으로 사랑하는 한 대상에게 우리의 관심이 옮겨져야 한다는 뜻이야. 그래야만 가식적이고 충동적이고 그래서 혼란투성이의 인생길을 걷지 않게 되는 거 같아. 적어도 내 인생에서는 그랬어. 진정으로 나를 사랑하는 분이 있다는 것을 알았다면 내가 아닌 다른 사람이 되려고 하면서까지 그토록 사랑받기 위해 노력하지 않았을 거 같아. 내 죗값을 대신 치르셨기 때문에 죄 없는 사람만이 들어갈 수 있는 저 영원한 나라에 내가 들어갈 수 있게 됐다는 것을 진작에 믿었다면 그토록 내 자신이 다른 사람보다 옳다는 것을 증명하기 위해서 애쓰며 살지 않았을 거 같아. 내 모든 허물과 죄를 대

신 처리해 주시기 위해서 내가 감내해야 할 모든 고통을 끝까지, 쓰디
쓴 마지막 한 방울까지도 다 마셔 주신 분이 있다는 걸 알았다면 다른
사람에게 나도 너그러워질 수 있었을 거야. 만약 내가 미리 알고 믿기
만 했다면 말야."

선생님의 눈에 어느덧 회한의 눈물이 맺히고 있었다.

"그래도 난 기뻐. 죽음의 문턱에서 나를 구원해 주신 그분의 은혜
로 지금 소울에게 생전 처음 가식 없는 내 마음을 이야기하고 있는 이
순간이 예비되어 있었다는 것이."

"예비되어… 있었다구요?"

"아들이신 예수 그리스도로 인해서 우리 모두를 의인이 되게 하시
는 것이 하나님 아버지의 참뜻이었으니까. 아주 오래전부터 계획하셨
던 그분의 뜻이었으니까."

소울은 다 이해할 수는 없었다. 왜냐하면 이렇게 조건 없는 사랑
을 받아 본 적이 없었기 때문이다. 사랑을 받고 인정을 받기 위해서는
항상 조건이 있어야 했다. 어릴 때는 어른들이 이르는 말을 잘 따라
야 사랑받는 아이가 될 수 있었고, 커서는 잠을 줄여서라도 열심히 일
을 해야만 세상에서 그나마 쓸 만한 사람이라고 인정받을 수 있었기
때문이다. 그런데 선생님 말대로 저 영원히 존재하는 나라, 그것도 죄
없는 사람들만이 들어갈 수 있는 아름다운 나라에 자신이 아무런 노
력도 한 것이 없는데 들어갈 수 있게 됐다는 것이 선뜻 이해되지 않는
것이다.

"그래 나도 알아. 더구나 우리는 둘 다 정말 주님을 위해서 한 것이라곤 아무것도 없는 사람들이니까. 우리가 아무것도 할 수 없는 코마 상태에서 주님이 찾아오셨으니까. 하지만 어쩌면 주님은 우리를 통해 세상에 이 사실을 전하고 싶으셨던 거 같아. 구원이란 우리의 의지나 노력의 결단이 아니라 오로지 선한 하나님 아버지의 뜻을 아들이신 예수 그리스도의 십자가의 희생을 통해서만 이룰 수 있는 것이라는 걸 말야."

선생님의 마지막 말은 소울의 가슴을 뜨겁게 했다. 젊은이처럼 심장이 뛰고 맥박이 활기를 띠는 것이었다. 소울은 정말로 살고 싶었다. 제대로 된 삶을 다시 한 번 살아 보고 싶은 생각이 간절해졌다. 선생님의 말을 다 이해해서가 아니었다. 다만 목숨을 다해 자신을 사랑하는 존재가 있다는 것을 마음으로 믿는 순간 가슴 깊은 곳에서부터 말라붙어 있던 샘 줄기가 열리고 목을 조여 오던 갈증이 해소되는 것 같았다. 먹지 않고도 배부른 느낌이었다. 잊고 있던 노래들이 가슴 속에 고여 와서 큰 소리로 외쳐 노래하고 싶기도 했다. 그리고 무엇보다 소울은 십자가에서 마지막 호흡을 내쉬었던 그 남자, 예수가 그 후로 어떻게 된 것인지 알고 싶었다. 그를 더 알고 싶어졌다. 이런 이유로 더 살고 싶어졌다. 다시 한 번 인생을 살아보고 싶은 간절한 소망이 생기는 것이었다.

5 장

뿔 돋은 도깨비의 비밀

소울은 천사의 날개 안에 안겨 지상으로 돌아오고 있었다. 그때 문 득 소울은 도깨비들이 생각났다.

"천사님, 저를 수호해 주려던 도깨비들이 있었어요. 무슨 이유 때 문인지 한 도깨비가 무리에서 떨어져 나온 후에 무척 힘들어했거든요. 나중에 그를 도우려고 다른 도깨비가 나타나긴 했지만 셋이 아니면 불 완전하다고 그랬어요. 천사님을 만나야 하는데 그러려면 내가 그들의 꿈을 꾸어 주는 수밖에 없다고 했어요. 그런데 그럴 수가 없었어요. 아마 지금쯤은 이 땅에서 사라져 버렸는지도 모르겠어요."

소울은 진심으로 뿔 돋은 도깨비의 안부가 궁금했다. 지난 인생 속에서 소울이 유일하게 마음 문을 활짝 열고 자신의 깊은 속 이야기를 털어놓은 것이 다름 아닌 도깨비였다는 것을 생각하자 그리움이 안개처럼 소울의 마음을 뒤덮었다. 그를 다시 만날 수만 있다면 저 꿈 같은 시간 속에서 만난 예수님에 대해서 함께 이야기를 나눌 수 있을 것이다. 소울은 용기를 냈다. 꼭 한 번 만이라도 옛 친구를 만나 보고 싶었기 때문이다.

"천사님! 아주 짧은 시간이라도 좋습니다. 꼭 한 번만이라도 내 오랜 친구 도깨비를 만나 보게 해 주세요. 제 남은 평생의 소원입니다."

소울은 간절한 마음으로 두 손을 모으고 말했다.

"믿음의 세계에서는 간절한 마음의 소원이 곧 현실이 되는 거예요. 소울 님도 이제 믿음의 세계에 들어선 분이기 때문에 바라는 것이 곧 실제 현실이 된다는 것을 경험하게 될 거예요."

가브리엘이 너무도 공손하게 이야기했기 때문에 소울은 이처럼 눈부신 존재가 자신을 높이고 있다는 사실 앞에 몸 둘 바를 모를 정도였다. 그래서 사실은 믿음의 세계라는 것이 무엇인지 더 알고 싶었지만, 섣불리 물어볼 엄두가 나지 않았다. 상대도 되지 않을 만큼 고귀한 존재가 아무것도 아닌 자기 자신을 존대하는 것이 영 어색했기 때문이다. 게다가 이상하게도 눈꺼풀이 무거워져서 잠을 이겨낼 수 없을 지경이 되었다. 어느덧 소울은 가브리엘의 날개 안에서 깊은 잠에 빠져들고 말았다.

그 사이 가브리엘의 날개는 소울을 품은 채 지상으로 내려왔다. 지상에 있는 사람들에게는 하늘을 크게 덮고 있는 흰 구름이 내려오는 것처럼 보였을 것이다. 엄마가 끄는 유모차에 몸을 맡기고 하늘을 바라보고 있던 어린 아기가 마침 이 모습을 보고 엄마를 불렀다. 하지만 스마트폰을 손에 쥐고 있던 엄마는 아이가 배가 고파서 그런다고 생각했는지 아이의 입에 우유병을 물려 주었다. 아직 언어를 익히기 못한 아기는 자신이 알고 있는 태생적 언어로 엄마에게 이 놀라운 광경을 보게 하려고 소리를 내 보았지만, 엄마는 이 언어를 알아들을 수 없었다. 아기의 옆을 지키고 있던 세 도깨비들만 가브리엘의 빛나는 날개를 보고 환호성을 질러대며 마치 옆구리에 날개가 돋친 듯한 한 무리의 잠자리 떼처럼 빙빙 돌고 있었다.

가브리엘이 잠든 소울을 안고 내려온 곳은 보물선 바위가 있는 숲이었다. 사실 이 숲은 꽤 오래전에 골프장으로 개발되었다. 한 무리의 사람들이 모여 골프를 즐기고 있었고 또 다른 무리는 천천히 걸어서 다음 홀로 이동하는 중이었다. 가브리엘은 이 골프장 한가운데로 내려섰다. 한 쌍의 날개로 잠든 소울을 감싸 안고 있던 가브리엘은 그의 날개 가운데서 여태껏 한 번도 보지 못했던 두 손을 드러냈다. 하얀 연기가 피어올라 하늘을 향하듯이 그의 두 손이 허공 위에 펼쳐지자 마치 영화관에 펼쳐 놓은 스크린처럼 예전의 숲의 광경이 그의 두 손 사이에 떠 있었다. 가브리엘은 두 손 사이에 떠 있는 옛 숲의 영상을 골프장 한가운데에 한 권의 책처럼 펼쳐 놓았다. 그러자 골프장은 온데간데없이 사라지고 온 사방이 한적한 옛 모습 그대로의 숲이 되었다. 보물선 바위를 끼고 제법 큰 강이 흐르고 있었는데, 가브리엘은 이 강물 안으로 잠든 소울을 띄워 보냈다.

시간의 긴 흐름 속에서 점차 쇠약해지고 메말라 버린 그의 몸이 강물 위에 떠가고 있었다. 그리고 어느 순간 강 아래 깊은 곳에 가라앉아 있던 열다섯 살 소울이의 몸이 수면 위로 떠올랐다. 여든을 훌쩍 넘긴 소울의 몸과 십 대의 몸이 강물의 흐름을 따라 함께 흐르기 시작했다. 이 강물은 높은 곳에서 낮은 곳으로 흘러가는 일반적인 흐름과는 반대로 흘렀다. 두 몸은 이 거슬러 올라가는 강물의 흐름을 타고 올라가는 동안 놀라운 변화를 겪고 있었다. 마치 각기 다른 농도를 가진 물질이 이 강물을 통해서 똑같은 농도를 갖게 되는 것처럼 마른 과일 같던 소울의 늙은 몸이 이 강물을 흡수하면서 소년인 소울이의 몸과 비슷해져 갔다. 마침내 두 몸이 똑같은 모습이 되는 바로 그 순간 둘은 하나가 되었고 상류까지 거슬러 올라갔다. 다시 십 대의 모습으로 돌아간 소울이는 눈을 떴다. 그리고 하늘을 올려다보는 그의 아름다운 눈망울은 푸른 하늘빛을 담고 있었다. 그런 그의 얼굴 위로 낯익은 얼굴이 불쑥 튀어나왔다. 그것은 광빈이 아니, 눈동자 도깨비였다. 소울도 그리고 눈동자 도깨비도 서로가 생각지 못한 장소에서 눈을 마주치게 된 것에 놀라서 그렇게 아무 말도 없이 한동안 서로의 눈동자만 멀뚱멀뚱 바라보았다. 먼저 입을 연 것은 소울이였다.

"돌은 뿔 깨비는?"

"돋은 뿔 깨비?"

눈동자 도깨비는 누구를 이야기하는지 몰라 고개를 갸우뚱했다.

"아, 아니 뿔 돋은 도깨비. 우리 친구 말야. 너무 오랜만에 불러 보는 이름이라 그만 헷갈렸어. 그런데 어떻게 너 혼자 여기 있지? 둘 다 잠에서 깨어나지 못한 줄 알았는데 어떻게 너만 깨어났지?"

눈동자 도깨비는 소울이의 말을 듣자 과연 그런가 싶은 얼굴로 큰 눈동자를 데룩데룩 굴려 보더니 이렇게 말했다.

"지금 무슨 말 하는 거야?"

그때 두 목소리가 똑같이 말했다.

"지금 무슨 말 하는 거야?"

"크아하아학!"

하품 소리였다.

"딸꼭딸꼭!"

뒤질세라 딸꾹질이 이어졌다.

"너희들은 난 처음 보는데? 너희들은 또 누구야?"

소울이는 어리둥절해서 늘 하던 버릇대로 머리를 긁적였다. 그런데 어찌 된 일인지 소울이의 왼쪽 이마에 도드라져 있던 작은 혹이 사라지고 없었다. 소울이는 그제야 자리에서 벌떡 일어나 이마에 드리워져 있던 머리카락을 손바닥으로 쓸어 넘기고 눈동자 도깨비를 향해 이마를 들이밀고 말했다.

"호, 혹시, 호, 호, 혹이 있어? 없어? 원래 오른쪽이었나?"

소울이는 오른쪽 이마를 더듬었지만 역시 혹은 없었다.

"도대체 무슨 말을 하는 거야? 아까부터? 혹이라니?"

눈동자 도깨비는 소울이가 점점 이상해지는 것 같아 걱정스런 눈으로 바라보았다. 하품 도깨비는 소울이의 이마에 손을 짚어 보았다.

"열은 없는 거 같은데? 크하아아아학!"

그때였다. 소울이는 강바닥에서 몸이 떠올랐을 때 자신에게 돌아온 한 가지 중요한 기억이 있다는 것을 생각해냈다. 그것은 아주 어린 시절의 오래된 기억이었다.

소울이가 어린 아기였을 때 엄마가 집을 나간 일이 있었다. 그때 화가 나 있던 아버지, 즉 소울이의 계부는 소울이를 침대에 내동댕이쳤다. 그리고 그때 모서리에 부딪혀 이마에 상처가 생긴 것으로 알고 있지만, 사실은 달랐다.

그때 옆에 있던 도깨비들이 소울이를 보호하기 위해 순간적으로 아버지의 눈을 어둡게 만들었고 어린 소울이 대신 그중 한 도깨비, 곧 방귀 샌 도깨비가 반사적인 보호 본능으로 아버지의 손에 대신 잡힌 것이다. 아버지는 바로 그 도깨비를 침대에 집어 던졌고 모서리에 뿔이 부딪히면서 그만 빠지고 말았다.

옆에 있던 하품 도깨비가 너무나 당황해서 빠진 뿔을 그만 어린 소울이의 왼쪽 이마에 얼른 갖다 붙였는데, 사람의 이마에 붙을 리가 없는 이 뿔이 무슨 이유인지 소울이의 이마에 그만 달라붙고 말았다. 너무나 당황한 세 도깨비가 힘을 합쳐 황급히 뿔은 떼어냈지만, 그만 소울이의 이마에 혹 같은 상처가 남게 되었다.

　나중에 안 사실이지만 뿔의 뿌리가 소울이의 살 속에 파편처럼 남아 있었다. 한 번 뽑힌 뿌리는 지상에서는 절대로 붙을 수가 없었기 때문에 원래 이 뿔의 주인이었던 방귀 샌 도깨비는 치료를 위해 하늘로 올라갈 수밖에 없었다. 이 도깨비가 치료를 마치고 다시 내려오려고 할 때는 이미 하품 도깨비와 딸꾹질 도깨비가 새로운 도깨비와 그룹을 이루고 있었다. 그것이 바로 소울이의 이마에 박혀 있던 파편에서 만들어진 뿔 돋은 도깨비였다.

　사람의 이마에 도깨비의 파편이 박혀 있는 것을 그대로 두고 볼 수 없었던 가브리엘은 소울이가 잠든 사이에 파편을 끄집어냈는데, 거기에 소울이의 생각의 씨앗도 함께 붙게 되었다. 그리고 이 파편에서 새로운 도깨비가 탄생하게 된 것이다. 도깨비의 근원은 바로 뿔이기 때문이다. 그런데 이 도깨비는 소울이의 생각과 감정도 갖게 되었다. 그래서 유달리 도깨비가 된 이후에도 사람처럼 독자적인 행동을 원했고, 사람처럼 혼자만의 노력을 통한 빠른 성과를 이루기를 원했던 것이다. 그 덕분에 치료받기 위해 하늘로 올라갔던 방귀 샌 도깨비는 다시 지상으로 내려올 이유가 없어졌다. 그래서 천상에 있는 도깨비 영상 자료실에서 보직을 얻게 됐고 새 이름도 갖게 되었는데 뿔이 빠질 때 너무 놀라 커진 두 눈 때문에 눈동자 도깨비가 된 것이다.

　가브리엘은 소울이와 관련된 기억을 지웠지만, 그것은 영구적인 삭

제를 뜻하는 것이 아니었다. 그래서 소울이의 기억이 돌아오자 이들의 기억도 모두 되살아났다. 사실 소울이에게서 새로운 도깨비가 만들어졌을 때는 딸꾹질 도깨비도 하품 도깨비도 그리고 눈동자 도깨비도 이 뿔 돋은 도깨비가 소울이의 이마에서 나온 파편이라는 것을 까맣게 잊어버리고 말았던 것이다. 소울이가 여느 사람들과는 달리 도깨비들의 친구가 되었던 이유는 이처럼 자신 안에 그들과 동질감을 느낄 만한 것이 있었기 때문이었다.

소울이가 코마 상태에서 예수님을 만나고 구원을 받아들이게 되자 소울이의 이마 상처도 낫게 되었다. 사실 이 이마의 혹 같은 상처는 사마귀의 나쁜 생각이 들어오는 통로가 되곤 했었다. 그래서 소울이는 다른 사람들보다 훨씬 구원 과정이 길어지게 되었다. 자신의 힘과 의지로 어떤 것도 행동할 수 없는 노년에 이르러서야 겨우 구원에 대한 이야기를 듣게 된 것도 바로 이 상처 때문이었던 것이다.

소울이가 구원을 받게 되자 기수면 상태에 있던 뿔 돋은 도깨비도 혼수상태에서 깨어나게 되었고, 사람의 생각이 섞여 있지 않은 온전한 도깨비가 될 수 있었다. 가브리엘은 이 온전해진 도깨비를 천상으로 불러들였다. 이 땅에서 고통받은 공로를 인정받아 뿔 돋은 도깨비는 거룩한 천사가 되었고, 광빈이가 원래의 자리로 돌아온 것이다. 사실상 거룩한 천사로 승격되는 기준은 소문에서 전해지듯 일곱 번의 선행이 아니었다. 이보다는 오히려 얼마큼 한 사람을 진심을 다해 사랑하는가에 달려 있었던 것이다. 뿔 돋은 도깨비는 그렇게도 소원하던 기쁨의 이슬에 젖게 되었고 이 이슬방울이 몸속에 심어져 있던 날개의 씨앗을 움트게 했다.

소울이가 여느 사람들과 달리 열다섯 살의 인생으로 다시 돌아올 수 있었던 것은 한때나마 도깨비 뿔을 달고 있었기 때문이다. 그러나 단지 그뿐만은 아니었다. 소울이는 평화의 왕자님이 그에게 준 한 가지 사명을 이루기 위해 다시 돌아올 수 있었다.

6 장

남아 있는 일

소울이는 자신이 왜 그렇게도 뿔 돋은 도깨비의 꿈을 꿀 수 없었는지 이해할 수 있을 것 같았다. 그의 상처 난 이마를 통해서 사마귀들이 쉽게 침투할 수 있었던 까닭에 사마귀의 방해로 그의 꿈은 늘 혼란스럽기만 했던 것이다. 그러나 그것이 모두 나쁜 것만은 아니었다. 바로 그 상처 덕분에 평화의 왕자님은 소울이에게 보통 사람들이 겪을 수 없는 다른 시공간의 체험을 허락하셨던 것이다. 이제 상처가 치유된 소울이 옆에는 완벽한 수호 시스템을 갖춘 세 도깨비들이 포진하고 있다. 원래 이름이 방귀 샌 도깨비였던 눈동자 도깨비 즉 광빈이와 하품 도깨비, 그리고 딸꾹질 도깨비가 바로 이들이었다.

소울이는 사마귀들의 방해를 받지 않게 되자 누구보다 빨리 '인간에게 구원이 왜 필요한가'라는 문제를 생각하게 되었다. 소울이는 이제 새로운 삶을 다시 살아가는 중이다. 그는 교회에 나갔고 성경을 읽기 시작했다. 성경 속에서 소울이가 특히 관심을 갖게 된 인물은 에녹이[3]라는 사람이었다.

에녹은 '순종하는 사람'이라는 뜻이다. 그는 65세에 므두셀라라는 자녀를 낳은 후 300년 동안 이 세상에서 살았다. 하지만 성경은 그가 이 땅에 사는 동안 하나님과 동행했다고 표현하고 있다. 그리고 이후 하나님은 그를 하늘로 데려가셨다. 그래서 더 이상 이 세상에 있지 않았다고 기록되어 있었다. 에녹 이전과 그 이후 사람들에 대한 기록에는 몇 세에 자녀를 낳고 얼마 동안 이 땅에서 살았으며 몇 세에 죽었다는 기록들의 패턴이 한결같았다. 모두가 '이 세상에 태어났다가 그리고 죽었다', 구약 성경에는 이런 식으로 기록되어 있었다.

성경은 크게 두 권으로 분류되어 있었다. 예수님이 이 세상에 오시기 이전까지를 기록한 이야기는 구약 성경이라고 불렸고, 예수님이 처녀인 마리아의 몸에서 태어난 이후부터의 이야기는 신약 성경이라고 불렸다. 구약 성경에 나와 있는 사람들의 족보에는 분명히 몇 세에 죽었는지가 나와 있었지만, 죽음을 정복하신 예수님의 승리 덕인지 신약에는 구약에 등장한 같은 이름의 사람이라 하더라도 그가 몇 살에 누구를 낳았는지는 기록되어 있지만, 그들의 죽음에 대해서는 신기하게도 언급되어 있지 않았다. 이것은 의도적인 생략이었다. 이것은 구약과 신약을 비교하는 극히 작은 예에 지나지 않았다. 그런데 구약 시대의 사람인 에녹에 대해서만은 이것이 예외였다. 그가 365살이 되던 해에 하나님께서 그를 데려가셨다는 것이다. 그래서 구약에 나온 다른 사람들처럼 마지막에 기록된 그의 나이 365살은 다른 사람들처럼 죽음을 뜻하는 것이 아니었다. 그것은 삶의 연장이었다.

사실 이것은 쉽게 믿을 수 없는 놀라운 기록이었다. 그래서인지 열심히 교회에 출석하는 사람들도 마음으로는 이 사실을 믿지 않고 있다는 것을 알게 되었다. 하지만 소울이는 이 사실을 믿을 수 있었다. 아니 이 사실이 그냥 믿어졌다. 왜냐하면 자신도 평화의 왕자이신 예수 그리스도를 통해서 새로운 삶을 다시 살고 있기 때문이다. 어쩌면 에녹도 65세가 되기 이전까지는 소울처럼 하나님도 모르고 평화의 왕자님에 대해서도 무관심한 삶을 살았을지도 모른다. 에녹이 자신처럼 혼수상태에 빠져 예수님을 만나게 되었는지 또는 어떤 사연을 갖고 있는지는 알 수 없었지만, 뭔가 극적인 변화를 겪었으리라고, 소울이는 확신했다. 에녹이 하나님의 곁으로 가고 난 후 남겨진 사람들은 그가 누군가에게 납치된 것이 틀림없다고 생각했을 것이다. 마치 구약 성경에 나오는 또 다른 사람인 엘리야[4]처럼 말이다. 엘리야는 뛰어난 능력

---

3 구약성경 창세기 5장
4 구약성경 열왕기하 2장

을 가진 하나님의 선지자였다. 하나님은 엘리야 또한 이 땅에서 죽음이라는 단계를 거치지 않고 그의 나라로 부르셨다. 엘리야는 회오리바람을 타고 하늘로 불려 올라갔다. 하나님이 에녹처럼 그를 부르신 것이다. 하지만 엘리야와 함께 생활하며 하나님을 섬겼던 그의 제자들은 이 사실을 믿을 수가 없었다. 그의 제자들은 험한 산이건 깊은 골짜기건 가리지 않고 엘리야의 시신을 찾아낼 수 있는 용맹한 사람 50명을 고용했다. 왜냐하면 엘리야의 제자들은 분명히 그가 회오리바람으로 불려 올라가던 도중 어느 산이나 어느 골짜기에 떨어져 죽었을 것이라고 생각했기 때문이다. 엘리야의 뒤를 이은 그의 제자 엘리사는 그들의 노력이 헛수고가 될 것이라고 말했지만, 그들은 엘리야의 시신을 찾기 위해 사흘 밤낮을 쉬지 않았다. 하지만 어느 곳에서도 엘리야의 시신은 발견되지 않았다.

이 이야기 또한 소울이에게는 낯설지 않은 것이었다. 삼촌은 소울이가 시간을 거스르는 강물에서 다시 돌아와 도깨비들과 숲에서 보낸 며칠 사이에 실종 신고를 했다. 삼촌은 한편으로는 소울이가 가출한 것이 아니라면 누군가에게 납치됐을 수도 있다는 가능성 때문에 한걸음에 경찰서로 달려갔던 것이다. 열다섯 살로 되돌아온 소울이가 숲을 벗어나 집으로 돌아왔을 때는 거리마다 자신의 사진이 붙어 있었다. 그 사진은 삼촌과 삼촌의 여자 친구와 함께 휴대폰으로 찍었던 것인데, 두 사람 사이에 어색하게 끼어 있는 모습이 가장 최근에 찍은 소울이의 사진이었다.

뿔 돋은 새 도깨비 이야기

삼촌은 소울이의 얼굴 부분만 확대해서 이 사진을 실종 신고할 때 접수한 모양이었다. 자세히 보면 소울이의 양쪽 어깨에는 삼촌과 여자 친구의 손이 얹어져 있는 것을 알 수 있었다. 소울이는 삼촌에게 자신이 보았던 모든 일들을 하나도 빠짐없이 이야기해 주었다. 삼촌이 자신의 말을 들은 그대로 다 믿을 것이라고 생각하진 않았지만, 막상 삼촌이 자신을 아픈 아이 취급하자 내심 후회가 됐다. 그래도 어느 날 삼촌은 이런 말을 툭 던졌다.

"그 예수라는 사람 말이다. 미경이도 자꾸만 그 사람 얘기를 하고 그래서 말인데 도대체 그 사람이 무슨 일을 한 거냐? 성경이라는 걸 나도 슬쩍 들춰보긴 했는데 세종 대왕이나 이순신 장군처럼 무슨 드러나는 업적을 이룬 사람들 이야기는 하나도 없고, 남의 나라 사람들의 요상한 이름만 나오고, 통 이해할 수 없는 책이더라. 너는 그 책이 이해가 되냐?"

소울이는 삼촌에게 모든 것을 설명할 수는 없었다. 성경은 인간의 업적이 아니라 하나님의 업적에 관한 이야기인 것이다. 이 세상을 만드신 하나님은 사람에게 모든 좋은 것들을 다 주셨다. 다만 한 가지 선악을 알게 하는 나무의 열매만은, 오직 이 한 나무의 열매만은 따 먹지 말라고 하셨다. 이때의 사람에게는 두려움이란 없었다. 하나님은 인간에게 온 세상을 다스리는 권위를 주셨기 때문에 설령 사자를 만나거나 공룡과 맞닥뜨린다 해도 모두가 인간 앞에 복종하는 시기였다.

그러나 사람에게 이 모든 좋은 것을 다 주었다는 사실이 배 아픈 사탄이 있었다. 사탄의 원래 이름은 모함하는 자, 고소하는 자라는 뜻이다. 사탄은 뱀의 모습으로 여자 사람인 하와 앞에 나타났다. 그리고 이 선악과를 먹으면 눈이 밝아져서 하나님과 똑같아질 거라며 유혹했다. 사악한 사탄에게 마음을 빼앗겨버린 태초의 남자와 여자는 선악과 열매를 먹었고, 눈이 밝아져서 자신들이 벌거벗고 있다는 사실을 알게 되었다. 아마도 이들은 벌거벗고 있는 상대방을 향해 손가락질을 했을지도 모른다.

이때부터 사람들은 서로를 손가락질하며 잘못을 지적해대기 시작했고, 실상 자신에게도 똑같은 잘못이 있다는 것에 괴로워하며 죄책감을 갖기 시작했다. 겉으로는 아무런 허물이 없는 척해도 누군가가 자신의 숨겨진 허물을 끄집어내지 않을까 하는 두려움 속에 살기 시작한 것이다. 두려움 없이 살기 위해서는 정직하고 선한 삶을 살면 그만이었지만, 인간에게 그것은 불가능한 일이었다.

사탄의 유혹을 받아 타락한 이후 인간은 세대를 지나갈수록 늘어나는 허물을 다음 세대에게 유산으로 물려주는 셈이 되고 말았다. 하나님은 이대로 인간의 괴로움을 두고 볼 수는 없었다. 인간이 죄를 지었다는 것은 하나님 사이에 벽을 쌓아 스스로 분리시켰다는 것을 뜻했다. 하나님은 그때마다 이 죄의 장막을 거두기 위해서 양이나 염소, 또는 소처럼 큰 가축이나 새와 같은 작은 동물로 희생 제사를 치르게 하셨다. 죄 많은 사람 대신 희생해 줄 수 있는 깨끗하고 흠이 없는 희생 동물을 선택해서 죄를 지은 사람의 죗값을 치르게 한 것이었다. 이 것이 제사였다. 그러면 죄지은 사람의 모든 허물과 죄가 이 순결한 희생 동물에게 옮겨가고 그 동물이 대신 죽음으로써 죄는 처벌받고 사람은 용서받을 수 있었다. 이렇게 죄의 문제는 해결되었다. 제사를 치른 사람은 다시 죄 없는 순결한 사람이 되었고, 거리끼는 마음 없이 죄와 가까이할 수 없는 거룩한 하나님 앞으로 나아올 수 있었다.

그러나 동물의 희생으로는 완전한 제사가 될 수 없었기에 이 제사는 때마다 반복될 수밖에 없었다. 그래서 하나님은 자신의 아들이신 예수를 이 땅에 희생양으로 보내기로 뜻을 세우셨다. 그리고 마침내 예수께서 이 땅에 오셔서 모든 인간의 죄와 허물을 다 짊어지고 십자가에서의 죽음을 선택하신 것이다.

사탄은 예수님이 다시 살아나실 것을 모르고 있었다. 그래서 십자가에서 마지막 숨을 거두셨을 때 자신이 승리했다고 믿었다. 사람들이 죄를 짓는 한 하나님 앞에 그들의 죄를 고소할 수 있는 근거는 여전했기 때문이다. 하지만 사탄은 십자가에서 이루신 예수님의 공로가 어떠한 것인지를 미처 알지 못했다. 예수님은 사망을 이기고 부활하셨다. 이 제사는 단 한 번으로 영원히 완성된 것이었다. 그래서 예수님은 십자가에서 돌아가시기 전 '다 이루었다'라고 선포하셨던 것이다. 만약 소울이가 코마 상태에서 예수님을 만나지 못했다면, 구약 성경에 나오는 성경 인물들처럼 84세는 소울의 죽음을 뜻하는 숫자가 되고 말았을 것이다. 그러나 에녹이 65세 이후 300년 동안 하나님과 동행하다가 하늘나라로 불려 올림을 받은 것처럼 84세 이후의 삶, 즉 다시 15세로 돌아온 이 삶은 하나님과 동행하며 살고 싶다는 생각을 했다.

하지만 소울이가 하나님을 알려고 노력하면 할수록 어쩐지 더 멀게만 느껴지는 순간들이 있었다. 이것은 또 다른 두려움이었다. 이런 마음이 느껴질 때마다 소울이는 더욱더 열심히 교회에 나갔고 성경을 읽었고 기도했다. 성경을 읽지 않고 시작한 하루는 사탄의 유혹에 넘어갈 것 같은 불안함에 긴장되었고, 기도하지 않으면 편안한 마음으로 잠들지 못했다. 삼촌은 소울이에게 지나친 것은 부족한 것이나 다름없다며 예수쟁이도 적당히 하라고 충고했다. 어느 날 삼촌은 불안한 마음 때문에 사흘을 금식하기로 작정한 소울이의 방문을 벌컥 열고 성난 얼굴로 이런 말을 한 적이 있었다.

"네가 믿는 하나님 아버지는 자식이 밥을 굶어야만 평안을 주신다니? 야! 내가 보기엔 너 요즘 더할 수 없이 착하기만 한데 네가 믿는 하나님은 니가 더 착해져야 천국 데려간다고 그러는 거냐? 니가 그렇게 노력해서 얻을 수 있는 영원한 생명이라면 그 예수라는 사람이 한 일이 뭐라는 거냐? 그 사람이 십자가에서 죽지 않았어도 니가 노력해서 갈 수 있는데 뭣 하러 그 사람이 죽기까지 희생을 한 거라냐?"

소울이는 삼촌의 말이 틀렸다고 반박하려고 했다. 영원한 생명을 얻었기 때문에 더 착해지려고 노력하는 것이고, 착해지려고 노력하는 것이 하나님 아버지께 보답하는 길이라고 말하려고 했다. 하지만 다음 순간 소울이는 코마 상태에서 보았던 예수의 모습을 떠올렸다. 소울이의 나무를 대신 지고 걸어가던 예수님의 모습이었다. 소울이가 짊어질 수 없었기에 예수님이 필요했던 것이다. 그런데 지금 소울이의 모습은 예수님이 필요 없다며 자신이 또다시 짊어질 수도 없는 십자가를 지고 가려는 것이다. 그리고 소울이의 마음에 속삭이듯 부드러운 음성이 들려왔다.

"너는 잘못이 없다. 너 스스로를 정죄하지 말아야 한다. 네 마음의 불안함은 스스로를 향해 손가락질하고 있기 때문이다."

그 순간 소울이는 자신의 마음 깊은 곳에서 여전히 스스로를 용서하지 못하고 있다는 것을 알게 되었다. 소울이는 아버지가 돌아가신 것이 자기 때문이라며 여전히 자책하고 있었던 것이다. 그리고 이 자책하는 목소리는 결코 하나님의 음성이 아니라는 것을 알았다. 저 고소하는 자, 고발하는 자는 예수님께서 십자가에서 이미 용서해 주신 소울이의 지나간 죄의 옛 그림자를 마음에 드리우고 있었던 것이다. 그리고 이렇게 죄를 의식하기 시작하면 점점 하나님과 멀어지게 되는 것이다. 하나님이 예수 그리스도를 이 땅에 보내신 이유는 죄를 의식하게 하려는 것이 아니라 예수 그리스도를 통해 값없이 받은 은혜를 의식하며 살도록 하기 위함이셨다. 더 많이 용서받은 사람이 더 많이 하나님께 사랑받은 사람이라는 새로운 은혜의 법을 사탄은 할 수만 있으면 옛 율법의 엄격한 처벌법으로 뒤바꿔놓기 위해 연약한 마음들을 흔들어대고 있는 것이다.

소울이는 이 새로운 생명의 삶을 더 이상 사탄의 속임수에 속아 허비하지 않기로 결심했다. 사탄은 소울이의 내면을 보라고 요구하지만 은혜를 받은 가슴은 예수 그리스도의 십자가를 떠올리는 것이다. 소울이는 하나님께 영광 돌리기 위한 자신만의 애처로운 노력을 그만두자 자신이 왜 새로운 삶을 살게 되었는지 분명히 이해하게 되었다. 사탄은 소울이가 이런 생각을 갖게 되는 것이 두려웠기 때문에 소울이의 약점들을 들춰내서 자기 자신에게만 집중하게 만든 것이다. 그래서 거룩해지는 노력을 통해 스스로 구원을 이뤄 가려는 치명적인 독을 심어 놓은 것이다. 이 치명적인 독의 이름은 예수님 없이 하나님 앞에 이를 수 있다는 자만이었다.

소울이는 이 위기를 넘겼다. 그리고 자신이 다시 15세의 소년의 삶을 살게 된 이유를 분명히 깨닫게 되었다. 소울이는 다시 한 번 에녹과 모세, 엘리야에 관한 성경을 읽으며 마귀 대왕 즉 사탄이 현재 이 땅에서 하려는 음모를 깨닫게 되었다. 영화를 좋아하는 소울이는 외계인이 지구인을 납치한다는 스토리가 전 세계를 휩쓸고 있는 가장 흥미로운 주제라는 것을 알게 되었다. 다가올 언젠가 예수께서는 거룩한 천사들과 함께 구원받은 성도들을 공중으로 불려 올리실 것이다. 그리고 이후에 이 땅에 남겨진 사람들은 엄청난 혼란 속에 살아갈 것이다. 이 남겨진 사람들은 에녹처럼 그리고 엘리야처럼 하늘로 올려져

이 땅에서 흔적이 사라진 사람들에 대해 논리적인 해명을 하기 위해 고심하는 시대가 올 것이다. 이 남겨진 사람들 가운데서도 마지막으로 예수를 영접하고 구원받는 사람들이 있을 것이다.

사탄은 어떻게든 이 진실을 가리기 위해 외계인이 들림 받은 성도들을 납치해 간 것이라고 주장할 것이다. 이제 소울이는 다시 살게 된 자신의 삶을 어디에 집중해야 하는지 알 것 같았다. 소울이는 마지막 때를 살아가는 사람들을 위해 사탄의 거짓말에 속지 않도록 성경의 진리를 말하는 영화를 제작하기로 마음먹었다. 이것이 자신만이 할 수 있는 예수 그리스도의 증인의 삶을 사는 길이라고 생각한 것이다.

하지만 소울은 진리를 위한 증인의 삶을 살아가는 동안에도 때때로 알 수 없는 그리움에 가슴이 먹먹해지곤 했다. 처음에는 얼굴을 기억할 수 없는 친모와 친부에 대한 그리움 때문이라고 생각했었다. 하지만 그것이 다는 아니었다. 마침내 보라를 만나게 되었을 때도 이 그리움 같은 감정은 사라지지 않았다. 보라와의 사이에서 귀여운 두 아이들이 태어났을 때 소울은 뛸 듯이 기뻤고 눈물이 났다. 그리고 이 기쁨으로 인해서 그 감정은 사라졌다고 생각했지만, 어느 날 아름답게 저물어가는 석양을 바라볼 때 다시금 그 마음이 찾아왔다. 소울은 이 감정이 자신이 이 땅에서 살아가는 동안 결코 사라지지 않을 것이라고 확신하게 되었다. 이것은 어쩌면 이미 완성된 사건을 현재라는 시공간의 한계 속에서 바라보아야 하기 때문에 느껴지는 부족감이나 조바심일 것이다. 이 그리움은 분명 지나간 과거에 대한 향수는 아니었다. 그것은 오히려 다가올 아름다운 만남의 순간에 대한 기대감일지도 모른다고, 소울은 그렇게 마음을 달랬다. 그리고 가끔씩 하늘에 올라간 오랜 친구인 뿔 돋은 도깨비를 생각했다. 그럴 때면 이마에 있던 상처자리를 문지르며 이렇게 혼잣말을 했다.

"내가 바로 새 뿔 돋은 도깨비이잖아!"

Epilogue

혹 머리 사마귀는 드디어 자신이 속았다는 것을 알게 되었다. 마귀 대왕의 손발이 되어 공을 세워 보려고 애를 썼지만, 마귀 대왕은 결국 꺼지지 않는 불이 타오르는 연못에 수족이 묶여 산 채로 던져지게 될 운명이라는 것이다. 미련한 사마귀들은 그런 사실도 모르고 사람들의 마음을 혼돈시키는 데에 혈안이 되어 이리 뛰고 저리 뛰며 힘을 낭비하고 있는 것이다.

그러나 혹 머리 사마귀는 이 엄청난 비밀에 대해 다른 사마귀들에게는 함구하기로 했다. 혹 머리 사마귀는 뿔 돋은 도깨비가 거룩한 천사의 자리에 올랐다는 소식에 열이 났다. 결국 소울이는 도깨비들의 수호를 받게 된 것이다. 혹 머리 사마귀는 자신이 비록 마귀 대왕에 의해 창조되었지만, 더 이상 그에게 충성을 바치고 싶은 생각이 들지 않았다. 이미 패배한 왕은 더 이상 왕의 자격이 없기 때문이었다. 오직 자신만이 그 사실을 알고 있는 혹 머리 사마귀는 뿔 돋은 도깨비가 거룩한 천사가 되기 위해 하늘로 올라가기 전에 꼭 한 번 만나야겠다고 결심한 후 드디어 기회를 잡게 되었다.

사마귀는 뿔 돋은 도깨비의 옷자락을 붙잡고 애원했다. 하늘에 올라가 거룩한 천사가 되거든 마지막 심판의 날에 자신만은 꼭 선처해 주시길 평화의 왕자님께 부탁을 드려달라고 하였다. 뿔 돋은 도깨비는 사마귀를 보고 이렇게 말했다.

"내가 한 이야기를 들려줄 테니까 듣고 너의 판단을 이야기해 주겠니?"

"이야기?"

혹 머리 사마귀는 뜬금없는 소리라고 생각하면서도 자신이 부탁하는 입장이라는 것을 망각하지는 않았다.

"듣고 나서 내 생각만 얘기하면 되는 거으? 그럼 나를 잘 대우해 주겠다고 약속한다는 거즈? 맹세할 수 있즈?"

사마귀의 말에 뿔 돋은 도깨비는 고개를 끄덕여 보이고 이야기를 시작했다. 그 내용은 이러한 것이었다.

어느 지혜로운 왕 앞에 신분이 낮은 두 여자가 찾아왔다. 두 여자는 한집에 살고 있었는데 한 여자가 아이를 낳았고 사흘 후 다른 여자도 아이를 낳았다. 둘 다 아들을 낳은 것이다. 그런데 얼마 후 한 여자가 부주

의하게 잠을 자다가 그만 갓난아기를 질식시키고 말았다. 마침 그 집에는 두 여자 말고는 아무도 없었고 더구나 한밤중에 일어난 일이었기 때문에 아이를 죽인 여자는 다른 여자의 아이를 자기 곁에 데려다 놓았다. 그리고 자신의 죽은 아이를 그 여자 곁에 두었다.

다음 날 아침 여자는 아이에게 젖을 먹이려다가 아이가 죽어 있는 것을 알게 되었다. 그리고 자세히 보니 그 아이는 자신이 낳은 아들이 아니었다. 그래서 두 여자는 서로 살아있는 아이가 자신들의 아이라고 언쟁을 벌이다가 급기야는 왕을 찾아오게 된 것이다. 왕은 두 여자가 서로 산 것은 내 아들이요, 죽은 것은 네 아들이라며 다투는 소리를 듣고 있다가 이렇게 말했다.

"이 여자는 말하기를 산 것은 내 아들이요, 죽은 것은 네 아들이라 하고 저 여자는 말하기를 아니라 죽은 것이 네 아들이요, 산 것이 내 아들이라 하는도다. 그러니 칼을 내게로 가져오라."

왕의 신하들은 왕 앞으로 시퍼렇게 날이 선 칼을 내왔다. 왕은 명령했다.

"산 아이를 둘로 나누어 반은 이 여자에게 주고 반은 저 여자에게 주라!"

뿔 돋은 도깨비는 여기서 이야기를 멈추고 사마귀의 생각을 물었다.

"이제 너의 생각을 말해 봐."

사마귀는 머릿속으로 계산을 굴리고 있었다. 아마도 그 지혜로운 왕의 판단에 아부하는 것이 점수를 따는 일이라고 생각한 것이다. 그래서 이렇게 말했다.

"아주 공평한 판단이으. 더 할 수 없이 현명한 왕이으. 그렇게 하면 이 여자 것도 안 되고 다른 여자 것도 안 되니 얼마나 공정한 거냐그. 갖지 못할 바엔 둘 다 갖지 못하게 하는 게 싸움도 안 나고 좋은 거 아니겠으? 이 판결에 두 여자는 만족했겠즈?"

사마귀는 자신만만해서 뿔 돋은 도깨비에게 물었다.

"한 여자는 만족했지. '내 것도 되게 말고 네 것도 되게 말고 나누게 해 주세요'라고."

"그것 브어. 내 말대로잖으?"

사마귀는 의기양양했다.

"하지만 다른 여자는 가슴이 불붙는 것 같았어. 그래서 왕에게 무릎을 꿇고 빌면서 애원했지. 제발 산 아이를 저 여자에게 주시고 아무쪼록 죽이지 마옵소서!"

"……"

사마귀는 더 이상 말을 이을 수가 없었다. 뭔가 이건 아니다 싶은 기운이 느껴졌기 때문이다.

"왕은 대답했어. 산 아이를 저 울며 간청하는 여자에게 주고 결코 죽이지 말라. 저 여자가 그의 어머니이니라."

"…아 뭐 그, 그렇게 판결할 수도 있겠느. 저… 그냥 호기심에 묻는 건데 말으, 그 거짓말한 여편네는 그럼 어떻게 됐으? 왕이 벌을 내린 건그?"

"그건 네가 더 잘 알고 있겠지?"

함께 하늘로 날아오르기 위해 뿔 돋은 도깨비를 기다리고 있었던 가브리엘 천사장의 위엄 어린 목소리였다. 혹 머리 사마귀는 난데없는 천사장의 등장에 깜짝 놀라 몸을 숨기려고 하였다. 그런데 그 순간 그의 몸은 점점 작아지기 시작하더니 마침내 티끌만 한 벌레로 변해 버리고 말았다. 가브리엘과 뿔 돋은 도깨비가 하늘로 올라가는 동안 벌레로 변해 버린 혹 머리 사마귀는 있는 힘을 다해 사람들의 발에 밟히지 않기 위해 이리저리 몸을 피하고 있었다. 그의 몸은 점점 더 작아졌고 마침내 먼지 쌓인 책들로 가득한 한 도서관에 이르렀다. 빛이 비치는 곳에서는 견딜 수 없게 된 이 벌레는 마침내 한 책 속으로 숨어 들어 갔다. 그가 이 책으로 들어가자 이 책은 딱딱한 돌로 변해 버렸다. 책의 겉장에는 '죄를 벌하는 죽음의 책'이라고 쓰여 있었다.

누군가 어둠 속에서 이 돌로 된 책을 열어 보는 사람도 더러는 있을지 모르겠다. 그러면 이 낡은 책 벌레들은 세상 밖으로 또다시 기어나올 수도 있겠지만, 이들도 그들의 운명을 알고 있었다. 그들이 영원히 이 세상의 빛을 볼 수 없는 날이 아주 가까이 다가오고 있다는 것을 말이다. 소울이 처음 쓰기 시작한 시나리오의 제목이 '낡은 책 벌레 이야기'라는 것은 아마도 우연의 일치일 것이다.

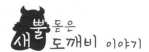

초판 1쇄 인쇄 2016년 08월 31일
초판 1쇄 발행 2016년 09월 05일

지은이 장유신
펴낸이 김양수
표지 본문 디자인 곽세진   **교정교열** 엄빛나리

펴낸곳 휴앤스토리   **출판등록** 제2016-000014
주소 (우 10387) 경기도 고양시 일산서구 중앙로 1456(주엽동) 서현프라자 604호
대표전화 031.906.5006   **팩스** 031.906.5079
이메일 okbook1234@naver.com   **홈페이지** www.booksam.co.kr

ISBN 979-11-958838-0-6 (03810)